4
一路煩花
illust. Tefco
第二部
主義至上！
為
膝蓋
our queen
—自帶光環—

秦苒
20歲，身高約175公分。
父母離異，從小由外婆扶養長大。
高三休學失蹤一年，
看似凡事都漫不經心，
其實有不為人知的身分……？

程雋

身高：大約185公分
京城名家程家的三少爺。
智商過人，十六歲開始創業，
十七歲研究機器人，十八歲時去當小民警，
二十一歲當主刀醫生。

陸照影

身高：大約180公分
京城名家陸家的少爺，
時時跟在程雋身旁，是程雋的左右手。
將秦苒歸類為自己人。

秦語

19歲，身高大約167公分。
秦苒的妹妹。
父母離異後跟著媽媽寧晴到林家，
從小學習小提琴，學業成績優秀。

程木

年齡未知，大約180公分。
隨侍在程雋身旁，
是程家親信的兒子，
與金、水、火、土齊名。

Contents

Kneel for your queen

第一章　需要男朋友嗎？

還沒見過秦苒，汪老大就知道江山邑是雲光財團的高層，畢竟言昔寄東西都是直接寄到雲光財團，而秦苒如果沒退回來，雲光財團的人也會眼巴巴地當做寶一樣，恭恭敬敬地送回來，上次言昔寄出去的格萊美獎盃就是這樣的結局，不過言昔拒收了……

說起這個，汪老大覺得言昔有時候很大膽。

演藝圈這種地方，就憑言昔的性格，背後沒雲光財團當靠山，早在八百年前就玩完了。這件事言昔也很清楚，所以看到江東葉才能面色如常。

聽完汪老大的話，秦修塵的經紀人：「……」

江家雖強，但比起亞洲龍頭等級的雲光財團……經紀人不由得望天，這確實無法比。

＊

今天的綜藝節目錄完，下午五點，雖然比秦苒在的時候好一點，但也好不到哪裡去。

節目組想要晚上夜遊園林的效果沒有出現，準備好的恐怖屋也沒用到。因為沒有秦苒，節目甚至高興得準備了各種彩飾燈……

導演盯著螢幕上的秦陵，一句話都說不出來，最後還是副導安慰他：

「導演，你想想，他比他姊姊好多了！至少我們昨晚沒耗費那麼多腦細胞，是不是？今天如果是他姊姊，我們連另一邊的園林都還沒走完就提前收工了！」

聽著副導的安慰，導演竟然覺得很有道理。

樓上，白天天已經洗完澡，換了件衣服，身上穿著一件棉襖。不知是被凍了一天還是因為其他原因，臉上沒有一絲血色。

經紀人站在白天天身邊，努力安撫她：「妳的運氣一直都很好，相信我，過幾天就會沒事的。」他現在手下沒有其他藝人了，當初跟田瀟瀟解約之後，就專心帶白天天。現在白天天就是他的搖錢樹，他必須穩住白天天的心理狀態。白天天被安撫好之後，經紀人才去樓下找導演組，想要探探口風。

一個熟識的工作人員帶他去剪輯室。秦苒、田瀟瀟的事情，幾個工作人員差不多都知道了，而他跟白天天的經紀人比較熟。

「多年朋友，跟你透個口風。」他壓低聲音，「早點跟白天天解約吧，節目錄完，她就要被冷凍了。」

「為什麼？」白天天經紀人心底一驚，「節目組不是一直很捧天天嗎？究竟出了什麼問題？」

「捧她？」工作人員嗤笑一聲，「那是因為底下的工作人員弄錯了。秦小姐是江總的朋友，也是田瀟瀟的朋友，知道田瀟瀟跟白天天早期的恩怨，就向江總問了白天天的情況，後來底下的人就擅自揣測成江總要捧白天天。」

經紀人抿唇。他表面上淡定，心裡卻已經翻江倒海，渾身血液倒流。

「後來你就知道了吧？節目組一開始就捧白天天，可惜田瀟瀟來了，導演還把田瀟瀟提前趕出去，想拍白天天的馬屁卻拍到了馬腿上。要不然，你覺得為什麼江總會大老遠地跑來這個小鎮？還不是為了向秦小姐道歉……」

工作人員有點八卦，最後有些同情地看向經紀人，「田瀟瀟就是第一個江氏要捧到頂端的人，這女孩長得好看、有辨識度、脾氣很好，還是京協魏大師的記名弟子……她就算不是下一個秦影帝，也不會差到哪裡。能簽到這樣的藝人，她的經紀人真的是用了八輩子的運氣。我記得你一開始是帶田瀟瀟的吧？怎麼突然跟田瀟瀟解約，去簽了白天天，運氣也太差了吧？是不是那個溫姊用什麼手段逼你的？」

經紀人之前疑惑的一切，現在都有了答案。為什麼會突然捧白天天？為什麼叫白天天下來接待江總又不予理會？原來一切都是因為……捧錯了人？

經紀人頓在原地，強烈的恐慌劈頭蓋臉地砸來，烏雲密布般籠罩住他。接下來也沒有力氣去找導演組理論了，他如同行屍走肉，回到了白天天的房間。

一開始，他跟田瀟瀟解約就是為了全心全力捧紅白天天，直到今天之前，他都很慶幸當時跟田瀟瀟解約，不然也不會有現在的成就，直到今天工作人員的一番話……

＊

小房子裡，程木正在收拾這幾天用到的一些東西。

江東葉一回來就去睡了一覺，現在終於活了過來。他坐在樓下的院子裡：「明天一早就走？」

「對，」程木面無表情地把行李箱的拉鍊拉上，「早上五點半出發。」

江東葉微微交疊雙腿，滑了滑微信，然後點開顧西遲的大頭貼，轉發了一條新聞給他——《那些關於冰箱，你不能不知道的事情……有些感謝，再不說出來就來不及了！》

「這麼早？」江東葉看對方沒回，就把手機放在桌子上。他看了一眼樓上，然後壓低嗓音：「秦小姐沒起床氣？」

「還可以吧，她現在收斂了很多。」程木想了想，然後回答。

江東葉沉默了一下，「收……斂？」

「嗯，你今天這件事，要是發生在去年，」程木瞥了他一眼，「秦小姐不說半句話就能把你打死。你可以問問陸少，他還在雲城的時候，見過秦小姐打群架好幾次。」

當然，這個不算，秦小姐高一、高二的打架記錄檔案才厲害。那是他見過最囂張的檔案，被記的大小過超過兩頁，最重要的是雋爺看也不看，明明可以消掉也不抹去。當然，最驚人的還是京大那邊，他一開始去辦手續的時候，京大老師竟然對著這滿是「過」字的文件，誇讚漂亮……

程木淡定地想著。

——一言不合就打群架？？

江東葉聽完，默默幫自己倒了一杯冷茶，灌下去，他聽得心又涼了一下。

門外，田瀟瀟跟溫姊花一天的時間錄完節目，回來找秦苒。

秦苒在樓上，田瀟瀟向程木等人打了個招呼，就去樓上了。

溫姊作為經紀人，自然很有社交手段，沒過一會就打聽到程木的姓氏。
田瀟瀟跟秦苒說完話下來，就看到在樓下僵住的溫姊，手裡還拿著手機。
「妳沒事吧？」田瀟瀟詢問。
溫姊知道江東葉的時候都淡定得很，現在怎麼這個樣子？
溫姊搖了搖頭，只跟著田瀟瀟出去。等離開房子一百公尺之後，溫姊才重重地鬆了一口氣。
田瀟瀟微微側頭，「溫姊，妳到底怎麼了？」
「妳知道今天送我們來的那個司機姓什麼嗎？」溫姊恍恍惚惚地看著身後的房子，也沒等田瀟瀟回答，一字一句地道：「他姓程。」

*

程家的重慶基地——
程木來看看情況，二堂主正在清點貨物跟人員，明天七點之前要到機場，大部分的貨物跟人馬都清點完了，只剩下一小隊人馬。
那是程饒瀚安插在重慶的人馬，也是這一次的關鍵人物。二堂主知道，到時候機場若是出了什麼麻煩，程饒瀚可能會出手挽回局面。到時候程雋犯下大錯，程饒瀚挽回局面，貨物也沒有太多損失，就不會對程家造成損傷，所以那天他才傳訊息給程饒瀚。
但就算二堂主預想到了這一切，卻沒預想到程饒瀚會不願意幫程雋收拾殘局，狠到直接把他的人馬分割出來。

二堂主捏了捏眉心，找分隊隊長過來。

「二堂主，我們家大少爺又不是做慈善的，」分隊長似笑非笑地看了二堂主一眼，「三少爺自己惹的禍，讓他自己去處理，我們大少爺不插手。」

「這是程家整體的利益，大少爺他……」

程家現在嚴重分化，程饒瀚早就開始拉攏人才了。二堂主是程家保持中立的一派，程饒瀚派了自己的心腹分隊長，私下來重慶找二堂主，二堂主都沒有答應。

「重慶也是二堂主你努力了好幾年的勢力，你要是不希望因為三少爺胡作非為，讓你的勢力縮水一半，可以別管三少爺這次的任務，跟我們一起走，大少爺保證會讓你的人跟你的貨物，完好無缺地回到京城。」分隊隊長氣定神閒地開口。

跟程饒瀚的人一起走，就是表明立場，二堂主一生忠心於程老爺，這一點他做不到。

他決心要用程雋這次錯誤的行動來喚醒程老爺，只是程饒瀚的舉動在他的意料之外……

二堂主失魂落魄地坐在椅子上，一直被當成背景的程木被排除在情況之外，還非常淡定地喝了一杯茶：「我要先回去了，秦小姐有事找我，二堂主，你明天要準時到。」

見程木這麼淡定，二堂主心中一動，期望地看向程木，「三少他疏通好了？」

程木一臉茫然：「疏通什麼？」

二堂主的心瞬間落入冰窖，「不疏通關卡，我們人和貨物都過不了安檢……」

「怎麼會。有雋爺在，那些東西都可以當作不存在。」程木正色，畢竟雋爺在機場胡作非為也不是第一次了。

程家三少是傻子，連他的手下都是傻子……

分隊長看著一臉淡定的程木，不由得哧笑一聲。還以為這裡是京城？所有人都會看程家太子爺的臉色？就算是在京城也過不了安檢，更別說是在重慶了。當作不存在？你能怎麼當作不存在？當機場背後的人不存在？

分隊長看了程木一眼，譏諷地笑了笑。他懶得聽了，既然二堂主不聽他的勸，他也不再勸說，直接離開書房。

程木也喝完了茶。他把茶杯放下，等分隊長關上門才看二堂主一眼，「記得，明天你的手下、物品，七點起飛，你們要準時到達我給的地點。」

程木第一次這麼嚴肅，二堂主也有些被他震懾到，下意識點頭。

等程木也離開之後，二堂主的手下才過來詢問，憂心忡忡地說：「二堂主，明天真的要帶所有兄弟跟貨物一起去嗎……大少爺不幫忙，我們會不會全卡在那裡？」

若全卡在那裡，對二堂主來說是極大的損失，他回到程家本家就幾乎沒勢力了。

二堂主還在思索糾結時，目光正好碰到程木剛剛喝過的茶杯。他忽然一頓，連忙站起來拿起程木喝的茶杯。

嘩啦——茶杯立刻掉在桌子上，碎成了幾片。

什麼樣的力道能把茶杯不動聲色地捏成這樣？

二堂主回想著程木說過的話，一拍桌子想了半晌，眸色震撼：「明天早上去機場！」

門外，程木一出來，就低頭面無表情地傳訊息給秦苒：

『秦小姐，我為什麼不能當著他的面把杯子捏碎？其實我還能捏得更碎！我偷偷捏碎了，但這樣他會不會不知道那是我捏碎的？我豈不是白捏了？』

秦苒不理他，程木很著急，又去問程金。

程金：『……』

他讓程木閉嘴。

*

翌日早上五點，秦苒、程雋這行人出發，江東葉也跟他們一起回去。

一下樓，就看到停在院子中央的私人飛機。

江東葉看了眼程雋，「雋爺，不要告訴我，這個就是我們今天的交通工具……」

程雋把秦苒的行李箱遞給程木，聽到江東葉的話，漫不經心地看了他一眼，「你不喜歡搭飛機可以不要坐。」

江東葉連忙否認，「當然不是，只是我記得各大城市都有限飛令，我怕我們會被拘留，這種事我們在京城幹就好了，在重慶會不會太張揚？」

聽完，程雋看了他一眼。江東葉自動理解了他的意思——這也叫張揚？

江東葉：「……」

你、好、囂、張。

他心情複雜地跟著程木一起坐上私人飛機，一路上戰戰兢兢，怕被炸下來，沒想到四十分鐘後安然無恙地到達了機場，江東葉仍一臉恍惚。

「你們雋爺什麼時候拿到了飛行令？」江東葉抹了一把臉，看向程木。

程木更加驚訝：「飛行令是什麼？」

江東葉觀察了一下程木的臉色，發現他是真的不知道，才瞇眼看著程雋離開的方向。他怎麼覺得這次來重慶，一切都不對勁？

機場服務人員先帶江東葉跟程木去登機通道。跟普通的登機通道不太一樣，沒有檢查江東葉的行李，也沒辦登機證……

江東葉心底一驚，他剛想詢問機場服務人員，卻看到程木十分鎮定，還禮貌地把自己的東西遞給空服員，讓她去辦托運，似乎習以為常。

「江少，你怎麼了？」程木看了江東葉一眼。

本來想說話的江東葉選擇閉嘴，也沒有再問什麼，跟程木一起故作鎮定地去登機：「……沒什麼。」

＊

機場物檢一區——

程雋還在慢悠悠地排隊買奶茶。這個時間，機場裡的人不少，程雋前面有十幾個人。

「我們先去找你那個堂主吧。」機場裡人多，秦苒沒排隊，就站在他身旁，不由得往下壓了壓帽子：「六點半了，待會他們會來不及上飛機。」

「來得及。」程雋一手插在口袋裡，懶懶地收回看奶茶的目光，「他們不會有多少人的。」又一算，清冷好看的眼眸微微瞇起，不緊不慢地開口：「大概只有二堂主跟他的心腹，二、三十個人，留十分鐘給他們就好，放心。」

程雋也很準時，他說七點，自然不會讓人多等。

秦苒頓了一下，抬頭望他，「你算過？」

「當然。」前面一個人走了，程雋往前挪一步。

見到秦苒不知在想什麼，還頓在原地，他伸手把人拉過來，漫不經意地說：「我大哥的人會從中作梗。」

秦苒「喔」了一聲，看了看前面的人，算一下時間。他們買到奶茶時，離七點只剩十分鐘。

她不由得仰頭，嘆氣，「雋爺。」

程雋瞄她一眼，「說。」

「我不想喝了。」

兩分鐘後，兩人到達物檢一區內部，二堂主跟手下一行人正在裡面，煩躁不安。

程木昨晚特意提醒七點出發，所以他們五點就來了，畢竟他們有不少東西要經過例行檢查，這麼多人，一個小時肯定不夠過檢。然而，他們五點就來，等到六點半也沒看到程雋跟程木的影子。

「二堂主，三少說七點出發，到現在都還沒有檢查的動靜，他們到底知不知道流程？」二堂主的屬下看著入口，等了一個多小時，他已經開始煩躁了。

他們這麼多人，五點開始進行檢查的話，時間還勉強足夠。現在距離七點剩半個小時，程雋、程木還連個人影都沒有……

二堂主也在想，自己是不是被程木騙了，還是昨晚他誤會了什麼？

看著二堂主的樣子，屬下不由得說：「二堂主，不說物檢的問題，三少有給你登機資訊嗎？有給你登機證嗎？」

這些東西……二堂主昨晚腦子一熱，只看到程木的能力，確實沒有考慮到這些，不由得張了張嘴。

屬下們看到二堂主這樣，面面相覷。

有人拿著自己的身分證去不遠處的自助機上刷了刷，什麼登機資訊都沒有。

他茫然地轉頭看了看二堂主，「二堂主，我沒有登機資訊，你漏報了我的名字嗎？」

「怎麼可能？」

名單是二堂主一一核對的。

他拿著自己的身分證去刷了一下資訊，上面的乘機資訊也是一片空白。

三少根本就沒幫他們安排飛機？

二堂主不太相信，他拿著身分證去外面十公尺遠的地方找服務臺，服務臺的服務人員拿他的身分證查了一下，然後看著二堂主，嚴肅又帶著懷疑：「你說你們還有一堆人在一區？」

「你等等。」服務人員立刻打了電話，叫了一隊保全過來。

本來就不安地在一區等著的手下，看到二堂主一臉頹喪地帶著保全過來，一個個大驚失色。

保全已然把這裡當成了警戒區，拿著對講機，把門口封鎖起來。

二堂主看著這些保全，腦袋暈眩。他側身看著屬下臉上的失望與喪氣，現在有點後悔昨晚太武斷了。他自己無所謂，但要知道會是這樣的情況，他不會讓這些手下跟貨物一起來……

「二堂主，三少呢？程木呢？你打電話給他們！」心腹低聲提醒。

二堂主拿起手機，苦笑一聲，內心沉甸甸的。這時候打電話給程雋也沒用……

他剛打開通訊錄，看著上面「大少爺」三個字，內心掙扎的時候——

門口正好傳來一道清冽的聲音，「就這裡？」

程雋「嗯」了一聲，然後懶洋洋地抬眸看了看一區。他早算好了，大概有二十八個人，此時一抬眼就看到幾百個人。

他一頓，二堂主等人也下意識地抬頭。

他看了看程雋背後，沒帶機場的任何高層人員，心裡一驚——彷如墜入冰窖。

重慶的勢力都是二堂主一點一點帶出來的，原本因為程木，他對程雋抱著希望，覺得程木如果有這樣的實力，或許他可以信任程老爺的眼光一次……

「三少爺，我們趕緊撤回，」二堂主看著程雋，眸色微沉，「能挽回多少損失算多少……」

程雋收回了看人群的目光，微愣之後，慢吞吞地拿出手機，長睫垂下，掩蓋了眸底的神色。

似乎是傳了一條訊息出去，至於二堂主的話，他似乎沒聽見。

二堂主看到程雋依舊慢悠悠的，而程雋背後，剛剛那個保全按了一下呼叫機之後，入口處有一大堆保全帶著武器和工具進來。

二堂主好不容易冷靜下來的臉又開始龜裂，「三少爺，重慶不是我們的地盤，機場背後是一個巨大的勢力，我們在別人的地盤上發展勢力，運送他們嚴明禁止的貨物，如果被他們強制扣下，老爺也沒有辦法……」

這樣的勢力確實令人恐懼。一開始程老爺吩咐程雋來的時候，二堂主就擔心程雋不熟悉流程，此時看來程雋確實如此。

他這麼說著，程雋卻依舊沒什麼反應，只是看著二堂主的左邊。

「三少爺！」

二堂主看著那些穿著制服的保全，想想這次對程家、對一群忠心耿耿的手下們造成的損失，他恨不得當場自縊。早知如此，提前投奔程饒瀚也比現在好。

就在二堂主內心愧疚、自責的時候，他身後忽然傳來一道弱弱的聲音：「二堂主……他們走了，門也開了……」

二堂主朝那個方向看去，正是程雋剛剛看的方向。一直緊閉著的通道大門打開，與此同時，剛剛進來的保全們也像受到了什麼指示，都出去了……

這是什麼情況？二堂主和一群手下看著那個登機通道，面面相覷。

「進去吧。」程雋抬手看了看手機上的時間，六點四十分，時間差不多，接著又看向還不動作的二堂主等人，「七點準時起飛。」

二堂主一行人立刻動作。

沒有登機證，也沒有進行各項檢查，沒有任何風吹草動，就這樣進去？剛剛的保全也毫無預兆地離開。

二堂主不由得回頭，程雋跟他身旁的女生已經出去了，從頭到尾沒有多說一句，也沒有用言語拉攏他們。

「二堂主，三少爺是怎麼做到的？」手下拿著單子核對。

二堂主抿唇，側頭看了手下一眼，低頭沉吟。老爺的身體越來越差，看來到要選邊站的時候了……

*

外面，程雋看了看時間，還剩二十分鐘。有一個航班已經開始登機，這時候排隊買奶茶的人變少了，他又抓著秦苒去排隊。

一路上很沉默。

這次排了五分鐘就買到了，程雋接過來，又用手機付了錢，把吸管插進去，遞給秦苒。他微微蹙眉，眼瞳盯著她，一動也不動。

秦苒接過來，收回目光，「走了，登機了。」

「妳走什麼？」程雋就跟在她身後的一步之遠，離得很近，雙手環胸。似乎想通什麼後，他輕輕笑了一聲，「程木應該沒那個腦子，能讓他們那麼多人來這裡。」

秦苒知道程雋跟程家的關係很玄妙，除了他初次出現在校醫室那麼詭異的地點，秦苒查過他一次，挖出來不少……但後來就沒有動手查他背後的事了。

他似乎對程家沒什麼歸屬感，跟程溫如、程饒瀚兩人年紀也相差許多。似乎對事業不關心，什麼事也不管，但他對程溫如的事又很上心，甚至煞費心機地拉著她開了一家公司。

至於程家……他看似不經意，但這次為了二堂主這邊的勢力，卻動用不小的財力，前後謀劃了不少。偏偏二堂主一行人優柔寡斷，不太懂事，煞費他的苦心。

她也沒做什麼，只是讓程木捏碎了一個杯子。

秦苒咬著吸管，抬頭看天，用空著的右手摀住右耳。

程雋就十分耐心地把她摀住右耳的手拿下來，「妳昨天讓程木做了什麼？」

秦苒終於側頭看了他一眼，兩字箴言：「閉嘴。」

她還叼著吸管，手上漫不經心地拿著奶茶。

機場的燈光一向明亮，映照在眉宇間，恣意的眉宇籠罩著一層雪光，顏色明豔，忽明忽暗。

程雋知道她的耐性不好，不想多說，但一望，手卻頓了一下，心裡也不知道是什麼感覺，只微微俯下身，從身後摟住她。

那雙好看漂亮的眼睫垂著，眉骨清冷，低斂的眸色認真，「苒姊，我能再問一個問題嗎？」

秦苒喝了口奶茶，聽到他似乎很認真地在問她問題，就瞥他一眼，想了想，才允許他問：「你問。」

機場廣播在這時響起。

『前往京城的旅客請注意，您乘坐的ＭＡ７７３７次航班現在開始登機。請攜帶好您的隨身物品，拿出登機證，由十七號登機口登機……』

來往人多，聲音吵雜，光影未明。

程雋低頭看著她，長睫微顫，舒雋的眉眼垂著，漆黑漂亮的眼眸掩蓋著細碎的笑意，「妳現在找男朋友嗎？」

不等秦苒回答，他又不緊不慢地壓低聲音，很有耐心地說：「可以考慮一下我嗎？」

機場人多，頭頂還有廣播的聲音。

程雋第一次覺得，頭頂的廣播聲很吵。他低著眼眸，沒半點回避，一眨也不眨地盯著她。

秦苒今天依舊穿著常見的黑色連帽衣，耳邊的頭髮也漫不經心地垂在耳邊，氣質疏冷，從旁邊看去能隱約看到清瘦細膩的線條。

程雋見她不回應，收緊了手。

這個姿勢太靠近了，說話時熱氣都會撲到耳朵上，細細麻麻的細小電流竄到指尖。

秦苒的睫毛顫了一下，「你別靠太近。」

他顏色略深的唇抿起，雪色的姿容繾綣又溫柔，絲毫不見平日裡的蕭疏清舉。話音低沉，又帶著蠱惑的意味，光映照人：「那妳考慮一下啊。」

頭頂的廣播、周邊匆忙來往的人影都幾乎變成了幻影。

秦苒看著他那張眉目像山水墨畫，一筆一畫精心勾勒出來的臉……

她是那種看臉的人嗎？秦苒在心裡想了一下，然後認命地低下頭——

她是……

「那我考慮考慮。」她回答。
機場裡人多，但兩人的樣貌太過出眾了，電視上精修過的圖片也不常見到兩人的容色，只有一個就足以吸引路人的眼球了，更別說兩人在一起。
秦苒把連帽衣的帽子拉上，遮了大半邊的臉，「飛機要起飛了。」
「好，」程雋的下巴蹭過她的髮絲，聲音有點慢，「那妳考慮好了沒？」
秦苒不說話，拖著一隻人形玩偶，直到上了飛機才有所收斂。

*

京城，程家——
二堂主的手下在後面拉貨物，二堂主則先一步回程家本部覆命。
最近這兩天，程家不太安穩。程老爺把重慶那塊肥肉交給程雋的事情，在程家已經傳遍了，內部已經有人在傳程雋在重慶什麼都沒做，只顧著陪小女朋友玩。重慶那邊的勢力跟資產貨物因為程雋的怠忽職守，至少會縮水一半。
程饒瀚的心腹就在重慶，程雋的一舉一動，沒人比他們更清楚。今天程饒瀚特地沒有出門，而是與其他堂主一起在程家等二堂主回來。
二堂主已經提前跟程老爺報備過時間了。
一行人沒等兩分鐘，就看到了二堂主，與大廳內所有人想像的頹喪之色不同，二堂主依舊精神奕奕，狀態穩定。若要說有什麼不同，他似乎比以往更具氣勢。

程老爺放下茶杯，一張蒼老的臉容色肅然：「三少爺呢？」

「三少爺陪秦小姐回學校了。」二堂主彎腰，恭敬地回答。

大廳裡的其他堂主一聽，不由得面面相覷。程雋在程家是出了名的不管事，不過這一次有點過分了，連家主安排的事情都沒有做好就去陪那個小丫頭，果然還是美色害人。

「老爺，三少爺太優柔寡斷，注重兒女私情，程家繼承人的三大名額，他擔不起。」一個眸色銳利，皮膚黝黑的中年男人開口。

程老爺抿唇，提起這個，他臉上的神色就黯淡下來。

「這次重慶的事，三少爺太令人失望了。他固然聰明，但在大事上過於注重私人情緒。幾年前您讓他去基地帶隊，他帶到一半就去學醫。這一次重慶勢力的損失慘重，都是因為他不務正事。他心思不定，難以扛起程家大樑。」另一人站起來，拱手說道。

程饒瀚聽著一行人的話，老神在在，並不開口。

二堂主聽到最後一個罪名，頓了頓，然後朝程老爺稟告：「家主，重慶的勢力沒有損失慘重，三少爺已經成功歸攏並收復到京城，全到程家了。」

「成功歸攏？全到程家？二堂主果然是二堂主，在短短三天之內就搞定了交通。」程饒瀚看著二堂主，明褒暗貶。

二堂主聽出程饒瀚嘴裡的嘲諷，他也不在意，只是嚴謹地開口：「除了一小隊人馬，其他全員都到齊了。」

程饒瀚看著二堂主篤定又不慌不忙的樣子，放在扶手上的手一頓。

他心知收到的情報是心腹給的，不會有半點差錯，但……二堂主這穩重的態度也出乎他的意料之外……

二堂主的反應不在程家所有人的意料之內，就算是程老爺親自去，沒有十天時間，也無法把重慶的勢力全盤收復回京城。

他們心裡都知道，程雋根本就沒有疏通那些關卡，二堂主是如何安全把所有人馬帶到京城的？這二堂主是不是被程雋氣到傻了，在做白日夢？

這時候，程管家從門外進來，「老爺，二堂主的人馬已經回來了，在大院門口等您去清點。」

真的全回來了？？

程饒瀚不相信。他抿著唇，沉著一張臉跟程老爺一路走向大院門口。

大院是個校場，此時密密麻麻地站滿了人，除了程饒瀚的那一小隊人馬，二堂主的人馬一個都不少。

剛剛在大廳瘋狂勸說程老爺的幾個堂主此時面面相覷，皮膚黝黑的男人走到程饒瀚面前，「大少爺，是您說三少爺根本就沒有疏通關卡，讓我勸醒老爺的。您的『恩情』我記下了。」

程饒瀚：「……」他哪想得到，從來都不玩心計的程雋竟然也玩起了心計！

其他幾個堂主雖然明面上不說，但因為這次的事件，對程饒瀚也頗有微詞。若程饒瀚提供的訊息是真的，對幾個大堂主來說很重要，可偏偏……程饒瀚提供的訊息根本就是假的，這讓幾個堂主認為程饒瀚的格局「不大氣」。

一行人身後，二堂主在詢問程管家程木的事情。

「程木？」程管家沒想到二堂主會問起程木，「他是跟哥哥們一起從特訓營出身的。」

「特訓營？」二堂主肅然起敬，「沒想到京城的特訓營這麼厲害。」

「程木只跟在三少身後，」程管家慢慢跟二堂主解釋，「金木水火土似乎是三少爺小時候在外面撿到的，來歷不清楚，通常不會管程家的事，我們也只比較常見到程木。」

二堂主點點頭，他一直都知道程家本家很厲害，沒想到會厲害成這樣，隨便一個特訓營出身的人實力就這麼強，瞬間發自內心尊敬程管家。

把二堂主送走，程管家才一頭霧水地擰起眉頭，這二堂主……真是奇怪。

另一邊，秦苒跟程雋還在去雲錦社區的路上。

去了重慶幾天，臨走的時候，秦陵有東西要給秦漢秋，秦苒也要來跟秦漢秋彙報一下秦陵的傷勢沒有太大的問題。

兩人到的時候，阿文不在，秦漢秋還坐在大廳裡的辦公桌旁，翻著一本文件。

「晚上在這裡吃飯吧？我上午剛好買了菜。」

秦管家一向不允許秦漢秋買菜或逛街，但秦漢秋一有機會就不會放過。

秦苒抬頭看了看屋內的擺設，漫不經心地點頭。

秦漢秋看到她答應，臉上浮現喜意，又拿文件去問程雋。程雋就仔細地向他解剖講解各個經濟案例，這些在紙上晦澀繁瑣的經濟案例，被程雋引用典故解釋，就讓秦漢秋瞬間茅塞頓開。

尤其是……秦漢秋看著程雋去廚房倒水的背影，不知道是不是錯覺，這次小程好像對他更有禮貌了一點……

晚上在秦漢秋這裡吃完飯，秦苒跟程雋才回亭瀾。兩人剛離開沒多久，秦管家跟阿文就來培訓秦漢秋。

「抱歉，二爺，」秦管家低頭，「最近我們在忙開發軟體的工程，所以把你的培訓都挪到了晚上。」

「沒事，今天小程來過了，他已經教過我了。」秦漢秋把那一份文件推到秦管家面前。

秦管家看著文件上秦漢秋留下的詳細備註，還有條理清楚的建議，一愣。

又是那個小程？秦漢秋口中的秦苒男朋友？

秦管家怔怔地想著：也對，京大物理系的學生，能當她的男朋友一定也有過人之處。

他拿著秦漢秋備註過的文件離開，回到車上，忍不住打了一通電話給秦修塵。

秦修塵此時還在重慶的旅館中。手機響的時候，他剛從浴室出來，穿著浴袍，白皙的指尖拉攏衣領。秦陵已經寫完了今天的考卷，打開電腦上的遊戲。

這幾天，他都在玩秦修塵幫他找來的遊戲，這是第一次在秦修塵面前玩秦苒幫他下載的遊戲，沒有避開秦修塵。

秦修塵一邊拿著電話一邊隨意看向秦陵，剛按下通話，看到秦陵的動作後他的手忽然頓住，黑色的漂亮眼瞳中出現驚愕之色……

秦修塵清清楚楚地看到秦陵打開一個遊戲圖示，然後輕車熟路地按下一串代碼。

第一章　需要男朋友嗎？

電話已經接通，他卻遲遲沒有聲音。

秦管家的聲音在另一頭：『六爺？您不在？』

「我在。」秦修塵慢慢啟唇，「管家，我這邊有點事，待會回電給你。」

他掛斷電話走到秦陵身後，長睫垂著：「小陵，你在玩什麼？」

「程式設計小遊戲。」秦陵側頭看了秦修塵一眼，他對秦修塵沒什麼隱瞞，「叔叔要玩嗎？」

程式設計……小遊戲？

秦修塵猶如玉色的手指握著手機，他在極力克制自己的情緒。

他一直以為秦陵只是喜歡玩遊戲，還喜歡玩高難度的遊戲，所以讓工作室的人網羅了各種遊戲給秦陵玩，有遊戲機，也有益智遊戲ＡＰＰ……卻從沒想過他玩的是這些遊戲？

「你繼續玩，我看看。」秦修塵勉強壓住內心的驚駭。

秦陵懷疑地看了秦修塵一眼，然後坐直身體，繼續敲著鍵盤上的字母，輸入一行行代碼。他玩遊戲一入神就忘記了身邊的人，還拿來放在床頭的書包，從裡面拿出一本厚厚的「駭客入門」。

這本書是秦苒列給他的其中一本，秦陵在網路上查過，但沒有買到，後來秦苒就送來給他了。秦苒列的一堆書中，秦陵最喜歡的就是這本。

他坐到自己的位子上，因為記性好，直接翻到自己需要的那一頁，然後對照著程式入侵代碼，在鍵盤上敲下一行行字。完全不知道秦修塵站在他身後，站了許久才回過神來。

他沒有在房間內打擾秦陵，而是穿了件外套，拿著手機走到外面，回電給秦管家。

「秦管家，」秦修塵找了個沒人的走廊盡頭，看著窗外的漫天星火，一雙漆黑的眼睛瑩潤著細碎的濕意，似乎又笑了笑：「秦家有未來了。」

京城，坐在車內的秦管家猛地坐直。他很少聽到秦修塵這麼失常的聲音，除了老爺死去的那一次，秦修塵在演藝圈再碰壁也從沒有表露過怯態。

『未來？』秦管家的心臟跳得很快。

秦修塵的另一隻手遮著眼睛，他望著窗外，一字一句地開口：「小陵。」

他跟秦管家提了秦陵會程式設計的事情。

兩人都沉默了好久，秦修塵才慎重地開口：「這件事要瞞好，在培養好小陵前不能透漏出去，不然小陵的處境會很危險。」

秦四爺早就查到了秦漢秋的存在，只是因為秦漢秋對秦四爺沒有絲毫威脅，就算秦管家把他帶回秦家，秦漢秋也不能服眾。可秦陵不一樣，他現在才九歲，就對電腦悟性這麼高，天生就是秦家人，會直接威脅到秦四爺的地位，而他的手段又那麼狠毒……

秦修塵握著手機的手一緊，眸光一厲，不想再重演幾十年前，嫡系一脈全軍覆沒的場景，他現在唯一怕的就是護不住秦陵，甚至護不住秦苒……

手機那頭的秦管家也沒想到秦陵會有這麼高的天賦。他當初查秦漢秋時，只查到秦陵不認真讀書，喜歡蹺課打遊戲，也不愛跟同齡人玩，十分自閉，所以接兩人回來後，秦管家大部分的注意力都放在很難扶起的秦漢秋身上。此時聽到秦修塵的話，他的手指也忍不住顫抖。

秦家……可以恢復到二十年前，嫡系一脈的盛世嗎？他不由得看向車窗外……

「你之前打電話給我，有什麼事？」秦修塵暫且按捺住內心翻湧的情緒，詢問秦管家。

『我是想跟你說秦苒小姐的事情，』秦管家抿了抿唇，『不知道她願不願意回……』

「這件事你不用想。」秦修塵意識到秦管家想說什麼，他直接打斷，否決，「苒苒現在很好，不需要回秦家。」

秦家現在是一個爛攤子，秦修塵不希望秦家拖累秦苒，他無比清楚，現在苟延殘喘、所剩無幾的秦家是秦苒的累贅。秦家就算要崛起，也要靠秦家人堂堂正正地崛起，而不是借助秦苒朋友的人脈施捨，這也是在消耗秦苒的人脈。

在聽到秦陵的事情之前，秦管家覺得唯一能接管秦家的人可能就是秦苒。

此時一聽秦修塵說起秦陵……秦管家對秦苒也就沒那麼執著。秦修塵反對，他就暫且放下這個心思。現在最要緊的就是保護好秦陵，在他有能力之前，不能讓秦四爺發現他。

只是……秦管家想起秦漢秋嘴裡的那個「小程」，心裡略顯猶疑。看過秦漢秋的筆記，就知道這個「小程」格局不小。

另一邊，秦修塵掛斷電話，經紀人剛好從樓下上來，他端了一碗時令水果要給秦陵：「你怎麼在外面？」

房間沒有關上，經紀人直接推開門。

「跟秦管家講電話。」秦修塵收回手機，華美的臉上似乎帶著光。

他笑了笑，然後朝房間走去，看起來像有什麼喜事。

經紀人把水果遞給秦陵，瞥見秦修塵這樣，詫異道：「這麼開心？」

「好事。」不方便跟經紀人說，秦修塵關上門就低頭按手機，慢慢思索秦陵的培養計畫。

經紀人一進來，秦陵就換了個腦殘但經紀人看不懂的遊戲。

「言天王今天離開節目組了，」經紀人盯著秦陵吃完水果，才坐到秦修塵對面，「說起言天王跟江總……你都不覺得你侄女有點不尋常嗎？」

秦修塵看他一眼，不緊不慢地幫自己倒了一杯水，不回話。

「我原先以為你查不到她的地址，是因為她的所在地很封閉。」經紀人壓低了聲音，「若是這樣，一二九很有可能沒有收錄她的資料。但從現在的情況來看，你覺得是因為這樣嗎？」

再怎麼說，也不可能連秦苒的名字都查不到。

秦修塵拿著杯子的手一頓，看向經紀人，又看了眼秦陵的方向，沒回答。經紀人卻看著他，鎮定地吐出兩個字：「忌憚。」

結合這兩天她在節目組的表現，除了忌憚，經紀人想不出其他形容。

「你侄女跟言昔很熟，」經紀人往椅背上一靠，看著秦修塵，「我也從汪老大那裡得知了言昔的背後是雲光財團。」

「雲光財團？」聽到這一句，秦修塵的眼底才有些波動。

「神編江山邑是雲光財團的人。我知道你對秦家有心結，你這個侄女是個關鍵。」

秦苒的人脈有點恐怖。

秦修塵看著窗外，聞言，抿唇，「她能走到今天，又容易到哪裡去。」

＊

翌日星期二，快到十一月中旬。

秦苒考完期中考後請了幾天假，終於回到京大，步入新一輪的學習。

物理實驗室的地下二樓，負責人在核對申請名單。

「今天就要截止申請了，周校長那邊的最後一份保密協議跟申請書還沒到嗎？」負責人推了一下眼鏡，伸手整理手裡的申請書，「是京大今年的新生王吧？」

四大家族、京大、A大今年參與實驗室考核的申請人都簽了保密協議還有申請書，只剩下最後一份遲遲沒有拿到。

助理已經打電話確認過了，他看了負責人一眼，遲疑了一下，「好像是請了兩天假，去重慶玩了……」

「這個時候去重慶玩？」負責人沒想到會聽到這個答案，他一愣，然後失笑，「我怎麼覺得這個學生比去年的宋律庭還要囂張？」

助理搖頭，「會不會是不打算參加十二月的考核，所以就沒簽了？今天是繳交保密協議的最後期限了。」

「也有可能，畢竟宋律庭也是過了一年才參加考核。」負責人把保密協議鎖起來。

十二月考核，剩下一個月不到的時間，大部分參加考核的人都在做各項實驗、專業性題目。實驗室的考核很難，不然每年不會只挑那幾個人。

在這個時候還能請假出去玩，京大上次是在吹牛，才會說新生王十二月要參加考核吧……

兩人正說著，外面一個穿著實驗衣的人走進來，遞了一個信封給負責人：「周校長剛剛派人送來的。」

負責人接過來，拆開一看，正是保密協議跟申請書，上面囂張地簽了兩個字——秦苒。

*

亭瀾——

公司的事情還沒處理完，程溫如就早早過來了。程雋正坐在樓下的沙發上，雙腿微微交疊，膝蓋上還放著他慣用的電腦；程木蹲在小角落，十分認真地拿著小鏟子等工具，嘴裡嘀嘀咕咕地埋怨他哥沒有照顧好花。

程溫如去樓上找了一圈，沒找到秦苒，才下來坐到程雋對面：「苒苒還沒下課？」

「再等等。」程雋漫不經心地敲著鍵盤，頭也沒抬。

「那就再等等。」程溫如遺憾地嘆息一聲，坐直身體，指尖敲著膝蓋，然後微微瞇起眼：「你有沒有聽說，有一個不是四大家族的新人要進研究院？」

研究院專攻武器與自動化機械的工科研究。

程雋對這些向來不太在意，眸色淺淡，「是嗎？」

「你怎麼半點情緒變化都沒有？」程溫如雙手環胸，抬著下巴看他，「你不是已經開始跟大哥爭了嗎？」

「誰跟妳說我要跟他爭？」程雋挑起唇角，懶散地看她一眼，指尖暫且停下動作。

「家裡都傳遍了。」程溫如傾身，「因為二堂主那件事，大哥在程家如日中天的位置都被你撼動了。很厲害啊，不動則已，一鳴驚人。」

「那是個意外，」提起這個，程雋忍不住笑了笑，眉宇間流淌著雅致的韻色，「我不跟他爭。」

程溫如往後靠，擰起眉頭，「還不爭？你要知道，大哥那個人最後是不會給你活路的。」

程家在老爺的管理下算很好了，不像秦家一脈自相殘殺，到現在連四大家族都擠不進來。一個家族最重要的就是領導人，需要任人唯賢，胸襟開闊，又有過人的雅量，不然難成氣候。

程老爺幫程饒瀚取這個名字的時候，就是希望他有廣闊的胸襟，沒想到最後還是像他母親。這些年，程老爺對程饒瀚越來越失望，但程雋一直無意關心程家，程溫如則專心於公司，這才讓程饒瀚在程家一家獨大。

「爭是要爭，」程雋淡定的嗓音裡多了些漫不經心，「但是爭的不是我。」

他把腿上的電腦隨手放到桌子上，看向程溫如，不急不緩地說了兩個字：「是妳。」

「我？」程溫如一頓，然後搖頭失笑，「怎麼會是我？」

「只能是妳。」程雋站起來，指尖勾起桌子上的車鑰匙，走到門口的時候稍微頓了頓，放緩聲音：「程家還是需要程家人來繼承。」

門被輕輕關上，程溫如坐在沙發上，一雙銳利的的眸子瞇了瞇。

「大小姐，喝茶。」程木洗了手，又去廚房倒一杯茶來，放在程溫如手邊。

程溫如伸手接過來，手捧著茶杯，眉頭稍擰，指尖無意識地敲著茶杯。她不是第一次跟程雋討論這件事了，但以往程雋都是漫不經心的態度，之後該幹什麼還是幹什麼，程家的事，他最多就接手一半，等帶入正軌就隨手交到程家人手裡。

當初基地就是這樣。他接受特訓半年就爬到了基地負責人的位置，偏偏教會了一隊人馬，他就直接撒手走人，去學攝影。老爺當初被他氣得要死，最後還是捨不得說他。諸如此類的還有很多，外界傳言他愛好廣泛，行事過於浮躁，太過自負，難成大事。

一開始程溫如也是這麼認為，直到後來……老爺病重，程金帶她去拍賣場，見識到「忘憂」這種像外星物種的東西。老爺的病情就此穩定下來，但程金囑咐過她這件事不能外傳。

後來，程雋又帶她開了一個公司。

外界傳言她手段不凡，但實際上比起程雋，她的手段弱得很，甚至她在商場上殺伐果決的手段，有一半是從程雋手上學來的。她深知自己改變了很多，公司裡有好幾個程雋找來的老人時不時會教她一點新的東西……她比任何人都清楚，只要程雋想繼承程家，就沒有不可能。

這幾年來，她跟程雋討論這個問題不止一次，程雋每次都非常敷衍，只有這一次……

程家還是需要程家人來繼承……這是什麼意思？

程溫如喝了一口水，回想起程雋第一次被程老爺接回程家的時候，她還未成年。只記得那一年過得很好，還有百年來最大的一場流星雨。

京城的格局變化非常大，幾大家族的家主在那一年都去了外地。程老爺回來時，就帶回了一個彷如玉雪雕砌的三歲小男孩，一直處於昏迷狀態，過了三天才甦醒。程老爺只跟她與程饒瀚解釋那是他最小的兒子，其他什麼都沒有說。

程溫如的母親在生下她之後就離世，這麼多年來，程老爺一直沒有續弦，突然多出一個兒子，還百倍寵愛這個老來子，程鐃瀚接受不了，程溫如卻能接受。

程雋小時候，有一段時間是程溫如帶大的，兩人之間的姊弟感情比程鐃瀚深很多。

程溫如喝完一杯茶，在腦子裡想了不少事情。所有一切像有了一些頭緒，又像沒有頭緒。

程溫如放下茶杯，看向程木，翹著二郎腿：「木木，你們是怎麼被我三弟撿到的？」

她不知道程金在幹嘛，但從程金的言談舉止能體會到，他比自己公司裡的那些老人還要厲害。

「撿？」程木一聽，立刻搖頭，頓了一下，然後支支吾吾地解釋了一句。

「什麼？你大聲點。」程溫如挑眉。

「我說是我哥他們利用我，刻意找上雋爺的！」程木漲紅著臉開口。

程溫如這下真的好奇了。她手撐著下巴，想問問程木他們究竟是怎麼做的。

但這次程木一句話都不說，垂著腦袋去修整花。

＊

接近十一月中的天氣很冷。

今天也不是什麼節假日，程雋把車停在路口，步行兩分鐘到校門口。

他抬起手腕看時間，預計還要等一分鐘，才漫不經心地抬頭看向校門口。

無論什麼時候，京大校門口的人潮都不少。程雋等了一分鐘，才看到人群裡有一個戴著連帽衣帽子的人。她半垂著腦袋，似乎挺不耐煩的，還能看到她黑色的耳機線從白色的帽子下滑出來。

京城比較早入冬，十一月的溫度最低已經降到四度，很多人都裹上了棉衣。

等人走到不遠處，程雋才把人拉過來，扯下她的帽子：「冷不冷？妳的大衣呢？」

他昨晚去處理一些事情，早上回來的時候，秦苒已經去學校自習了，程木也一早就去找林思然爸爸。

程雋低頭脫下外套，將秦苒從頭包起來，然後側頭看著秦苒，略微思索。他覺得去年冬天，程水就照顧得很好……

這段時間來，程雋覺得陳淑蘭的擔心不是沒有道理，秦苒，她能把自己玩死。

「有點冷，早上沒這麼冷。」秦苒伸手隨意扯了扯衣服，露出頭，不太在意地回應。學校裡有空調，她穿衣服就隨便了一點。

程雋瞥她一眼，沒說話，只是鬆開手，拿出鑰匙開車門，壓低聲音，每日一問：「苒姊，妳考慮好了嗎？」

秦苒拉攏衣服，沒抬頭，含糊不清地開口：「還沒。」

程雋低聲一笑，「好。」

他把車開回亭瀾，程溫如還坐在沙發上沒有走，似乎在思考人生。

看到秦苒回來，她眼前一亮，放棄了思考人生：「苒苒，姊帶妳去一家私房菜館，那裡的水煮肉跟排骨絕對好吃！」

秦苒隨手把書放在桌子上，頂端是兩張蓋住的Ａ４紙。程木就走過來看了看，從紙的背面，他能隱約看到「協議」兩字。

秦苒想了想，看向程溫如，抱歉地開口：「今天我約了一個老師吃飯。」

「老師？」程溫如下意識想到了魏大師，「那……我能不能請妳跟魏大師吃飯？」

秦苒脫下外套，準備上樓換衣服。聽到程溫如的話，她略思索，揚起眼眸：「不是魏大師。」

程溫如只知道魏大師是秦苒的老師，聽她說是老師，自然就想到了魏大師。

程溫如去過魏大師的收徒宴，還跟魏大師聊過幾句，算得上認識。

現在秦苒說不是，程溫如就不好意思請她跟老師一起吃飯了，她的目光落在秦苒身上：「妳一個人去？」

秦苒眸如冰雪，歪著腦袋看著程溫如，含糊地應了一聲，「妳也可以……」

「那就算了，不能惹妳老師不高興。」程溫如收回手，淡淡一笑。

自己這麼冒失地跟去，對秦苒的老師也不禮貌。程溫如從小禮儀就學得很好，沒非要跟著秦苒一起去，否則自己不請自來，到時候也可能讓秦苒的老師不高興。

她端著茶杯，看著秦苒上樓換衣服的背影，等她整個人消失在樓梯口，才看向去廚房倒水的程雋：「你也一起去？」

「去。」程雋倒了兩杯水出來，一杯放在茶几上，一杯自己拿著，漫不經心地回應。

「那這次是她的什麼老師？」程溫如手撐著桌子，敏銳深邃的眸子帶著幾分思量。

經過魏大師跟兩大院校搶人的事件之後，程溫如覺得就算秦苒的老師是京城那位名譽極高的「姜大師」，她都不會太驚訝。

程雋頭也沒抬，眸色淺薄，聲音也是能聽出來的冷淡：「稱他為老師是尊敬他。」

程溫如：「？」

「畢竟他還沒成功上位。」程雋把瓷杯放到桌子上，漫不經心。

程溫如：「……」那聽起來有點慘。

她莫名對秦苒這個還沒有名分的老師多了些許同情。

不久，秦苒從樓上穿了件大衣下來，程溫如看了看時間，就和他們一起下樓，沒留下來吃飯。

「妳拜師之後，是不是還有個拜師宴？」程溫如雙手環胸，勾著唇看向秦苒，隨意問問。

若要拜的老師是其領域內的大師，收徒這種事備受社會關注，拜師宴是嚴謹的流程，也是老師對弟子的看重，不然不會被業內承認。若僅僅是普通老師，很少有人會舉行隆重的拜師宴。

程溫如也就是隨口一問，不是真的覺得秦苒還有拜師宴。

秦苒伸手拉了拉衣領，聽到程溫如的話，攏著衣領的指尖頓了頓，低頭沒說話。

叮——電梯到達停車場。

程溫如跟秦苒一起出來，程雋跟在兩人身後。

「我聽程金說過期中考試的事了，妳好像考得很好。」程溫如想起這件事，腳步放得很慢：「妳們院系的主任、院長有沒有跟妳說過實驗室了？」

「……有。」秦苒微微抿唇，白皙的指尖繞著大衣中間的銀色大排釦，上頭的花紋逼真好看。

「真的提了？」程溫如一愣，然後失笑，「那妳可以努力一下，要是明年能進實驗室就好了。你們學校大二的宋律庭是嗎？今年三月進了實驗室，昨天直接升到了第一研究院。才剛大二，這是京大這麼多年來的第一人，研究院裡最近傳得很廣，你們學校的人真囂張。」

秦苒一愣，「研究院？」

她去一二九總部查過四大勢力之一的第一研究院，也就是徐校長手下管的那個。

只是……宋律庭沒跟他們提過他已經進研究院的事。

「等妳進實驗室久了就會知道了。」程溫如以為秦苒是想問她研究院，這個解釋起來很麻煩，也就懶得解釋，只道：「當務之急是先進實驗室，不過不是四大家族的人……考核有些變態。」

通常都是大三、大四的學生經過幾大院校篩選跟嚴格的培訓，才有參加考核的機會。程溫如當年沒服從家族安排，自負地報考了普通人的考核，很自然地……她沒考進去。

初出茅廬的四大家族少年都很自傲，不靠家族，想自己考入，但大多數都失敗了。

程雋當年倒是服從家族的安排，跳過醫學實驗室，直接到了研究院，把大他四歲的陸照影跟江東葉甩在身後，之後在研究院鬧了個雞飛狗跳，學了一個月就飛去美洲醫學組織了。他在美洲也只待了半年，聽程雋自己說，他最後是被醫學組織聯手趕出來的。因為內部訊息涉及到美洲，大多數都會被封鎖，京城的人不清楚內情。

程溫如坐在車上，看了對面程雋的車一眼，搖頭。不知道秦苒什麼時候能進物理實驗室……不過憑藉物理系主任跟數學系主任爭她爭到家裡的事蹟，她猜秦苒要在一兩年內進實驗室肯定不難。

「果然是變態吸引變態……」程溫如發動車子，不再回憶自己那次懷疑人生的考核。

三人在停車場分道揚鑣。程雋將車緩緩開出去，秦苒坐在副駕駛座，一手拉開門，一手按著手機，單手在跟南慧瑤聊天。

南慧瑤：『成功約到群組裡妳高中的大神們見面了，期中考後都有時間，這個星期六。』

南慧瑤：『妳請假回來沒？』

秦苒懶洋洋地按著手機，回一句：『剛回。』

南慧瑤：『膜拜大老.JPG』

南慧瑤：『剛考完就請假三天出去玩，妳是第一個，妳已經紅得一塌糊塗了，論壇上都在傳妳明年初能進物理實驗室……』

秦苒半靠著窗戶：『時間地點。』

依舊言簡意賅，隔著電話都能感覺到撲面而來的寒意。

南慧瑤秒懂秦苒在問她見面的時間，她一抖，歪坐在電腦椅上的身姿立刻坐直，回得一板一眼：『早上十點，東門火鍋店，邢開他們都會來。』

秦苒又扔了一個「嗯」字過去，就關掉手機。

十分鐘後，車子停在一處安靜的私人會所裡，程雋跟在秦苒身後一起上去。

二樓，標著「蘭」字的包廂門上雕著栩栩如生的蘭花，秦苒不緊不慢地敲了三聲，門從裡面打開。正是徐校長。他鼻梁上架著老花眼鏡，看到秦苒身後的程雋，手只是頓了頓，便側身讓兩人進來。兩人是約好了時間，秦苒到的時候，菜也剛上桌。

她跟徐校長打了個招呼，就坐下來吃飯。

徐校長任由她先吃，跟程雋隨意聊著京城最近的異狀，等秦苒吃得差不多了，徐校長才看向秦苒：「考核準備得怎麼樣？」

「還沒準備。」秦苒捏了捏自己右手的手腕。

徐校長拿著筷子的手一頓，目光移到秦苒的右手，放緩了聲音：「不急，還有一個月……慢慢來。」

秦苒的期中數學、物理考試，徐校長早就收到了內部的一份報告。

核子工程師因為涉及到諸多細節，不管是哪個小零件還是線路都不是機械能代替的，操作中的一絲失誤都會引起爆炸，甚至是更嚴重的事，有些環節，研究院裡也只有幾個大師等級的工匠能夠做到……對右手的要求極高。

這是徐校長當初在雲城看到秦苒的手被許慎傷到的時候，擔憂她右手的原因。

「我說的事情……」徐校長收回目光，他沒吃飯，就端起手邊的茶，抿了一口。

秦苒不緊不慢地夾了塊排骨，眸色清明，很輕的一個字：「好。」

繼承人這件事，秦苒早就開始鬆口了，但徐校長一直沒得到準確的回覆，患得患失，眼下終於得到了秦苒的回覆，他懸著幾年的心終於放下。

「好，好！」他拿著茶杯，指尖顫抖。

「徐老，」程雋拿著茶壺，往徐校長的杯子裡添茶，青瓷杯內的茶水晃出圈圈波紋，「接下來你們徐家還有一場大仗。」

徐家勢力——研究院交給了一個外人，而不是徐家人，這無論在徐家還是研究院都不能服眾。

對於這個，徐老倒不在意，他抬了抬下巴，不悅地看了一眼程雋，「我選的繼承人，自然是最好的。」

連徐搖光都被他從本子上劃掉，這樣千挑萬選選出來的繼承人，能差到哪裡？

「宋律庭昨天到研究院了。」徐校長看向秦苒，手指敲著桌子，「從京大到研究院，他用了十四個月。妳用七個月，無論是考核子還是實驗工程都認真對待，明年三月底爭取進研究院，讓研究院那群自以為是的大師好好看看，屆時誰敢對我收的繼承人說不行？」

這條路，徐校長也早就幫秦苒鋪好了。

秦苒的指尖滑過杯沿，眸光淺淡，進研究院也是她的最終目標。

聽到徐校長讓她好好考，她點頭，「我知道，宋大哥跟我說過了。」

「他也跟妳這麼說？」徐校長不知道想到了什麼，嘴角稍微抖了一下，「難怪……」

難怪宋律庭會這麼狂，把實驗室的各位舊生踩在地板上，看來是有備而來。

這對兄妹……都有囂張的資本。

徐校長跟宋律庭都知道秦苒的個性，怕麻煩還沒耐心，對什麼都漫不經心的，徐校長跟宋律庭都怕她會做出有點古怪的行動，所以都特意提醒了一句，秦苒也更加慎重地對待這件事。

*

徐校長今天高興，後面還跟程雋喝了兩杯酒。

只有兩杯，喝第三杯的時候，秦苒把酒壺擋下來了。

站在京城圈子金字塔頂端的兩個人看著秦苒手中的酒壺，都不敢跟她要。徐校長喝的酒不多，身上只有一點酒氣，司機把車開回徐家，也九點了。

「搖光少爺在書房等您。」管家俯身。

徐校長腳步一轉，朝書房走去。

「爺爺。」徐搖光微微抿唇，「您準備什麼時候公布繼承人的消息？」

秦苒的事情，徐搖光早就猜到了，徐校長也沒隱瞞今天為什麼出去。

「明年三月，」徐校長坐到椅子上，伸手接過管家遞來的茶，「等她進了研究院。」

他說了一句就打開電腦，整理出一份考核內容，打開信箱，全傳給秦苒。

實驗室裡有什麼東西，徐校長不需要跟秦苒多說，那些東西秦苒很清楚。

徐搖光站在徐校長對面，看著徐校長的模樣，冷淡的眉宇間多了些許神色，他薄唇微抿：「爺爺，如果您想讓研究院的大多數人認可她，就讓她自己考進去，以實力服人。」

秦苒的本事不比宋律庭差，徐搖光覺得她能憑藉自己的能力考進去，不需要靠徐校長這個捷徑，對她來說只有壞處，沒有好處。若是靠他爺爺的威名，就算她被他爺爺認可了，研究院也會有一大批人不服她。只有一步一步憑真本事爬上來的人才會被認可，如同他爺爺，如同宋律庭。

徐搖光以前曾想過要跟他爺爺一樣，接任徐家的同時身兼第一研究院的繼承人，不需要靠外人的協助。只是這一步太難，徐老還是選擇了其他人。

現在已經快十一月中旬，距離明年三月不到五個月，秦苒連京大實驗室都還沒進，更何況是研究院？

一聽徐老的話，徐搖光下意識認為秦苒三月分就要被徐老以繼承人的方式，推選入研究院。

徐管家停在一旁，垂著腦袋，不參與兩人的對話。

徐校長喝了口徐管家遞來的解酒茶，抬頭看了眼徐搖光，語氣散漫：「這件事我不插手。」

徐搖光眼底翻湧：「您不插手？」那她要自己考進去？

徐搖光只知道秦苒在各方面都很好，至於好到什麼程度，他不知道，此時聽徐校長這麼說，他一愣，「那會不會太嚴苛了？」

徐校長喝完茶，揮手讓管家跟徐搖光出去。

管家恭敬地關上了大門。徐搖光沒穿外套，他停在長廊上，冷風拂過，整個人清醒至極。

「管家，您覺得爺爺說的，她能做到嗎？」徐搖光的唇抿著。

徐管家不了解徐老要收的繼承人，不敢回應，只遲疑地開口：「天資出眾的宋律庭也要花一年的時間，家主只說了有可能，沒說確定……」

明年三月……難度不是一星半點，要是真的能自己考入，不用靠徐老，她自己就能震懾住研究院的那些人。徐管家跟徐搖光在思索這件事的可能性，卻不知道書房內，徐校長看著螢幕上研究院的頁面，微微搖頭。

三月……過分嗎？在寧海鎮的研究基地，秦苒在四年前就達到了內部要求，讓她明年三月再爬上去，徐校長是真的覺得不過分，她天生就是適合做這件事的，若非那場爆炸案，她也不會晚了四年才到京大。

還好……他等得起。

第二章　詮釋囂張

與此同時，秦苒正在自己的房間內，一邊跟宋律庭說他進研究院的事情，一邊打開了信箱，接收徐校長傳過來的文件。

宋律庭一直都知道徐校長的事，聽到徐校長幫她安排了明年三月的事，他直接傳來一句：

『稍等。』

秦苒就一邊看核子工程的書，一邊等著。

大約半個小時之後，又收到一份宋律庭傳過來的超大文件，超過３Ｇ——

『認真看。』

秦苒直接下載，打開資料夾一看，發現是多個實驗室的影片。是宋律庭錄給洪濤的，他到研究院之後，洪濤就是個閒人了，這個時候給還沒進實驗室的秦苒用，正好。

剛打開第一個影片，看了十分鐘的時候，秦陵就打了電話來。

秦苒把電腦影片的聲音放出來，拿起一邊耳機塞到耳朵裡，往椅背上靠，冷眸半瞇，一邊看影片一邊問話：「什麼事？」

『今天叔叔幫我請了幾個老師。』秦陵蹲在洗手間裡，手放在嘴邊，壓低聲音。

秦苒沒太意外，漫不經心地開口：「你讓他看你打遊戲了？」

『……妳說可以給叔叔看的。』秦陵的長睫垂著，聲音有點小。

「是啊。」秦苒看著螢幕，一心二用地開口，「好好跟著老師學，不懂的問我，不過接下來我可能沒有時間，重新介紹一個人給你，當年教你姊的。」

聽到姊姊不教他，秦陵眸光微淡，「喔」了一聲。

這邊的秦苒直接掛斷了電話，一邊看影片一邊在手機上找到「鄰居」的微信，傳給秦陵，讓秦陵趕緊加他好友，又留言給鄰居：『我弟弟加你，』

留完言之後，秦苒剛想傳送，想了想又點開微信的訊息，把逗號改成了句號。

這一邊，秦陵聽到秦苒說那老師是之前教秦苒的，連忙坐直在馬桶上的身體，恭恭敬敬地發送申請給老師。

老師似乎也十分沉默寡言，加了他之後說：『有問題問。』

沒有其他的話。

秦陵收起手機，然後走出洗手間。他白天錄製節目，其他時間就跟老師學習，進度之快，讓教他的老師嘆為觀止。

秦修塵聽老師跟他彙報秦陵的進度，對復興秦家本家一脈也越來越有希望。

秦管家那邊知道秦陵的進度之後，對秦漢秋也沒那麼嚴格地進行填鴨式教育了。當初會對秦漢秋施行填鴨式教育是因為嫡系一脈只有他一個，逼不得已，眼下有了個神才秦陵，秦管家也就不逼他了，除了讓秦漢秋學一些基本的東西，其他代碼、軟體就沒再逼秦漢秋去看。

姊弟倆在重慶分開之後，都陷入了瘋狂的學習之中。

第二章 詮釋囂張

*

星期六，秦苒是被南慧瑤的電話吵醒的，提醒她今天是跟她高中同學見面的日子。

秦苒昨晚看影片、看書到兩點多才睡，睜眼在床上坐了一會，才慢吞吞地爬起來，刷牙洗臉、換好衣服到樓下時，程雋也剛好晨練完，從門口進來。

大冷天的，他只穿了件白色的長袖運動衫，挾裹著一層冷霜，好看的眸子漫不經心地瞇著，看到從樓上下來的秦苒，慵懶的眸子眨了眨，「幾點走？」

「九點半。」秦苒這幾天都沒睡好，她拉開椅子坐好，手撐著下巴。

見面地點在京大周圍，開車過去不用二十分鐘。

程雋抬手看了看手腕上的錶，時間夠，他就上去洗了個澡，換好衣服才下來跟秦苒一起吃完早飯，開車去南慧瑤說的火鍋店。

他把車停在火鍋店門口，沒跟秦苒一起進去，只叫秦苒散場前跟他說。

南慧瑤跟邢開、褚珩三人提前二十分鐘到了。

「苒苒，妳來了，」南慧瑤抬起頭，讓出一個位置讓秦苒坐，「這裡。」

秦苒脫下外面的大衣，隨手掛在一邊，然後坐到南慧瑤身側，懶洋洋地斜靠著椅背，漫不經心地跟三人聊天。

又兩分鐘後，包廂門外有人敲門。

南慧瑤眼前一亮，忍不住抓著秦苒的手臂，激動地道：「我終於能見到擁有三張神牌的女人了嗎？」

邢開則猛地站起來，激動地開了門。

門外，林思然的手保持著敲門的動作，第三下還沒敲出來，沒想到裡面的人這麼熱情。

「你好。」她身後戴著黑色鴨舌帽的喬聲單手插在口袋裡，身形修長，笑起來十分陽光，跟邢開打招呼。

邢開把另一扇門也打開，還彎腰，「大神好。」

「別叫我大神，」喬聲往旁邊躲，勾著唇笑道，「我可不是什麼大神。」

「至尊二星，還不是大神？」

南慧瑤坐好，身側的邢開瘋狂點頭。

那一個群組至少都是宗師等級的大老，幾乎人手一張神牌，對差了兩級的邢開跟南慧瑤來說都是超級大老。

神仙班級。喬聲就挑著眉眼，看了看秦苒那邊。

秦苒面無表情地敲著桌子，輕挑起眉：「上火鍋。」

邢開立刻按了服務鈴，讓服務生上鍋底跟食材。

幾個人在網路上很熟，見面後除了一開始有些尷尬，火鍋上來之後，尷尬消失於無形。

「你們班上都是神人嗎？」邢開打開一罐啤酒，跟喬聲遙遙舉杯，「除了少數不玩遊戲的，怎麼每個人都有神牌？」

邢開等人知道那群組裡的幾十個人都是同一班的。

說到這裡，邢開又看向林思然，豎了個大拇指：「妳竟然還有三張！」

林思然低頭吃肉，跟南慧瑤在網路上打遊戲打了這麼久，林思然知道秦苒沒跟南慧瑤他們說神牌的事情，默默開口：「朋友送的。」

「我怎麼沒有這樣的朋友？」南慧瑤拿起飲料喝了一口，側頭看向秦苒：「苒苒，妳不打遊戲嗎？別當個美書呆子，一起打遊戲，讓喬聲他們帶妳啊。我這個菜鳥也被他們帶到宗師滿級了，不過沒人敢帶我上至尊……」

群組裡的人，名稱都是遊戲等級與人名。

南慧瑤也找到了秦苒，秦苒就是再普通不過的名稱，沒有遊戲等級。因為她跟邢開是秦苒拉進去的，群組裡的幾個技術大神拿神牌五排，帶南慧瑤跟邢開登上了宗師，但至尊……幾個人也怕掉分，不敢帶南慧瑤跟邢開。晉級賽的難度不是一星半點，就算有神牌，他們也沒有帶坑上至尊的技術。

說起這個，南慧瑤就看向喬聲跟林思然，眼冒精光：「你們說的大老什麼時候有時間，帶我上至尊？」

秦苒低頭吃肉，沒開口。

暑假被全班約打遊戲支配的恐懼，她不想再經歷了，不然也不會把南慧瑤拉到班級群組裡。

喬聲靠著椅背笑：「可能要等期末吧。」

「好吧。」南慧瑤遺憾地點頭，「你們說的那位大老我還沒見過。」

能讓一個神仙班級公認為大老，不知道究竟有多厲害。

＊

一行人吃完飯，南慧瑤、邢開帶林思然他們去逛物理系。

秦苒看他們玩得很開心，就沒有跟他們一起，她還要回去看書。於是傳了訊息給程雋，把風衣套上，沒扣釦子，只隨意地把圍巾拉上，遮住下巴，耳裡懶懶散散地掛著耳機，兩手插在大衣的口袋裡，站在路邊等車。指尖把玩著黑色的耳機線，瑩瑩如玉。

一輛黑色的車停在她面前。秦苒抬了抬頭，不是程雋的車。

車窗降下，首先看到的是放在方向盤上修長的手指，來人偏過頭，微微一笑，如畫的眉眼似被春風吹皺的湖水，漾出波紋，周邊的萬物都沒了色彩。

秦苒收回目光，朝他禮貌地點頭：「楊哥。」

「有時間？」對方手指握著方向盤，嘴邊的笑意明顯。

秦苒一頓，目光越過車，落到斜對面的咖啡館：「對面吧。」

楊殊晏看了眼人來人往的對面，心底一絲詫異閃過，卻還是點頭，「好。」

他把車停好，再進咖啡館的時候，秦苒已經選好了座位。看到秦苒選了人影喧囂、靠近街道的玻璃窗邊，楊殊晏的腳步一頓，垂下眼眸，雙手動了動。

今天放假，咖啡店裡人多，大多數是大學城的學生。秦苒把圍巾往上拉，遮住了下巴。

楊殊晏點了杯咖啡，又點了杯奶茶給秦苒。東西上得很快，他拿著勺子攪拌咖啡，一雙清朗的眸子看著秦苒，嘴角抿著笑意：「果然跟陸叔說得一樣，苒苒，妳變了很多。」

秦苒用兩隻手捧著奶茶杯，透過玻璃窗去看馬路邊，沒看到熟悉的車。

她收回目光，抬眸，眉眼一如既往的輕佻：「財團出事了？」

一如既往的直奔主題。

「沒，我只是看妳的微信介紹改了。」楊殊晏看向秦苒，澄澈的眸中映著她的倒影，「能走出來就好。」

秦苒一愣，沒想到他還在意這件事。她拉下圍巾，隨意掛在脖子上，抿了一口奶茶：「謝謝。」

「不用跟我客氣。」楊殊晏搖頭，靠上椅背看秦苒，清淺的眸光印著細碎的光影，「妳應該都知道，我一直讓妳待在雲光財團，沒有讓妳被捲入美洲的事。」

聽到這一句，秦苒的睫毛垂下，姣好的眼睛半瞇著。之後漫不經心地應了一聲，手撐著下巴。

「我們在美洲過於複雜，」楊殊晏頓了頓，不知道想到什麼，眸色變得有點淡，「有些人不知不覺就死在了貧民窟，就算找遍整個美洲，或許連屍體都找不到。」

秦苒的語氣裡聽不出情緒，只是翹著二郎腿，朝他笑了笑：「那真可憐。」

「是可憐……」楊殊晏的眼睫顫了顫，又抬頭，恢復了以往溫潤如玉的眸色，「所以，妳覺得妳能應付嗎？」

秦苒抬眸，「什麼？」

「窗外的那個人，在美洲也不簡單。」楊殊晏的勺子攪著咖啡，眉眼溫和，不經意地開口，看向她身側的窗戶，「妳能應付嗎？」

秦苒側身朝背後一看，一眼就看到站在對面的程雋，他的眸色清清冷冷。

一直都很淡定的秦苒握著奶茶杯的手收緊，清致的眉心微擰。

「符合妳的審美。」楊殊晏看她的樣子就知道了答案，輕聲一笑。

秦苒一頓，看向他。

「出去吧，別讓他等太久。」楊殊晏伸手把一旁的杯蓋蓋上，看著她，眸色柔和。

秦苒拿著奶茶，起身跟他說了句再見就走出咖啡店。

剛離開一分鐘，對面的椅子上又有一人坐下。

陸知行摘下耳朵上的耳機，把手機放在桌子上，看向楊殊晏，「楊先生，何必呢？」

認識這麼多年，陸知行一直都知道楊殊晏很照顧秦苒。

楊殊晏收回目光，冷玉般的指尖繞著咖啡勺，聞言，斂眸悵然，「……不能再害死一個人。」

「嗯？」陸知行沒聽懂。

楊殊晏在咖啡裡加了糖，抿了一口，還是苦澀。他放下杯子，「走吧。」

沒有解釋。

*

咖啡廳外，秦苒走到了大街上，程雋依舊站在原地。

步行街上來回穿梭的都是人影，他精緻的眉眼懶懶散散的，透過人群望著她，身影修長，鶴立雞群，與以往沒什麼兩樣。

秦苒走近，下意識開口，抬頭：「那……」

「我知道，」程雋低頭，細密的睫毛垂下，覆蓋住深色的瞳眸，把她的圍巾重新圍起來，「車還在路口。」

語氣還是一貫的漫不經心。秦苒跟在他身後，側頭看他一眼。

她走到街口的車邊，看著他打開副駕駛座的門，低頭喝了一口奶茶。

程雋等她上了車，繞到駕駛座。秦苒右手拿著奶茶，左手隨意繫上安全帶，感覺到他開了駕駛座的門，「砰」地一聲關上，她手中的安全帶還沒扣上，手就被程雋按住。

她下意識地抬頭。

車內就這麼大，他低頭湊過來，更顯得車內狹窄。程雋一手壓著她的左手，另一隻手將人攬得更近，鼻息交纏間，他笑道，「苒姊，今天的妳考慮好了？」

扣在她腰間的指尖收緊，程雋不等她回答，只低喃，「肯定考慮好了。」

嘴角勾起，壓低的聲線是他慣有的懶散，又莫名帶了一絲低啞。

車廂內空氣稀薄又乾燥，秦苒的五感似乎比以往清晰無數倍，清楚地感覺到扣在她腰間的手，隱約能感覺到熱度。

他近距離凝視她，一雙眼睛又黑又亮，溫柔又認真，像是映著雪。

秦苒動了動左手。他按住她左手的手沒多用力，稍微一翻轉就能掙脫。

她沒說話，只是反手抓住他的手，像是回應。

程雋低眸，一雙清眸看向秦苒，他不期待她現在能有什麼回應。

真是……要命……程雋低了頭。

*

亭瀾——

程老爺跟程溫如挑了個秦苒沒上課的時間來看秦苒，但秦苒去找同學了，兩人也不急，就坐在沙發上。程溫如靠著沙發，低頭玩手機，程老爺則站在一旁，詢問程木最近秦苒的情況。

程木正在廚房泡茶，回答得很詳細，「秦小姐一直都在讀書，基本上十二點後睡覺，」頓了頓又開口，「吃飯都會看書。」

一聽，程老爺擔憂地擰眉，嘆氣：「她怎麼這麼刻苦？」

程管家看著程老爺，想起還在雲城時的秦苒……他頓了一下，還是沒有告訴程老爺實情。

秦苒那時候除了打遊戲，就是不務正業，沒事還會幫錢隊他們追蹤一下案件。聽到程木口中這麼努力的秦苒，程管家覺得有點玄幻……秦小姐又要幹嘛？

他正想著，玄關處傳來聲音，程管家一抬頭，就看到秦苒跟程雋兩人。

程雋懶洋洋地換鞋，散漫地跟程老爺打了個招呼。

程老爺沒理他，伸手理了理衣襟，看向秦苒，那張嚴肅的臉緩和下來，「最近讀書累不累？下個星期想不想出去玩？溫如說妳喜歡有年代感的地方，臨省有個園林，剛開發好。」

秦苒取下脖子上的圍巾，隨手放到手邊的沙發上，她算了算時間，抱歉地看向程老爺，「短期內可能去不了，等我忙完。」

京大實驗室考核在即，徐校長跟宋律庭都這麼注重，她也不能鬆懈，需要準備很多東西。

「好。」程老爺遺憾地點頭，準備過一段時間再來找秦苒玩。

程溫如彎腰拿起水杯，看向秦苒，笑道：「別理我爸，你們院長有沒有打算幫妳報明年三月的京大實驗室考核？」

「大小姐，妳怎麼現在就跟秦小姐說這個？」程管家一笑，看向程溫如，「秦小姐現在才剛升大一，別給她這麼大的壓力。」

當年程溫如被普通考核逼瘋的事情，程管家一直都記著。

吵吵鬧鬧的。程雋的指尖解開風衣的釦子，看向秦苒，「妳上樓看書。」

秦苒就很有禮貌地跟一行人打了招呼，拿著手機上樓看書、看影片。

等她的背影消失，程老爺才坐好，接過程木從廚房端來的茶，聽著程溫如說的話。程老爺略顯渾濁的眼睛眯著，他跟程溫如等人不一樣，知道周山當初會跟A大搶秦苒，是為了資源。秦苒這種資質，進實驗室是早晚的問題。

程老爺捧著茶，瞥了程管家一眼，「研究院不是才有一個大二的京大學生嗎？我們得提早做準備。」

程管家：「……」

是誰前幾天才要周校長過兩年再讓秦小姐進研究院的？現在想法就變了，程老爺的濾鏡有點厚。

程老爺說完，不緊不慢地喝了一口茶，這才看向程雋，臉依舊板著：「怎麼一直不回家？」

「沒事情。」程雋脫下外套，坐到程老爺對面，靠著沙發，眸色淺淡。若是平常，他肯定不會解釋，但今天似乎心情不錯，還跟程老爺解釋了一句，「程家現在肯定很多人想找我，不方便回去。」

至於為什麼不方便，程雋沒繼續說，程老爺卻意會到了。因為重慶二堂主的事情，程雋在程家聲名大噪，他一回去，程家裡來找他的人多，擁護他的人更多，所以才會說不方便。

他把茶杯放下，抿唇看向程雋，眸底浮現淺淺的慍色：「你應該比我更清楚，苒苒過幾年肯定會進研究院，那早就不是純粹的研究院了。多方勢力混雜，研究成果被搶走又被趕出研究院的，不止一個兩個。那是徐家的地盤，沒人會聽你程家三少的話，到時候你護得住？」

程雋將頭往後仰，聞言，輕笑，有些氣定神閒：「不勞費心。」

程老爺：「……」真想打他。

臨近晚飯，程老爺跟程溫如在這邊吃完晚飯，程老爺又跟秦苒約好了下次再一起出去玩，才跟程溫如一起回去。

身後，程雋看著程老爺跟程溫如的背影，半晌後拿出手機，漫不經心地把玩著。

手機螢幕亮著。

若是秦苒此時在他身側，一定能發現他的手機頁面停留在一二九的官方網站。

＊

重慶——

今天五點半，節目組又提前收工。節目組現在已經習以為常了，璟雯過來抱著秦陵，狠狠親了一口，「你們姊弟倆果然都是大寶貝！」

這才放開秦陵，心情愉悅地往樓上走。

回到房間，璟雯敷了個面膜，放在桌子上的手機響了一聲，她接起，是她認識的圈內策畫。

「您找我有事？」璟雯坐在電腦旁的椅子上，把手機開擴音。

策畫跟她打了招呼才說正事，『璟影后，妳認識田瀟瀟吧？有件事我想請妳幫個忙。』

策畫的主題曲還沒有敲定，最近田瀟瀟上了熱搜，有圈內人發現她個人頁面上的純音樂，策畫看中了這首曲子當主題曲，想要買下版權，稍加修改就能當作新電影的宣傳曲。

主要是田瀟瀟是一個新人，也不是什麼歌手，買版權不需要花多少錢，不用多花錢又能買下符合電影的主題曲，對於一個劇組來說是最好不過，但是田瀟瀟那邊一直沒有回應。

他看到璟雯跟田瀟瀟互關，就直接連繫璟雯。策畫跟璟雯只合作過一次，算是圈內比較有名氣的人，正巧璟雯也想和田瀟瀟搞好關係，敷完面膜就去找田瀟瀟說這件事。

田瀟瀟對璟雯、秦修塵等前輩一向尊敬，若是璟雯早幾天來找她，她可能就會把版權賣了，但經過言昔的提醒……

「璟影后，這首曲子我不賣。」田瀟瀟抱歉地看著璟雯。

身後，溫姊用眼神示意田瀟瀟答應，眼睛都快抽筋了。

璟雯沒想到田瀟瀟不願意賣，愣了一下，但也尊重田瀟瀟的決定，跟田瀟瀟說了幾句才離開。

等璟雯走後，溫姊才看向田瀟瀟，「妳傻了嗎？先前十萬就算了，現在五十萬妳也不賣？而且還是圈內製片人的電影。雖然是個文藝片，但賣出去對妳之後也有不小的幫助……」

她還在勸說。

「這首曲子苒苒有幫我修改過，而且，言天王也不建議我賣掉。」田瀟瀟懶懶地抬頭，咬了一口蘋果。

聽到秦苒跟言昔的名字，溫姊一頓，立刻改口，「那就不賣了。」

頓了頓，溫姊又坐到椅子上，看著吃蘋果的田瀟瀟：「為什麼言天王會管妳音樂的事……」

溫姊低眸，思索秦苒跟言昔之間的關係，似乎釐清了一條線，但太匪夷所思了……

*

樓下，秦陵跟秦修塵吃完飯一起回到房間，為秦陵上課的老師已經坐在桌邊，桌子上擺著電腦跟書。老師講解完之後，秦陵就打開電腦。老師看了秦陵一眼，然後壓低聲音，示意秦修塵跟他一起出去。

「您說。」秦修塵關上門，對秦陵的老師非常尊敬。

「小陵的天賦出乎我的意料，生平第一次見到，幾乎都是一點就通。」秦陵的老師看向門，口中忍不住讚嘆，「最多再一個月，我就沒有什麼東西可以教他了，您要準備幫他找一個新的老師。」

聽完，秦修塵一愣。他有預料到秦陵的天賦不錯，但沒想到老師對秦陵的評價這麼高。

以前秦家還有不少技術大師，現在這些工程大師都投奔秦四爺了，秦修塵只能在外界找可信的人。秦修塵能信任的人有限，再往上找，恐怕會暴露秦陵……他大肆找工程大師的消息、秦陵的消息總會暴露出去。

「謝謝老師。」秦修塵收攏思緒，開始思考一個月之後關於秦陵的問題。

綜藝節目已經拍攝到一半，秦修塵之後的行程還沒確定。

他低頭看著手機，經紀人傳了幾部電影劇本給他，他神手滑了滑，最後定在美洲的劇本上，回覆了經紀人一句，定下這個劇本。

秦修塵的指尖按著手機，眸色低斂。國內勢力秦四爺能插手，那美洲呢？

秦修塵的唇微抿，收起手機，回房間。

*

星期一，江院長在辦公室裡慢悠悠地捧著茶杯，就看到周郢匆忙趕來，面容急躁。

「坐。」物理系出了宋律庭之後，今年又多了個得意門生，江院長正是得意之時。看到周郢這樣，他慢慢點著手指，「什麼事讓你急成這樣？要有教授穩重的樣子，淡定。」

「你幫秦苒報名下個月初的考核了？」周郢臉色漆黑。

江院長握著茶杯的手一頓，臉上的笑容瞬間消失：「秦苒被報上去了？」

不管是四大家族還是普通學生的考核，一個大學生只有一次機會。

失敗了就永遠失去了進實驗室的機會，無論你是普通學生還是四大家族的人，當初程溫如就是普通考核失敗，一直無法進醫學實驗室。所以，各大院校每年選拔去考核的人選時都非常認真，讓學生簽保密協議或者保證書的時候，都會再三確認這個學生的各項實驗、基礎知識都到了極限巔峰才會報名，這個名單也會由物理系開會考核、統整出來。

現在專業人才越來越少，物理系不僅僅是為了物理學院的資源，也是想培養出幾個能挑起實驗室，甚至研究院大樑的京大學生。

這麼多年來，有許多京大學生進實驗室，但在實驗室能挑起大樑的很少，只有A大出了幾個實驗室的負責人。也因此，京大的地位岌岌可危，周校長才會對每年的狀元這麼執著。

眼下先是出了宋律庭，又有秦苒，京大物理系的老師、主任都對兩人十分看重。

物理系幾個博士、院士都看過秦苒入學考試的自動化成績，甚至還一起開了不少會議。從實驗室調回博士，就是為了輔導秦苒。因為有宋律庭在前，院長等人已經為秦苒打造了一套完整的方案。

江院長本來打算寒假時讓秦苒做一些考核題，如果她有把握，就讓她開始接觸實驗室的光電核磁實驗，如果不比宋律庭差，就在明年三月幫她報考實驗室。

物理系對秦苒跟宋律庭充滿期待，對他們的前程認真嚴謹，生怕他們走錯一步。

他安排得妥妥當當，眼下聽到周郢的話，簡直是五雷轟頂。

秦苒沒有接觸過考核內容，幾大實驗也沒碰過……江院長不打算這麼早讓她參加考核。眼下只剩半個月的時間，別說考核的理論題，光是光電核磁實驗，秦苒就會忙不過來。如果這次被刷掉，明年秦苒就沒有了機會……

江院長意識到事情的嚴重性，直接坐起來，拿起辦公桌上的座機，打電話給實驗室負責人。

實驗室負責人聽到江院長的來意，一愣，『你們學校大一的名額是周校長交上來的，我當時讓助理打電話跟他確認了好幾遍，這麼大的事情……你們還能報錯？』

是校長？

難怪能越過他，直接幫秦苒報名。江院長忍下心中的怒氣，壓著嗓音問：「周校長沒有跟我商量過，秦苒的報名能不能撤銷？」

『保密協議跟申請書都已經交了，實驗室的規定有多嚴格您也知道，就算是程家人也一樣。』負責人搖頭。

掛斷電話，江院長倒在椅子上。

周郢站在辦公桌旁看著江院長的樣子，就知道大概的結果了。

「是我爸？」實驗室負責人的聲音很大，周郢聽得很清楚，他抿了抿唇，「他有必要這麼急功近利？秦苒的天才程度接近百年難得一見，他為了他可笑的業績資源，就這樣隨意賭上一個人的前程？」

聽著周郢的話，江院長張了張嘴，坐直身體，神色低斂：「周校長也不是會亂做決策的人，秦苒聰明，給她半個月的時間，理論考試肯定能過。」

「理論考試過了還有實驗，過不了就……」

周郢看向窗外，不到半個月的時間，想要單獨培訓秦苒……時間太緊迫。如同江院長所說，若是給秦苒半個月，理論考核一定會過，她在物理上的天賦超乎尋常，正因為這樣，周郢才更痛心！

周郢臉色陰沉，他都懷疑他爸爸是不是A大派來的臥底了。

江院長勉強打起精神，拿起座機打了一個電話給秦苒，讓她到辦公室來一趟。

不管怎樣，就算報名了，物理系也不會放棄她。

秦苒還在圖書館看書。

她按著耳機，走到走廊外面，「江院長？」

『秦苒同學，妳現在在哪裡？』江院長的聲音聽起來似乎有點弱。

「圖書館。」秦苒手撐在窗臺上，俯瞰校園，聲音不緊不慢。

江院長頓了頓，語氣溫和：『妳來我辦公室一趟。』

與此同時，物理實驗室地下二樓——

負責人掛斷電話，神色莫名。

身旁的助理也聽得差不多，小心翼翼地問道：「京大那邊出問題了？」

「聽說是報錯了，鬧了大烏龍，物理系那邊並不知道周校長替他們新生王報名了。」負責人推了下眼鏡，搖頭。

「難怪，我就說那個新生王太早報名了，物理系不需要這麼急。才入學兩個月，應該都沒摸過幾個實驗。」助理從桌子上抽出一份審核表，是秦苒的期中考試成績，「她期中考試全滿分，潛力無限。」

負責人搖頭，輕嘆：「可惜了。」

這邊，江院長已經安排好一個物理系的實驗教室，還跟幾個教授整理了一份物理實驗室的考核內容。

秦苒到江院長辦公室的時候，印表機還在列印，周郢也還沒走。秦苒換了一隻手拿書，禮貌地打招呼：「江院長、周博士。」

江院長在印表機旁等著，手上拿著釘書機，等所有資料列印好之後，他一份一份釘好，又整理齊全後低眸，遞給秦苒。

秦苒接過來隨手翻了翻，是一堆物理理論跟實驗。

「秦苒，來學校這麼久，妳聽說過物理實驗室嗎？」江院長沉吟了一聲，緩緩開口。

秦苒不緊不慢地把一堆文件整理好，才點頭。

上次去周院長那裡簽保密協議的時候，周院長跟她解釋過。

「那我就不多說了，周校長越過我們，直接幫妳報了十二月初的考核。」江院長拿出幫秦苒準備的小型實驗室鑰匙，遞給秦苒，「題目跟實驗都在我列印出來的紙上，還剩下半個月的時間，妳潛心研究，其他核子工程、自動化的課程都不要管。」

聽完，秦苒垂下眸。她大概知道了江院長找她的原因，十二月的考核是她跟周院長單獨談的，周院長當時也跟她說清楚了利弊，眼下……江院長跟周博士這個表情，大概是覺得她考不過普通考核，理論考試她可能會過，但物理實驗不太可能。

儘管如此，物理系的一群人還是為她單獨開闢了一間教室。

秦苒看著手上一堆文件，半晌才笑了笑：「好。」

「回去看書吧。」江院長不想給秦苒壓力，沒跟秦苒解釋太多：「遇到不懂的就問博士，各位博士的我也列印出來了，在最後一頁。」

秦苒對京大沒什麼歸屬感，會考京大，只是因為潘明軒、宋律庭也在京大。

此時看著江院長，她深深吐出一口氣。沒有跟江院長多說，她也有四年多沒有碰物理實驗了，她不知道物理實驗室的實驗考核有多難，連宋律庭都那麼認真，秦苒也不知道自己能不能達到江院長的要求……

她拿著江院長給她的鑰匙，去了綜合大樓的一間小型教室，裡面擺放著一堆物理實驗用具。

實驗室內沒人，她就用小型反應堆做了個實驗。

*

晚上七點，程雋將車停在物理大樓的樓下。七點到了，秦苒還沒下來。

程雋挑眉，他拔下鑰匙，打開手機看秦苒之前傳來的教室，直接朝綜合大樓的小型教室走去。

教室在三樓最裡面的一個角落，很安靜。門半掩著，是白色門框、透明玻璃。透過玻璃，能看到秦苒站在實驗桌旁，白皙的指尖拿著密閉的金屬形磁性容器，一圈一圈螺紋，結構複雜，另一隻手謹慎地把它放到玻璃罩中……

她低著眉眼，這個角度能看到她垂下的長睫，淺色的陰影落在眼瞼上，眉宇間是少年的輕狂，是實驗室唯一的亮色。

程雋知道她在做物理實驗，就沒進去打擾她，只往前走了兩步，大長腿隨意橫在走廊上，停在窗戶旁，兩隻手撐著窗臺，黑色眼眸裡帶著漫不經心的笑意，又淺又碎地看著她。

秦苒做實驗一向十分認真。她注意著小型反應堆的變化，拿起筆跟身旁的記錄紙，記錄資料。

一看時間，已經到了七點半。

她下意識朝門外看了眼，程雋停在窗口，眉眼如玉，身影修長。

「怎麼在做實驗？」

車上，程雋把空調溫度調高。

秦苒讓他打開車內燈，然後低頭翻開她剛剛記錄的資料。第一次反應堆不太成功，能量只有她預想的一半，她靠著椅背，帶著鼻音，「實驗室考核。」

她一邊說一邊翻記錄的資料。遇到困難的時候，她傳給了核子工程的教授。

核子工程的教授正在修改他的ＳＣＩ論文，電腦右下角的社群帳號跳了一下，教授打開一看，是秦苒，物理系的新生王。

加了她這麼久，秦苒幾乎沒有問過他問題。教授放下自己的論文，點下秦苒的大頭貼，看了下她提出來的問題。教授年近五十，在實驗室待了二十多年，對於實驗的內容輕車熟路，很快就找出秦苒的問題，傳給她。

確定秦苒沒有其他問題了，教授才繼續改自己的論文，剛修改了幾行，他才發現不對……

「奇怪？」教授打開和秦苒的聊天記錄，前後看了好幾遍才喃喃出聲：「這不是……不是……C級實驗嗎……」

＊

程雋將車停在地下停車場。

亭瀾的停車場很大，有兩層，十分寬闊，晚上時燈光沒特別暗。一棟樓有四個電梯，住戶基本上是兩樓或者一樓才一戶，電梯並不難等。

程雋一手拿著秦苒核子工程的書，一手按了電梯的按鈕。秦苒半跟在他身後，手上拿著手機，看著教授傳來的講解，眸色認真，漫不經心地思索著自己在哪一步出了問題。

電梯從十八樓下來。

叮——門開了，沒人。

程雋側身看到人還在身後，伸手直接扣住她的腰，把人拖進來。

他淡定地按下樓層，「苒姊。」

秦苒大概有了思路，漫不經心地抬頭，語氣不緊不慢，「說。」

程雋將頭低下，扣在她腰上的掌心帶著熾熱的溫度往下壓，貼上她的唇有一絲涼意。

時間不長，不到一分鐘。

程雋的唇往旁邊移了移，氣息略顯不穩，但還是貼著她的嘴角。

眼眸微低，瞳色雋然，他緩慢又鎮定地開口：「到了。」

叮——電梯到達樓層。

*

屋內，程木已經擺好了飯菜。今天沒什麼人過來，只有程木跟程金。

一行人吃完飯，程金拿了一個信封來找程雋。

程雋頭也沒抬，手裡翻著另外一堆列印出來的A4紙張，「先放著。」

程金點頭，看了程雋一眼，才發現程雋手裡的是實驗室的考核題。

「這是……」他一愣，沒問程雋，退到一旁問正在泡茶的程木：「秦小姐明年三月要進物理實驗室？」

程木把水倒進杯子裡，又小心地數出七片茶葉。聞言，頭也沒抬，「不是。」

「那就好。」程金壓低聲音，看了程雋一眼，「我還以為秦小姐三月要參加考核，那麼變態。」

實驗室的考核，程金這行人自然也試過，除了程火，其他幾個人都鎩羽而歸。

見程木泡好了茶，他直接拿走程木手中的茶，剛要走向秦苒、程雋，程木的聲音冰冷地響起：

「秦小姐參加的是下個月的考核。」

程金的腳步成功頓住。
程木看了程金一眼，然後淡定地從程金手上拿過茶杯，走到秦苒身邊，把茶杯小心翼翼地放在秦苒面前。
秦苒在看實驗室的影片。程木看了一眼，看不懂，就走到程雋身邊。
程雋看的是院長為秦苒整理的理論性資料，以及考核制度跟範圍。程木看了一眼，才知道物理實驗室考核分為兩輪，理論考試跟實驗考試。
考核人數中，京大、A大分別占據了三分之一，四大家族跟國內其他院校平分剩下的三分之一。每年都是京大、A大獨占鰲頭，連四大家族都處於弱勢，更別說其他學校。
一年兩次考核，十二月初跟三月底，每次大概有一百個人參與，但只會留理論考核的前五十名下來繼續實驗考試。實驗考試分為七個等級，從上到下分別是S、A、B、C、D、E實驗，拿到C及其以上就能留在實驗室。聽起來很容易，但實際上所有參加考核的人，大部分都敗在實驗上。
五十個人，能進去一半都算多了。
「恐怖的機率。」程木看了一眼，忍不住往後退了一步。這種地方，都是神人去的。
程雋幫秦苒把這一大堆文件看完了，用紅色的筆畫出秦苒要的重點。
「雋爺，你沒學過物理吧？」程木想了想，確定程雋沒有學過物理，他大學最多學了個攝影跟經濟學。
程雋沒抬頭，聲線很淡：「嗯。」
「那你……」

「畫出她要的重點而已，不需要太專業的知識。」程雋慢條斯理地翻了一頁，語氣漫不經心：「高中學的就夠了。」

程木：「……」

他不知道自己為什麼要問這個問題。

幫秦苒畫完了重點，程雋才回到書房。他拉開椅子，輕車熟路地從抽屜裡摸出一根菸，薄薄的煙霧騰空而起，他透過煙霧看向程金，眸色淺淡：「什麼情況？」

「沒查出有用的東西。」程金把信封遞給程雋，頓了頓，「要不然，我們找一下歐陽薇？她在一二九有許可權……」

要查東西，所有人都只會想到一二九。

「再等等。」程雋想了想，又把菸熄滅，推開窗戶散去煙霧。

程金就沒再多說，拿著信封下樓，遇到剛把花盆搬到秦苒房裡的程木。

「你最近跟歐陽薇還有連繫嗎？」正好提到一二九跟歐陽薇，程金就問了程木一句。

程木搖頭，「最近已經沒有找我了。」

以前提到歐陽薇，程木會激動不已，現在已經完全沒這個感覺了。

「她要考中級會員了。」程金又提醒了程木一句。

程木稍微一愣，然後點頭，面無表情地說：「喔。」

說完之後，走到窗邊把他的小鏟子撿起來，仔細擦乾淨後裝到包包裡。

程金看著他的背影：「……」

樓上，秦苒打開電腦，還沒打開宋律庭的影片，就有一個視訊通知跳出來，是常寧。

秦苒拿著耳機，接起視訊，放下書跟筆後抬眸看常寧：「什麼事？」

『今年的會員考核題，妳要出嗎？』另一頭的常寧拿著手機從樓上往下走，語氣漫不經心。

聞言，秦苒按了按太陽穴，頭痛地開口：「不出。」

『好。』常寧有些遺憾，但也在預料之中。去年能請到秦苒出題，已經在他意料之外了，『還有件事，有個新單子，接不接？』

「不接。」秦苒聽也沒聽，右手拿著筆，漫不經心地寫著東西，「沒事先掛了。」

她直接掛斷通話，又打開宋律庭的影片。

*

半個月的時間一晃而過，秦苒這半個月來沒有去核子工程上課，也沒有去圖書館。相較於圖書館，實驗室更安靜，也適合看書。

物理實驗室的考核在十二月二號、三號兩天舉行，二號是理論考試，考整個上午，晚上就能得知理論考試的成績，三號由前五十名參加實驗。

十二月一號，星期五，在重慶錄節目的秦修塵跟秦陵終於回來了。

秦陵打電話給秦苒的時候，秦苒還在實驗室做最後一個實驗。

『姊，我跟叔叔回來了。』秦陵剛下飛機，一張臉掩蓋在羽絨衣的帽子裡，顯得極小，『晚上一起吃飯吧，我跟叔叔帶了禮物給妳。』

秦苒把反應堆放在容器中，觀察能量的變化，聲音不急不緩，「好。」

掛斷秦陵的電話，秦苒做完實驗，打開手機看了看時間，是下午五點。

她傳了訊息給程雋，讓他七點不用來找她，之後把東西都裝進包包裡，走出大樓，在門口找到了秦修塵的車。

秦修塵依舊戴著口罩，穿了件水桶服站在大門口，戴著厚重的帽子，一身讓人窒息又絲毫不起眼的穿著十分顯眼。

秦苒坐上後座，經紀人十分有禮、嚴謹地跟她打招呼，沒有初次見面的那種隨意。

一個能讓江東葉端茶倒水的女人……經紀人隨意不起來。

只是這幾天，他依舊對秦陵手中那臺無論玩什麼遊戲都不卡的電腦還有一點想法，只是不敢問秦苒，於是他看了看秦修塵。

秦修塵瞥了他一眼，然後慢條斯理地脫下水桶般的外套，「苒苒，妳送給小陵的電腦是在哪裡買的？我經紀人也想買來打遊戲。」

秦苒本來在低頭玩遊戲，聽到這句話，她頭也沒抬，「絕版了。」

那臺電腦是她自己用零件組裝起來的，只有一臺。

經紀人一愣。

「不過……」秦苒想了想，「你要打遊戲的話，還有種筆記型電腦不錯，兩千。」

她的指尖不離螢幕，俐落地收了一張敵人的卡牌。

反應到秦苒說的應該是電腦的價格，經紀人連忙匯錢給秦修塵。他沒有秦苒的微信，讓秦修塵代轉。不過，現在兩千塊人民幣的電腦……是二手電腦？

經紀人本來想說不用了，不過想了想，還是不敢說出來，他怕秦影帝打死他。

一行人去飯店吃飯。飯店內，秦漢秋跟秦管家已經在等了。

關於秦管家，秦影帝徵求過秦苒的意見，確定她不會對秦管家的到來而生氣，才把他請過來。

「苒苒、小陵。」看到秦苒跟秦陵，秦漢秋眼前一亮，從椅子上站起來。

秦管家的目光先放到秦陵身上，垂在兩旁的手忍不住顫抖，半晌之後才看向秦苒，跟秦苒打了一個招呼。

秦家也是秦管家的執念。終於看到了秦家的未來，秦管家的所有注意力都放在秦陵身上。

秦修塵詢問了秦苒的一些近況，然後又說了一些節目上的事。

節目錄製時期，秦苒不是在做實驗就是在做理論題，程雋還幫她整理了很多資料，基本上沒有時間跟秦陵講電話。秦陵這一個月也在瘋狂吸收新的知識，不懂的就去問微信上的「陸老師」。

提到節目，經紀人也抬頭。

「對了，節目的第一集預告已經出來了，下個星期六開始播。」飯桌上，經紀人看向秦苒，詢問：「妳有微博嗎？或者妳註冊一個，我讓節目組發預告的時候標記妳，到時候妳肯定會漲至少百萬的粉絲！」

提起節目，經紀人忍不住激動。他能想像到到時候節目播出，網路上會掀起怎樣的狂潮，不排除言昔跟秦影帝關注她之後漲的粉絲。

「不用，」秦苒翹著二郎腿，想起林思然幫她註冊的qr帳號，搖頭，「不混演藝圈。」

「好吧。」經紀人遺憾地看了秦苒一眼，想著她要不是京大的學霸，放在演藝圈會有多紅。

一行人吃完，已經將近八點。

樓下，阿文跟阿海聽說秦陵回來了，都忍不住激動，等不到秦陵跟秦漢秋回老宅，直接跑到飯店樓下等一行人出來，圍住秦陵。

秦管家看著阿海他們，嘴唇也忍不住顫抖。他看向秦修塵：「六爺，小少爺的老師……」

他說的是秦陵接下來的老師，之前在重慶教秦陵的那一位已經在前天離開，直言自己沒什麼可以教秦陵的了。

話說到一半，秦管家想起秦苒跟秦漢秋，把到嘴邊的話憋回去。

這種事情不能透漏，要是被秦四爺知道……

「先送苒苒回去。」秦修塵開口。

秦管家跟阿文等人都急著看秦陵的天賦高到什麼程度，對秦修塵的這個決定沒什麼異議，連忙催他們回去。

秦苒讓他們把車停在亭瀾公寓的門前，秦修塵、秦管家一行人下車送她走進社區大門。

她手指拉攏加厚的風衣，朝秦陵跟秦修塵揮手。

秦漢秋忽然想起什麼，看著秦苒的背影，「苒苒，明天星期六，小陵也在家，妳跟小程要回來吃飯嗎？」

秦苒把風衣的帽子戴上，兩隻手插著口袋，眉眼清冽。她仰起頭，有些漫不經心：「不了，明天要考試。」

聽秦苒這麼說，秦漢秋也不失落。現在秦苒還願意跟他說話，已經是意料之外的事情了，秦漢秋只念叨了一句：「明天星期六還要考試？不是說大學就脫離苦海了？比高中還忙。」

秦管家站在幾人身邊，聽到秦苒說星期六要考試，也有點疑惑。京大要在星期六考試？不過他沒有想那麼多，腦子很快就被秦陵占據了，催促秦陵等人趕快回秦家老宅，大家都在等著秦陵回去。秦管家很快就把秦苒星期六要考試這件事拋到腦後。

秦苒考試的事情，現在沒秦陵那麼重要。

秦修塵關心的是另外一件事，他看向秦漢秋，一雙好看的眼眸瞇起，蘊著涼意：「小程是誰？」

讓秦苒帶小程一起回去吃飯……秦修塵的眸色低斂著，略顯不悅。

秦漢秋下意識壓低聲音，「就是苒苒的……的……朋友，心外科醫生，很厲害。」

「醫生？」秦修塵的聲線平淡，開始回想京城有什麼姓程的醫生。

沒想出來。秦修塵點點頭，下次看到秦苒，再問問那個小程是哪家醫院的。

*

這邊，走進亭瀾大門，秦苒順著路走了一分鐘，就看到站在路燈下的程雋。

他穿著黑色的長款毛呢大衣，依舊遮不住一雙大長腿。雙手鬆鬆地環胸，斜靠著路燈站著，清瘦修長的身影被路燈拉得很長，清冷的眉眼籠罩在一層陰影中，遮掩不住瀲灩。

看到人，他站直身體，把手放下，往前走了兩步，「冷不冷？」

他張開雙臂，把人摟到自己的大衣內。

「還行。」秦苒側過臉，聲線散漫，「先回去。你算好我給你的反應堆了沒？」

這半個月來，程雋差點跟她一起把大學物理學了一遍。他鬆開手，拉著她往前走，「算好了，在妳桌子上。」

物理實驗秦苒不陌生，但反應堆對秦苒來說有點遇到瓶頸。

物理實驗數不勝數，秦苒深入學過之後，才知道宋律庭為什麼會傳實驗影片給自己，只有親手做的時候，才能發現一點微小的差距都會帶來可能無法挽救的損失。

秦苒不得不承認，她在這方面只學到了皮毛。理論知識對她沒難度，因為她的記性好到可怕，但是對於物理實驗，理論只是個基礎而已。

她跟在程雋身後回去，也不在樓下停留，去房間看程雋幫她計算的反應堆，對比著自己的。

樓下，程金嘆為觀止：「秦小姐太可怕了。」

跟程雋完全就是兩種人。

程雋從桌子上拿起一杯水，淡淡地掃了程金一眼。

程金立刻收起誹謗，嚴肅地打開放在桌子上的公事包，拿出兩個信封：「雋爺，沒查到。」

程雋手撐在桌子上，接過信封，也沒看，就隨意地拿在手裡。

＊

翌日星期六，秦苒很早起，程木跟廚師都知道秦苒今天要去考試，廚師依舊做了一份滿分早餐，程木則看著秦苒吃完才走到廚房跟廚師說話。

他壓低聲音，面無表情地看著廚師：「秦小姐今天滿分三百，不到一百分不及格。」

廚師舉著鍋鏟，也面無表情地看著程木。

吃完飯，七點半，程雋送秦苒去學校。

兩人剛走沒幾分鐘，程老爺就過來找秦苒出去玩，沒想到又撲了個空。

「苒苒又出去找同學了？」程老爺看向在大廳裡忙的程木。

上次來找秦苒，秦苒就出去見同學了。

程木抬頭，去幫程老爺倒了一杯茶過來，表情淡定地回：「秦小姐去考試了。」

「今天還考試？」程老爺坐到沙發上，「考什麼試？」

管家站在一旁，也看向程木，感到疑惑。

程木看向程老爺，恭敬地道：「物理實驗室考核。」

程老爺低頭喝茶，「嗯」了一聲，但嗯到一半，忽然抬頭：「你說什麼？」

程木習以為常地「喔」了一聲，重複道：「物理實驗室考核。」

*

京大——

秦苒和一群考核學員一起來到物理實驗室的門口，門口已經站了將近百個人。

還有各個院校的老師教授，每年實驗室的考核都是京城的大事，老師、教授都十分鄭重。

「今天的理論考試有把握嗎？」江院長負手站在一旁，看到秦苒，他壓低聲音詢問。

秦苒將手放在腦後，「還行吧。」

看她這樣，應該是有把握的，及格對她來說應該不難，江院長讓她先進去筆試。

他站在原地，看著秦苒篤定的背影，忽然側身問周郢：「你覺得她會不會給我們帶來驚喜？」

周郢擰眉，「先看明天早上能不能過前五十名……」

江院長一聽，也說不出話。

物理實驗室地上有五層，地下有三層，整棟大樓的框架很大，幾乎都是玻璃製的。

理論考試在一樓最大的會議室，筆試是進物理實驗室的第一道防線，如果沒考入五十名以內，就會被直接刷掉，每個人只有一次機會，所有人都會全力以赴。

一百個人，分了兩個考場，裝了好幾個監視器加上四個監考官，還有訊號阻擋器。

秦苒找到自己的位置坐下。

物理實驗室考核的筆試考卷涵蓋範圍很廣，不僅僅是針對某個專業，還涵蓋了光電核磁各個方面，其中不乏很多ＳＣＩ上的專業問題，刁鑽又充滿陷阱。京大的期中考試不能跟這個題目的難度相比，一不小心就會被帶到陰溝裡。

考卷有兩張，秦苒伸手翻了翻，心裡有數，難怪京大的學生聞考核色變。

考試時間一百五十分鐘，兩個半小時。感覺很久，但實際上，三百分的物理考卷寫起來，兩個半小時根本不夠。

她拿著筆，一題一題開始寫。

能從全國被選到這裡來考試的人，都是物理系的優等生，幾乎都是參加過物理競賽的大三、大四學生，在物理上儲備的知識甚至超過了自己的導師，平常也飽覽群書。

一開始寫起題目來都得心應手，寫到第二張考卷的時候，速度都開始慢起來，有在稿紙上計算資料的，也有苦思冥想，找不到方法的。

在這樣的環境裡，四位監考老師都注意到坐在最後一排的女生幾乎沒有抬頭，也很少在稿紙上演算。

兩個小時後，她放下筆，隨手翻了翻考卷。

一個老師懷疑自己看錯了，他頓了一下，問身邊的人，「她在幹嘛？」

「檢查考卷？」另一個老師也看了一眼，疑惑地開口，

兩位老師還沒確定，那位同學就自己舉手了。

老師以為她有什麼問題，走到她身邊來詢問。

秦苒檢查了一遍，沒發現什麼錯誤，就收起筆跟筆袋。因為還在考試，她的聲音壓低，簡潔明瞭：「交卷。」

東西收好時，監考老師還站在原地，沒有反應。

秦苒一頓，嘴唇稍抿，聲音依舊很低：「不能提前交卷嗎？」

「啊……能……」老師反應過來，接過秦苒的考卷，然後低頭看考卷上的名字跟院校。

另一個監考老師也湊過來看了一眼：「名字……秦苒，京大的學生……這麼囂張嗎？」

這種考試也敢提前交卷？而且……別人有兩個半小時都不夠寫，妳兩個小時就寫完，能檢查一遍就算了，還敢提前交卷？

秦苒提前交卷，出來時看了一下時間，才十點。

她沒回亭瀾，而是到綜合大樓的小實驗室開始做實驗。

秦苒用昨晚程雋算的反應堆實驗了一下，跟她計算的結果不太一樣，因為他不是物理系的，疏漏多，但也為秦苒提供了大概的思路，因此就換了個思路。

十一點，她把重新設定好的反應堆放在玻璃罩內，南慧瑤打電話來。

秦苒一邊看機器上計算的數字，一邊把手機放在耳邊。

『苒苒，妳今天去參加實驗室的考核了？』電話一接通，南慧瑤的聲音就爆出來。

秦苒把手機拿開十公分，等南慧瑤吼完了，才淡定地望著反應堆，語氣漫不經心：「是啊。」

每年的考核名單都是內定的，今年物理系也公布了一份名單，大二、大三加起來二十個人。

十點半，參加完物理實驗室考核的學長們放出消息，說在考場看到秦苒了。

物理系的女生本來就少，更別說實驗室的考核了，共一百個人，只有四個女生。秦苒又長得顯眼，京大物理系的學長一眼就認出她了。

考完之後，秦苒參加今年考核的消息就在物理系炸開，最後席捲了整個京大論壇。

自從實驗室有考核到現在，還沒有哪個大一新生在第一學期就去參加實驗室的考核。

『論壇上在傳，妳是被報錯名的……妳……』電話那頭的南慧瑤抬起頭，不知道用什麼語言來形容：『有把握嗎？』

玻璃罩內的最後反應已經完成，秦苒看著旁邊機器上的能量數據，比第一次時多了一倍。她靠著桌子，壓著嗓子笑道：「差不多吧。」

*

與此同時，物理實驗室內部。晚上八點左右，在實驗室一樓中間的大螢幕上會根據系統，一個個顯示出結果。

京大跟A大的老師正在等著，這結果對他們來說很重要，要第一時間通知學校。江院長跟周郢兩人身旁都有椅子，也沒有心情坐，只看著寬大的螢幕。

「周博士。」江院長拿出一根菸，只咬在嘴裡。因為物理實驗室禁菸，他沒有點燃，「你覺得秦苒的筆試能考過嗎？」

周郢抿了抿唇，「她的理論成績一向很好，應該能卡在四十到五十名。」時間太匆忙了，他們根本來不及準備什麼，秦苒就去考試了。

江院長也覺得秦苒差不多在這區間。

來考試的都是全國菁英，還是經過好幾年培訓的大三、大四學生，秦苒一個沒有經過培訓的新生能考到這區間，已經是不得了的成績了。

八點，中間標著「物理實驗室」的大螢幕閃了一下。
大廳裡所有等著的老師立刻站起來，一眨也不眨地看著大螢幕上的名字。
大螢幕上，碩大的標楷體字從上到下刷新。
NO.41　貢沂　京大　一百九十七
NO.42　林綏　A大　一百九十七
……
NO.50　卓萬　寧大　一百九十
從左到右是名次、姓名、學校、分數。
名單一次性只刷十個，江院長跟周郢從上到下看了好幾次，都沒看到秦苒的名字。
周郢的心沉下來。
「可能她出乎我們的意料之外，考到了四十以內？」江院長笑了一下。
周郢沒說話，只是盯著刷新的螢幕。
兩分鐘後，螢幕又刷新了一次，這一次是三十到四十名的人。兩人依舊找不到秦苒，江院長也漸漸笑不下去了。
「葛院長，你們A大這次又要拿第一啊。」旁邊，一位徐家的人看向略微禿頭的中年男人，「三十到五十名的有四個是你們學校的了，還有你們學校那徐宛辰，能媲美宋律庭，聽說大一就被研究院的老師收為徒弟，這次不出意外的話，第一名還是你們學校的。」

A大蟬聯實驗室考核第一名許久，今年三月被宋律庭意外拿走，A大也非常惱怒，十二月特地找來大三的徐宛辰。徐宛辰早就被研究院博士收作徒弟，不需要參加考核，此時拿出來，不過是為了挽回三月的面子。

禿頭的中年男人謙虛地笑了笑。

他看向江院長這邊，露出了笑臉，「江院長，聽說今年你們學校的新生王也來參加考核了，她參加考核的時間比宋律庭還早，看起來今年又要創造奇跡啊？我看前面兩次都沒有她的名字，你們的新生王肯定是進了前三十名。」

秦苒報名鬧烏龍的事，早就在實驗室內部傳開了。A大在實驗室有負責人，這件事葛院長能不知道？秦苒沒有參加過培訓，葛院長也預算過秦苒的成績，最多就在四十名左右。名單刷新了兩次，都沒有秦苒的名字，葛院長就知道那個秦苒被刷下來了。

他此時跟江院長說話，不過是明知故問，借此諷刺江院長。

兩大院校本來就積怨已久，今年三月，一個宋律庭打亂了A大的節奏，十二月周山又找來了一個秦苒。

秦苒這個名字，兩個學校的老師都不太陌生，今年超乎常人的高考狀元，京大跟A大都想搶的人最後都被京大搶走了。

江院長跟周郢的心也沉下去了。被葛院長一說，心裡更加難受，不僅僅是因為葛院長的話，更是心痛秦苒失去了這個機會。

說話之間，名單又刷新了，這次刷新的是二十到三十名的名單。

江院長看到這一次的名單上有三個京大的學生。在一百人中，能考到二十到三十名也不容易，但江院長心底也湧不上高興，只是沉甸甸的，周郢則坐在椅子上，已經不想再看。

兩人都知道，三十是秦苒的極限了，幾乎不可能再往前。

名單再次刷新了十到二十名的名單。

這次出來的名單中有四個京大的名額，依舊沒看到秦苒的名字，江院長的心瞬間跌到冰窖。

站在一旁的葛院長看到十到二十名的名單上有六個A大的學生，繼續笑咪咪地看著江院長：「江院長，還沒有看到你們學校新生王的名字，想必你們的新生王肯定也在前十之內，說不定跟今年年一樣穩居第一。」

周圍也有實驗室的工作人員，聽到葛院長的話，有人相互對視，也有人忍不住笑出來。

今年三月，宋律庭的名字出現在第一名的時候，整個實驗室跟兩大院校都驚呆了。但宋律庭參加過培訓，至於秦苒……

葛院長看向江院長等人，眼裡掠過一絲譏誚。在他眼裡，周山等人是慌了才會弄錯名單，讓一個連培訓都沒有參加過的新生參加考核。別說這次有徐宛辰，就算沒有，京大這次也掀不起太大的浪花。葛院長漫不經心地想著。

江院長跟周郢等人沒有心情去關心葛院長說了什麼，兩人都低下頭，轉身準備回學校，不想再看上面輪播出來的名單。

大廳中央，名單再一次刷新。這一次刷新出來的名單是一到十名，除了江院長等人，其他所有人的目光都一眨也不眨地盯著。

誰也沒有想到，這次刷新的名單鬧出來的動靜之大，直接讓物理實驗室跟兩大院校沸騰了。

「葛院長，提前恭喜貴校學生，再度拿了第……」

名單一刷新，有工作人員提前恭喜葛院長，其他人也附和著。

他們一邊說著，一邊看向大螢幕，名單已經刷新，現在都看清了名單內容。

恭喜葛院長的人忽然沒有了聲音，葛院長嘴邊那股志得意滿的笑忽然消失，其他喧囂著互相恭喜的人，也突然安靜下來。

物理實驗室一樓大廳，陷入了前所未有的詭異安靜。

江院長跟周郢等人正往門外走，兩人都心思沉沉。身邊的一個老師感覺身後安靜得不太正常，他腳步一頓，朝背後看了一眼，整個人僵住：「江、江院長……好……秦苒同學……好像進了……」

一聽這句話，江院長一頓，似乎想到了什麼，跟周郢同時回頭，一眼就看到中央的大螢幕。

螢幕上的名單定在一到十名不動，江院長跟周郢都能清楚看到上面的黑色粗體楷體字。

NO.1　秦苒　京大　三百

NO.2　徐宛辰　A大　兩百八十七

所有人的目光都在第一行的字上：『NO.1 秦苒　京大　三百』。

「周博士，」江院長整個人都石化了：「我……我有沒有看錯……第一名，第一名是誰？多少分？」

江院長覺得自己可能眼花了，不然怎麼可能看到秦苒得第一名就算了，還看到她是滿分。

三月時，宋律庭是兩百九十六分，當時也鬧出了很大的動靜。眼下，這是比宋律庭還要囂張的成績……

「秦苒，」周郢的一雙眼睛盯著秦苒的名字跟分數，一字一句地開口：「滿分三百。」

說到這裡，周郢跟江院長面面相覷。在這之前，兩人都信誓旦旦地說「秦苒同學的筆試肯定沒問題，能進四十名」，可現在入圍是入圍了，名字也確實在前五十，卻是第一名，還是前所未有的滿分第一。

情況似乎有點不得了……

與此同時，大廳內的其他人也反應過來。物理實驗室的工作人員、幾大院校的老師看著這個排名，目瞪口呆。尤其是葛院長，看著第一行後面的三百分，黑色楷體，每一個字都清晰無比。

經過詭異的安靜之後，大廳內又如同沸騰的開水，徹底翻滾起來。

「怎麼可能？」

「是不是弄錯了分數？」

「……」

所有人，包括葛院長都這麼想，但這些人都知道……弄錯分數的可能性幾乎不存在。

一行人面面相覷。

「京大今年的新生是怎麼回事？也太變態了吧？」實驗室裡一個認識宋律庭的工作人員忍不

住開口：「宋律庭好歹還參加過培訓幾個月，她不是剛入學嗎？」

這個成績一出來，就對整個物理實驗室的舊生們丟了一個炸彈。

Ａ大為了挽回三月的名聲，就算找來本來不需要參加考核的徐宛辰，也被京大的新生王按在地上磨擦！

收到這個結果的葛院長臉色漆黑，一言不發地往實驗室大門外走。跟在身後的一群博士面面相覷，有人遲疑地開口：「那個秦苒，高考理綜就是滿分，理論成績一向不錯，但是實驗室考核中，理論只是第一道篩選關卡，無關緊要，我們要看的還是明天的實驗。這方面，徐宛辰同學已經學了兩年，我們學校的資源一向廣泛，一定能挽回局面。」

「而且……我聽秦苒沒有進過實驗室，明天的實驗對她會有一定的難度。」

其他人也點頭附和。

這件事倒沒有說笑。理論考試只是實驗考核的通行證，物理實驗室之所以叫實驗室，是因為要動手。今天的五十個學生，按照以往的機率，至少會刷掉三十個人。

當然，這個人也只是說對秦苒會有些難度，能考到筆試第一名，已經說明了她的實力。

葛院長自然也想到了這一點，臉色漸漸緩和下來，他拿出電話，打給徐宛辰。

這邊的徐宛辰也在Ａ大的實驗室在做自己的實驗。他接起手機，「葛院長？」

『明天好好準備實驗考核，竭盡你的全力。』葛院長坐到車內，看著車窗外開口。

Ａ大特地搬出徐宛辰，若理論、實驗都被秦苒踩在腳下，那就真的丟臉丟到研究院了，至少兩者要扳回一個……

徐宛辰醉心於實驗，參加考核的時候，他本人不太在意，眼下聽到葛院長的話，也激起了他的勝負欲，「好，葛院長，剛好我跟老師研究了另一個實驗，本來不打算用在考核這種小事中的……」

聽到徐宛辰的話，葛院長鬆了一口氣，『能做到幾級實驗？』

「明天您就知道了。」徐宛辰把一個平板扔到一旁，語氣自信，「不會讓您失望。」

＊

這邊，得到意外驚喜的周郢跟江院長也回了京大辦公室。

秦苒考到第一名的消息已經在物理系傳開，物理系的教授們都沒有想到會有這個結果，連夜開會。

「這次我們京大在筆試取得大捷，尤其是秦苒。」說話的是江院長。他笑著，眸中迸發令人心悸的光。

沒有辦法，秦苒為他們帶來的驚喜太大了。

周郢轉著筆，眸色嚴肅，「筆試已經過了，我們不能停留在這裡，明天的實驗才是重頭戲，不知道秦苒的實驗掌握得怎麼樣……」

提到實驗，核子工程系的一個博士忽然開口：「秦苒好像能做C級實驗。」

「C級實驗？」周郢坐直身體，「您確定？」

「對，她好像問過我一個C級實驗的問題。」博士壓著眼鏡，眼眸微微瞇起，「具體情況我也不清楚……」

這個博士一開頭，其他核子工程的博士也舉手，紛紛表示秦苒確實問過他們核子工程的問題。

周郢跟江院長相互對視一眼。

「如果這樣，那秦苒同學要進實驗室是沒有問題。」江院長揪著的胸口放鬆下來。

C級實驗只是考核的最低門檻，現在江院長不希望她能拿第一名，也不管京大這次的積分能不能超過A大，他只希望秦苒能進實驗室，其他都無所謂。

亭瀾——

*

明天就是最後的實驗考核，秦苒就沒顧著做實驗，她坐在沙發旁，低著眉眼玩手機遊戲。程雋靠在她身邊，手上鬆懶地拿著抱枕，一手拿著手機，開著遊戲頁面，跟秦陵對話。

一人玩遊戲，一人在聊天，十分淡定。對面，是正襟危坐但坐立不安的程老爺跟程溫如。

「八點了吧？」老爺看著手機上的時間，催程溫如，「快去問問考核成績，苒苒有沒有過？」

「知道。」程溫如雙腿併攏，坐姿十分得體。

她拿出手機，俐落地滑出一個號碼，看準了時間點，直接撥過去。

早上，程木跟程老爺說秦苒去參加實驗室考試，差點沒把程老爺的心臟病嚇出來。

程家勢力大，程老爺就讓管家去實驗室那邊打聽一下，下午就得到了秦苒烏龍報名的消息。

程老爺氣得打電話給周山，把周山痛罵一頓。周山含含糊糊地說秦苒絕對能通過，這才讓程老爺氣消了一點。

其他的，周山沒有多說。雖然得到了周山肯定的答案，但程老爺還是有些不安，一天都待在程雋這裡沒走，晚上飯都沒吃幾口。

程溫如知道這件事之後，也放下手邊的事情來到亭瀾。

物理實驗室考核這種事，在幾大家族眼裡比高考還要重要，事關一個人的前程。畢竟程溫如當年以一百六十八分錯過醫學實驗室，連程老爺都沒有辦法挽回。

電話撥通之後，程溫如立刻問了秦苒的筆試考核情況。

那邊聽到她報的名字，頓了一下，然後說了一堆話，『過了，當然過了，就是有點意外。』

「什麼意外？」程溫如的手指一緊，眉頭微蹙。

那邊又頓了一下，然後幽幽開口：『喔，意外拿了史上第一個滿分。』

程溫如：「……」她沒反應過來。

程老爺目不轉睛地看著程溫如，把茶杯往桌子上一放，沉聲詢問：「考過沒？」

程溫如的表情不像是喜意，像是有些驚愕。

程老爺的眸色斂下，聲音沉沉，「沒過？」

他不由得皺眉，拿出手機，要打電話給周山。

程溫如掛斷了電話，伸手按住程老爺要撥通電話的手，睫毛顫了顫，幽幽開口：「苒苒過了。」

緊繃著的心瞬間鬆下來。

程老爺瞥了程溫如一眼，拿起茶杯喝一口，平復心情後稍稍抬起下巴：「那妳這個表情是？嚇到我了，我就說苒苒怎麼可能沒過。教過妳多少次，作為程家大小姐，在外要有儀態。」

程溫如素來維持著得體表情的臉，確實裝不下去了。

「不是……」她搖頭抿唇，用一種看變態的目光看向秦苒，也不管程老爺，語氣幾乎破音：「妳告訴我，實驗室考核那種變態的題目，妳是怎麼考到三百分的！」

「咳咳——」

她說完，程老爺的一口茶沒喝完，差點嗆到自己。

程溫如幽幽地看了程老爺一眼，「爸，儀態。」

程溫如考過實驗室考核的題目。她雖然是醫學系的，但幾大研究院的題目難度都一樣，程溫如記得當年自己考了一百六十八分，排名第七十一名，連筆試都沒過。她這才知道，自己不靠家族，確實進不了研究院，同時也知道這難度，能考到兩百七十以上的都是神人，而秦苒考到三百分……

秦苒還在玩遊戲，這一關沒過，不過程溫如問她，她就抬頭想了想，認真地回：「就……認真地去考？」

程溫如：「……」

她看著秦苒，試圖從秦苒臉上找出開玩笑的意思。

大姊，難道您考試還有不認真的時候？

她如果問了程木，程木一定會把秦苒在雲城考試的事蹟說給她聽。

現在的程溫如只覺得，跟秦苒一起待久了，她可能會誤以為自己是個傻子。

秦苒明天還有個物理實驗，程老爺跟程溫如都催她趕緊上去洗澡休息。

等秦苒上樓了，程溫如才鬆了一口氣。

「苒苒的實驗準備得怎麼樣？」

大冷天的，程老爺卻讓程木幫他倒一杯涼茶，一口喝下，才看向散漫地靠著椅背的程雋。

程雋按掉手機，修長的手指陷在枕頭裡，聞言，抬了抬眸：「應該還行吧。」

「那就是能進。」程老爺對程雋比較信任。

得到秦苒考核通過的消息後，程老爺兩人也沒有多待。

程老爺拿好放在架子上的黑色羊絨圍巾，剛掛到脖子上，忽然想起程雋上次問過他的話，「你上次問我心臟好不好……是因為這個？」

若是這個，他能理解，確實有被嚇到。當初在雲城看到秦苒的高考成績，他也沒這種感覺。

手裡的手機又亮了，程雋瞥了一眼，還是秦陵，他隨手解鎖，語氣不緊不慢：「當然不是。」

「不是？」程老爺看了程雋一眼，想不通還有什麼能讓他心臟不好。

程雋就不再說了，只靠著門，目送他跟程老爺出去。

等兩人上了電梯，程雋才往回走，打開秦陵的對話訊息——

『我姊考完了？』

秦陵回京城後沒找到合適的老師，比秦苒閒，所以沒打擾秦苒，透過程雋詢問秦苒的情況。

程雋一邊往樓上走，一邊慢吞吞地回：『考完了一場，明天還有一場。』

雲錦社區——

秦陵收到這個消息，就告訴坐在身邊的秦漢秋，「姊姊考得很好。」

秦管家坐在另一邊，正在跟阿海說編碼的事情，對於秦陵說的考試沒有多問。

秦漢秋點點頭，漆黑的眼睛烏亮：「秦管家今天給了我一張卡，說是我這麼多年的分成，我明天去商場買禮物給你姊。」

說到這裡，他想起這麼多年來，基本上都是買東西給秦語……

秦漢秋有些難受。秦管家給他卡的時候，他什麼都不想買，只想到了秦苒。

「嗯。」秦陵打開電腦，繼續玩遊戲，「姊姊應該會很喜歡。」

秦漢秋想到這裡，就拿著手機上網查女生會喜歡什麼禮物。

*

第二天，在物理實驗室做實驗。

昨天，程老爺跟程溫如不知道秦苒是考物理實驗室，知道後，連程溫如都放下了公司的事情，一早就過來，跟程雋一起送秦苒去物理實驗室。

程雋從後照鏡看了坐在後座的兩人一眼，十分冷淡地踩油門，朝物理實驗室開去。

比起昨天，秦苒今天的送考場面更轟動一些。程溫如跟程老爺一左一右地圍著秦苒，噓寒問暖；程雋則雙手環胸，垂著眼眸，冷冷淡淡地跟在兩人身後，一隻手上還拿著保溫杯。

等到秦苒要進去的時候，他才往前走一步把杯子遞給她，聲音低淺，氤氳著一股慵懶的溫柔：「好好考。」

身後，程溫如看著秦苒進去了才拉攏大衣，脊背挺得很直，「實驗好像有分等級吧？」

她當初沒進到實驗考核，但也知道考核的流程。

「嗯，六個分位。」程雋看著秦苒的背影消失才收回目光，拿著車鑰匙，也沒往回走，而是漫不經心地拿出手機，撥了通電話出去。

程溫如側身看著他，「你是不是要進去等結果？」

程雋眉眼低垂，漫不經心地笑著，「是啊。」

物理實驗室有門禁，但這些對他來說不算什麼。

實驗依舊是在物理實驗室內，但今天不在一樓，而是在地下一樓。

秦苒坐電梯下來，電梯門「叮」的一聲打開。

地下一樓的教授、工作人員、學生，都不由自主地朝她看來。

今天的人比昨天少一半，四十九個人都到場，四十八個男生，一個女生，就差秦苒一人了。

所有人都知道，最後來的那個人就是昨晚拿了第一的秦苒。

大廳裡的人分成兩個陣營，京大、A大，分得清清楚楚，明明白白。也有些散戶，都是其他學校的學生，不屬於京大、A大任何一脈，只是以後進了實驗室，這些散落的學生都會被四大家族或者兩大院校同化。

無論是哪個院校，此時都看著她小聲議論著。

秦苒扯了扯米色的圍巾，遮住精緻雪白的下頷，目光一掃，直接在人群中找出江院長跟京大的一行人，朝他們走去。

江院長跟京大的一群學長都在等秦苒，看到她，立刻朝她招手，一陣騷動不小。

對面，A大的一群人中，徐宛辰看向秦苒這邊，眸色嚴謹，「就是她？」

葛院長頷首。

身後，A大的學生忍不住開口，「今天的實驗才是重點吧？他們在激動什麼？」

這人一開口，其他人紛紛點頭。

昨天被秦苒拿下第一名，A大的一群舊生都覺得無比丟臉，若秦苒像宋律庭一樣接受過培訓，他們還能稍微接受一點，可秦苒偏偏不是。

A大這群人包括徐宛辰都下定決心，今天的實驗要好好做，拿出自己百分之百的戰鬥力，出了昨天的那口氣。

相較於A大，江院長等人這一次沒有以往那麼大的野心。如同江院長跟周郢所想，秦苒這一次只要能通過實驗、被實驗室選中就是他們最大的期盼了，至於超過A大、拿下實驗總分第一，為京大爭取資源這件事……江院長想都不敢想，因為太難了。

八點整，實驗開始，五十名學生分散，一一走進走廊。

江院長看著秦苒的背影，「周博士，你們說，秦苒應該能做完C級實驗吧？」

周郢將手揹在身後，看著秦苒消失在第一間實驗室的背影，點頭：「核子工程的幾位老師都說了，那就應該沒錯。」

今天這場實驗非常重要，在場的老師、博士們一個都沒走，都站在地下一樓的大廳門外，等著今天考核的結果。

誰都知道今天這場實驗考核才是重中之重，因為這關係到每年的資源配置。

每年實驗資源、撥款、老師、名額就那麼多，不可能每個學校都平分。

你要多拿一份資源，想要獲得更多，就得拿出成績、拿出夠多的人才，如果拿不出來，下一年的資源配置就會更少。

實驗室的考核就是其中一個很重要的指標。

京大跟A大，兩個學校的物理系相爭不止一兩年了，最近這幾年，因為A大有人爬到研究院管理階層的位置，多分配了不少資源，以至於這兩年京大都被A大強壓一階。

每年資源少，就意味著每年培養的人才不如A大。這就是個循環，越滾越大。

周山找了兩個狀元，希望能挽回現狀。

實驗考核分為六個等級的實驗，S、A、B、C、D、E級實驗，從上到下分別對應一百、九十、八十、七十、六十、五十分，七十分及以上就合格。

兩大院校參加實驗的所有考生得到的分數加起來，總分最高的院校，在今年年底分配到的資金跟實驗器材占比就多一倍。只是每年A大的資源都很充足，能考進來的人數比京大多了好幾個人，以至於比分從未追上過。

這次也一樣，總共五十個人參與實驗考核，京大十九個，A大二十三個。四個人的差距，就算其他十九個人考得差不多，這四個人一人五十分，也是兩百分的差距，太難拉開了。

正因為知道難，別說江院長，就連周郢都沒想過要在這個比分上拉開差距。

他們只希望秦苒進入實驗室。只要能進入實驗室，憑藉秦苒的能力之後要往上爬，跟宋律庭一起混個負責人不難，只要兩人爬上去了，就能從根源改善京大物理系的資源問題。

另一邊，秦苒觀察著各個實驗室。一共六個，對應著六個等級的實驗，秦苒看了看實驗的名字，從自動化到核子工程的實驗排成一列。

昨天晚上，程雋就跟她說了考核的積分制。每個學生都會依照自己的極限去做實驗，畢竟大家都想要過關，想要取得好成績。

考試一共四個小時，從八點到十二點。

秦苒想了想，直接走到E級的實驗室中。

負責E級實驗的工作人員坐在椅子上，昏昏欲睡。按照以往的慣例，一開始會來E實驗室的人很少，一群天之驕子都會從C級以上慢慢嘗試下來，確定自己真的不會，才會降一個等級。

C級以下很少有人來，畢竟C級以下都會被淘汰，不嘗試一下，這群自傲的人不會輕易放棄C級。

「妳……」E實驗的老師看著秦苒，一愣，「妳是京大的那個新生王？」

倒不是秦苒的名聲傳到了實驗室內，畢竟物理實驗室裡的教授、博士大多數都專心實驗，忙著在國際間奔走、吸收知識，很少關注新生，除非這個新生太強，一來實驗室就做了個大研究專案。

E實驗室的老師正是昨天監考秦苒的那位，對秦苒印象很深。

秦苒拉下圍巾，隨手掛到門框上，露出精緻的下頜，有禮貌地跟老師打了招呼才開口：「可以開始了嗎？」

「當然。」老師連忙開口。他讓到一旁，給她做實驗，「E級實驗最簡單，妳怎麼會來這裡？妳應該去C級的。」

在老師眼裡，秦苒一定會過，所以很疑惑她來E級實驗室的原因。

「等會再去。」秦苒看了看實驗臺，語氣不緊不慢。

E級實驗確實最簡單，就是水的磁導率，主要是計算。修長冰冷的指尖拿起實驗器材，有條不紊，看起來像經常做的樣子。

看她做實驗是享受，老師來不及想秦苒的「等會再去」是什麼意思，目不轉睛地看著她做實驗。

二十分鐘後，秦苒把填寫好的實驗報告遞給老師。

老師看了一眼，結果正確，他給了她一張E的卡牌，並叮囑她，「一定要去C級。」

秦苒取下掛在門上的圍巾，沒戴到脖子上，只是勾在手上，跟老師說了一聲謝謝才走出門。

她做完第一個實驗，時間剛過二十分鐘。此時，依然沒什麼人來E級實驗室。

老師就朝門口走了走，看秦苒有沒有去C級實驗室。他看到秦苒進了一個實驗室，抬頭看了看實驗室的門上掛的牌子——D？她這是要幹嘛？

老師看著秦苒氣定神閒的背影，不由得想到一個可能性……

D級實驗室的實驗也不怎麼難，畢竟不是通過實驗室的最低門檻。

秦苒花了二十分鐘做完，拿到D級牌子，隨手放進口袋裡，這才站在走廊看了看，找到了C級實驗室。

C級作為進入實驗室的最低門檻，人最多，共有三個實驗室。秦苒走到人最少的那個實驗室。實驗室的其他兩個學生都在低頭認真地做實驗，心無旁騖，不會因周遭的其他事情分心，自然也不知道實驗室內又多了一個人。

C級實驗就是一個分水嶺，比E、D級實驗的難度高很多，資料也要繁雜許多。只是計算對秦苒來說不是問題，幾乎都是心算，所以省下不少時間。

C級實驗老師站在她對面看了好久，見她寫下幾個數字就直接得到了答案，連放在旁邊的計算器都能無視……

秦苒也是花了差不多四十分鐘才做完C級實驗。旁邊的老師看了她好幾眼，才面無表情地把C牌給她，看著她離開C級實驗室的背影，懷疑人生。

C級實驗做完，秦苒就去找B級實驗。B級實驗室有兩間，一間都只有一個人，秦苒就隨便走進了一間。

C級以上，每個都是分水嶺。B級實驗要比C級難得多，秦苒用了一個小時做完，其中還是因為她的計算時間不多。畢竟其他學生都要一遍遍在稿紙上寫下數字，一遍遍按著計算機，她只要稍微瞥一眼就能得到結果。

從E級到B級，幾個老師看完她做的實驗，都沉默。

時間一點一滴過去，秦苒拿著四個牌子去A級實驗室。

相較於B、C兩級，A級實驗室也有兩間，但只有一間有人，秦苒去了沒人的一間。

停在實驗臺前看了看，她發現這次的A級實驗正好是微型核聚變的反應堆。實驗臺上什麼都沒有準備，需要自己在實驗室內找器材、找反應原料、裝設能量計數器。

*

八點到十二點，這個時間對考試的一群學生來說很快，在一樓大廳等的諸位老師們卻覺得十分漫長。實驗室的工作人員搬來椅子跟茶水，讓諸位博士跟院長坐。

十一點，喝茶聊天的博士們也喝不下去了，一個個目不轉睛地看著走廊。

按照往年的情況，十一點之後，就會有學生出來。

坐在大廳中央，負責實驗室考核的老師們也不由得看向實驗室，兩人開始猜測：「第一個出來的會是誰，秦苒還是徐宛辰？」

「徐宛辰吧，他應該有經驗，你看葛院長的表情就知道了。」說完，又頓了頓，他也不敢太過確定，「不過……也有可能會是秦苒……」

畢竟，秦苒的情況一直出乎所有人的意料之外，昨天晚上那三百分也沒人能預料到……

兩人相互對視了一眼，沒再說下去，不敢再隨意猜測。

十分鐘過去，十一點一十分，走廊大門被推開，一道身影率先出來。大廳裡，正在喝茶的老師教授們都朝長廊看去。

來人身影修長，背著光走來，近了一點。

大廳裡的人都認出那是徐宛辰，A大今年的種子選手，三年前就被實驗室的負責人收為了徒弟。

葛院長直接站起來，看向徐宛辰的手：「考完沒有？」

徐宛辰的表情略顯沉默，沒有說話，直接伸出右手，露出掌心的牌子。

通體黑色，中心刻著如雪一樣的「A」。

「不錯。」葛院長看到，眉宇間自然隱隱透著驕傲。他咳了咳，臉上勉強收起欣喜，拍拍徐宛辰的肩膀。

今天負責實驗考核的兩個老師把A牌放到A大那邊，並為A大記了九十分，又在電腦上輸入徐宛辰的分數。

「A級實驗？」考核老師的動作，讓現場其他人也看清了徐宛辰的A牌，風波乍起。

大廳裡，超過一半的老師都在小聲議論著這件事，時不時看向徐宛辰的方向。

考核的難度很高，大部分都是以C級通過，能做到B級實驗的人是鳳毛麟角，而A級實驗，三年才出一個。

若是前幾年，徐宛辰做完A級實驗會備受關注。只是之前三月出了一個S級實驗宋律庭，昨晚的理論考試又有個滿分的秦苒，眾人的反應沒有那麼大，討論了幾分鐘之後，就繼續看著走廊的方向。

一連二十分鐘過去，都沒有第二個人出來，可見徐宛辰的速度之快。

十一點半的時候，才陸續有人出來，每個人手中最低的也是E級。都是各大高校的人才，不會連E級牌子也拿不到，負責實驗考核的兩位老師忙著記錄分數。

隨著人出來的越多，兩個學校的分數已經明顯拉開了。

十一點五十分，A大最後一名學生出來，A大的所有積分已經計算完畢。

A牌一個，B牌兩個，C牌十個，D牌七個，E牌三個，加起來一千五百二十分。

京大沒有A牌，B牌一個、C牌七個、D牌六個、E牌四個，加起來一千一百三十分。

比A大少了三百九十分，算是毫無意外的結果。

但分數結果怎麼樣，京大的人現在已經沒有心思關注。江院長捏著茶杯，站起來看向實驗室的長廊。

十一點五十分，實驗室裡的其他人都出來了，只有秦苒沒有出來。江院長按著眉心，眉眼難掩的焦慮……秦苒是不是做實驗出了什麼問題？

十一點五十五分，秦苒還是沒有出來。現在一直故作鎮定的周郢也忍不住捏緊了茶杯。

昨天晚上筆試成績出來後，周郢跟江院長都充滿了信心，覺得秦苒可以通過C級實驗。

哪知道等到現在，秦苒都沒有出來。周郢心裡開始打鼓。

而大廳角落，坐在程雋身邊的程溫如沒有取下圍巾，遮住大半張臉，雙手指尖拿著一杯茶。

在外人面前，她倒是能表現得很平靜，歪頭壓低聲音：「苒苒趕得及嗎？」

她心裡急躁，但臉上半點不顯，氣場依舊十足。

程雋緩慢地把玩著手機，目光盯著長廊的方向，雖是散漫，但一直沒有移開，眸色清朗。

聞言，有些理所當然地說：「當然。」

「那怎麼還沒出來？」程溫如有些急躁。

程雋微微瞇眼，雪色的指尖敲著手機：「再等等。」

十一點五十八分，大門還是沒有動靜。

葛院長從椅子上站起來，看向江院長，「江院長，看來你們學校的新生王一時半會出不來了。」

兩個負責實驗考核的工作人員也開始收拾桌子上的東西，並站起來宣布：「今年通過的名單都已經當面告知，稍後會發布在一樓螢幕，另外，積分上，今年依舊是A大勝出一籌。」

葛院長站起來理了理衣服，然後朝江院長拱手，笑得挑釁：「不好意思，江院長，承讓了……」

就在他說話的時候，一直關著的實驗室通道大門被一隻手推開。

很明顯的開門聲，所有人的目光都朝後方看去。

十一點五十九分，秦苒出來，手裡只拿著米色圍巾，眉眼輕佻，漫不經心地朝兩個負責實驗考核的工作人員走去。

江院長跟周郢提到喉頭的心終於放下來。

「秦苒，妳的牌子呢？」江院長注意到秦苒手裡沒有牌子。

隨著他的話，現場所有人的目光都被吸引過來，尤其是葛院長，他目不轉睛地盯著秦苒，似乎要將她盯出一個洞來。

她這麼晚出來……沒有人覺得她連一個實驗都沒做出來，眼下是都想知道她做了什麼實驗。

角落裡，程溫如整了整衣服，端正地坐下，表情一如既往，側頭問程雋第三遍，「三弟，你說苒苒是不是做了S級實驗？不然怎麼會現在才出來？」

之前問到這個問題，程雋都不太理她。

現在程雋慵懶地撐著下巴，目光依舊沒收回，似乎是想到了什麼：「六個。」

「嗯？」程溫如沒反應過來。

前方，在近百道目光的注視下，秦苒摸了摸自己的口袋，摸出黑色的牌。黑色部分十分純粹，更是襯得她的手指猶如冷玉。

隨手一放，她微微抬頭，看向負責實驗考核的兩個工作人員，聲音淡淡：「開始計分吧。」

伴隨著輕微的聲響，幾張黑色的牌落在桌子上，在這寂靜無聲的大廳內，音震得人心口發麻。

牌的正反兩面都印著等級，落定之後，清楚地出現在所有人的視線中。

整整齊齊六張牌……從E牌到S牌，一個都不少！

在秦苒從口袋裡摸出一堆牌的時候，其他人就曾想過她會拿到不少牌，但沒有想到六張牌一個都不少。

也就是說，四個小時之內，秦苒把六個實驗都做了一遍！

秦苒在桌子旁站了半晌，也沒有等到兩個老師計分的動作。她彎著一根手指敲了敲桌子，姿態懶散：「兩位老師？」

負責實驗計分的兩個老師從震驚中回過神來，然後對視了一眼。

兩人之前不是沒有討論過京大今年的新生王會不會有驚人之舉，也不是沒有想過她會跟三月的宋律庭一樣，做出了S級的實驗……

但是，這兩人怎麼想也沒有想到，這個新生王做出S級的實驗就算了，竟然把E到S級的實驗都做了一遍！從實驗室創立到今天，大大小小近百次的考核，第一次有這種驚人之舉。

其他人也才發現，原來還可以這樣做？這不會是京大派過來的BUG吧？現在怎麼辦……

秦苒的分數肯定會以S級計算，這沒問題，但其他牌呢？都要記到京大的總分中？

負責計分的兩個老師更加迷茫。第一次發生這種事，他們不得不打電話詢問實驗室的負責人。

聽到有人在四個小時內，把所有實驗做完的負責人：『……』

是不是給四個小時太寬裕了？明年要不要縮短一個小時？

因為實驗要求沒有明說一個人能拿幾張牌子，這六張牌子都算進了京大的總分。

葛院長張嘴：「這不公平……」

聽到葛院長的話，兩個老師微笑著道：「您下次也可以讓您的學生做六個實驗。」

這些人做一個實驗都要兩個小時以上，龐大的計算量跟驗算占據太多時間了。別說六個實驗，就算是兩個，徐宛辰都不一定能做完。

葛院長：「……」

秦苒的六張牌子一共四百五十分，京大從一千一百三十分變成了一千五百八十分，比A大多了六十分。

秦苒一出來，就刷新了結果，單人記錄由徐宛辰的九十變成一百。院校總分記錄由A大的一千五百二十分變成京大的一千五百八十分。

今天的京大在十九個人進入第二場考核的情況下，總分贏了二十三個人的A大。

幾步之遙，江院長從一開始看到秦苒拿出一把黑牌，腦子就有些反應不過來。

他不知道說什麼，只是打了個電話給周校長。

周山知道今天是最後的實驗考核。自從十二點，他就一直等著，實驗室那邊沒有通知，他心底隱隱有些不安。

現在接到江院長的電話，他立刻接起：「秦苒應該過C級實驗了吧？」

『過了，』電話那頭的江院長聲音恍惚，『還有件事，我必須告訴您。』

周山鬆了一口氣，語氣緩和起來：「你說。」

江院長的聲音頓了頓：『周校長，您現在站著還坐著？』

「站著，怎麼了？」周山笑了一下，聲音渾厚又低沉。

『那您找個位置坐下。』江院長繼續道。

周山不明所以，只是他現在高興，也不問為什麼，直接坐到一旁的椅子上，然後笑意吟吟地開口：「坐好了，怎麼了？」

『喔，也沒什麼，』物理實驗室這邊，江院長也回過神來，十分淡然地開口：『就是告訴您一聲，今年我們京大的總分超過了A大，能分到多一倍的資金跟實驗器材。』

第三章 京大BUG

「考核成績已經得出了結果，實驗室會為你們安排一個實驗團隊。」江院長召集了今年考入實驗室的一群人，跟他們大概說明實驗室的事，「都是抽籤安排，你們被分到一起的可能性很小，還有一些檔案要調動、人員要記錄，需要一段時間才能進入實驗室。」

江院長說完，看向秦苒，嘴邊是忍不住的笑。

這兩天真是接二連三的驚喜。他大手一揮，就要請眾人去吃飯。

秦苒拉好圍巾，指了指程雋跟程溫如，婉拒了江院長的請客要求。

江院長往她指的方向一看，一眼就看到了程雋那雙清清冷冷的眸子。他連忙收回目光，跟秦苒一起去打了招呼之後，帶著其他學生出去吃飯。

實驗牌計完分之後不用歸還給實驗室，可以帶回去當成獎章收藏。

秦苒拿著六張牌，走到程雋兩人身邊。

程溫如看著她，說不出話，半晌才開口：「苒苒，妳可真是……」

她不知道要用什麼形容詞形容。

「走吧，先回去吃飯。」程雋站起來，眸光懶散。

程溫如回過神來，目光轉向秦苒手中的六張牌，目光炯炯：「苒苒，S牌給我摸摸，我還沒見過S牌！」

秦苒不太在意地把S牌遞給她。

程溫如拿在手裡把玩了好一會才還給秦苒，這才想起來秦苒的事，笑道：「難怪那一個月都沒見到妳，原來是在忙考核。」

提起這個，程溫如還是忍不住感嘆。為什麼秦苒隨隨便便就成功通過考核了，還拿到了第一，做了六個實驗……

秦苒跟在兩人身後，口袋裡的手機響了一聲。她拿出來一看，是秦漢秋。

『苒苒，我買了禮物給妳，妳現在在哪裡？我把禮物給妳。』手機那頭的秦漢秋聲音洪亮，聽得出來很激動。

秦苒扯了扯圍巾，想了想，還是沒掃秦漢秋的興，兩人約在京大的步行街旁見面。

*

秦苒成功考入物理實驗室的消息在京大論壇傳開。

與此同時，秦語的寢室裡，她躺在床上看京大的論壇，今天又滿是秦苒。

秦苒考進了物理實驗室……論壇裡到處都是她的消息。

秦語是藝術系的，一開始不知道四大學院是什麼，在學校待久了才知道四大學院跟普通學院的區別。她關掉京大論壇，勉強壓住內心噴薄而出的嫉妒，還有隱隱的悔意。

她把手機壓在胸口，半晌之後忽然想起什麼，抿了抿唇，點開微信，在裡面找到沈予玟，盯著跟她的聊天室半晌，終於忍不住伸手打出一句話——

『妳之前提過，跟我拉的小提琴曲很像的言昔單曲，妳還記得嗎？』

沈予玟是追星狂魔，在沈家特立獨行，從來不管秦語跟寧晴兩人的事情，只關心自己的偶像。小提琴的事情鬧得那麼大，沈予玟也從來不關心。

上次沈予玟提起言昔的時候，秦語就注意過，但只找到了幾首黑暗風的曲目。只是曲風像，編曲上找不到相同之處。像沈予玟這種音樂細胞不是很好的人，能記得那麼清楚應該至少有相同之處。

秦語的訊息傳過去半晌，沈予玟都沒回。她抿唇，現在隨便點開學校的一個群組，都在說秦苒的事，秦語煩躁地從床上爬起來，拿著自己的背包去步行街。

今天是星期天，步行街上人不少。秦語口袋裡的手機響了一聲，她看了一眼，沈予玟終於回她了，沒有說話，只隨意傳了一條連結。

她跟沈予玟本來就不熟，沈予玟這麼冷漠，秦語也不在意，她甚至還回了一句「謝謝」。回完之後，秦語從包包裡拿出耳機，一邊戴到耳朵上，一邊點開連結，目光隨意看向前方。

前方路口處，出現一道熟悉的背影。

秦語腳步一頓，她目光直看著前方穿得西裝革履，格外陌生的身影。

對方身材高大，古銅色皮膚，面容俊雅，只是欠缺氣質。

改變再多，秦語也能認出來，那正是開學時她偶然見過一面的秦漢秋。

秦語沒有把那次見面放在心上，原本以為他早就回去了小鎮，誰知道他竟然還在京城。

她的目光轉到秦漢秋手中的購物袋。她認識，是知名珠寶品牌，這些名牌就算是秦語在林家最如日中天的時候，也不能說買就買。

秦漢秋手上怎麼會有這些東西？

秦語一句「爸」鯁在喉嚨裡，還未出來，就看到秦漢秋笑意吟吟地把手中的東西遞給了一個女人。

那人頸脖上裹著圍巾，接下購物袋的手也漫不經心，只露出半張精緻的臉。

秦語定睛一看，從心口到指尖都在顫抖——那正是秦苒！

秦語忍不住發狂。為什麼秦漢秋手裡有那麼貴的珠寶？還遞給了秦苒？

至於秦苒，從裡到外，沒有一件衣裳不是高級品牌。

這兩人到底是怎麼回事？

秦語還來不及多想，一輛黑色的車停下，駕駛座上出現一個中年男人，並打開後車門，恭恭敬敬地把秦漢秋請了進去。

車緩緩駛入人流。

「苒苒……妳在看什麼？」程溫如從另一邊走過來，遞給秦苒一杯熱奶茶。

秦苒收回目光，伸手接過程溫如手中的奶茶，漫不經心地勾著嘴角，「沒事，看錯了。」

兩人一起往亭瀾走，回去吃飯。

今天是週休，人多，程雋的車就停在學校沒有開出來。他找地方停車，準備人少的時候讓程木過來把車開回去。

另一邊，秦語慌不擇路地回到她跟寧晴的小公寓。

「語兒，沒事吧？」

這半年來，寧晴的日子過得不如在雲城順利，只是每每想到秦苒，心裡就說不清是什麼滋味。臉上也添了一些皺紋，少了一年前的風情。美人遲暮，底子卻還在。

秦語看著寧晴，抿唇，「我今天看到爸爸了……」

「妳爸不是在雲城？」寧晴放下手中的杯子，遲疑地開口。林麒來京城沒必要瞞著她們。

「是另一個。」秦語壓低聲音，垂下眼睫，遮住眸底的神色。

那就是秦漢秋了。

意識到是他，寧晴就不太在意：「見到就見到了，沒什麼奇怪的，京城這麼大。」

秦語看到她這個表情，捏著手機的手機一緊，直接開口：「媽，我看到他有一個司機接他，對他很恭敬，手上還拿著價格不菲的珠寶，我看他送給了姊姊。他哪裡來這麼多錢？」

來京城這麼久，兩人只有開學的時候見過秦漢秋，還直接避開他。

此時一聽秦語的意思，寧晴直覺不可能。

「妳看錯了吧？怎麼可能。」她下意識拿起放在桌子上的杯子，只是手看得出來有些顫抖。

秦語為人謹慎，能這麼肯定地跟她說起這個，這件事百分之九十是真的。

兩人坐在椅子上，沉吟了半晌都沒有說話。沉默地吃完了飯，秦語也不急著回學校，只是拿起手機回到自己房間，關上房門。

想起沈予玟傳給自己的連結還沒聽，秦語將手裡的耳機收緊，點開對方傳來的音樂。

歌名為《歸寂》。

點開連結看了評論，秦語才知道這是言昔早期的音樂。言昔有很多音樂都賣了軟體版權，只有這一首沒有。言昔也在微博上表示過，這首歌對他來說很不一樣。

聽完，秦語目光堅定地看著螢幕。

作詞：言昔

作曲：江山邑

編曲：江山邑

言昔的歌，大部分都是他自己作曲，只有編曲是江山邑負責，也有幾首是江山邑作曲，在網路上都非常火。只有這一首，因為版權不對外開放，只有小眾粉絲知道。

創作時間，四年多前，比秦苒早。

秦語又翻出魏大師個人頁面上的影片，中間有一段跟言昔的這首《歸寂》一模一樣。

眸底有一股瘋狂之色猶如岩漿噴湧而出。幾個月前的小提琴曲抄襲事件幾乎毀了她的一切，當時的秦語被眼前的利益跟嫉妒吞噬麻痺，只想讓秦苒離開，幾乎失去理智，跟著戴然做了一系列不可挽回的事。

這幾個月，她回首那一段時間發生的事情，才覺得似乎有一雙手在操控整件事情，把她推入了萬劫不復之地。而秦苒高枕無憂，還在京大混得風生水起……

想到這裡，秦語冷笑一聲，拿著手機的手越收越緊。

她低頭，把這兩段音樂都截下來，存到手機裡。

＊

亭瀾——

秦苒跟程溫如等人還在吃飯。

程木吃得差不多了，一邊吃飯一邊滑微博，忽然抬頭：「秦小姐，妳的那個真人秀下個星期六要播了？」

程溫如也放下筷子，正拿著紙巾慢條斯理地擦嘴角。聽到程木的話，她眼眸一抬：「什麼真人秀？」

程木就把官方宣傳文遞給程溫如看，言簡意賅地跟程溫如解釋了一遍秦陵的事情。

節目名是《偶像二十四小時》，是戶外探險解密，揭開明星生活的綜藝節目。

程溫如接過來一看，劇組已經公開了預告片，只有一分三十秒，其中秦苒、璟雯表弟等人的鏡頭很少，秦修塵跟璟雯的鏡頭也不多，大多都在介紹驚悚懸疑的主題。

下面的評論十分精彩。

『愛著星星的貓：啊啊啊啊節目組大手筆，竟然真的請來秦影帝！坐等下個星期六！吹爆節目組！坐等下個星期六！』

『秦哥家的小仙女：啊啊啊啊我死了！我秦盛世美顏！！』

『醉裡挑燈看賤：要是能請來言昔，那節目組是真的厲害了（哈哈）』

往下翻，也有人開始討論。

『西北風：秦影帝帶侄女上鏡了？秦影帝的侄女也要進演藝圈了？』

『江州司馬：很中肯地說一句，不少演藝圈的人設都是在真人秀垮的，作為秦影帝的粉絲，我雖然想在真人秀上看到秦影帝，但也很擔心，尤其他要帶著一個從未在演藝圈出現過的侄女，看預告感覺兩人十分僵硬。』

評論區迅速被秦修塵的粉絲占領。大部分的路人都保持著觀望的態度，都覺得秦影帝的侄女這次是出來撈錢的。

程溫如看到「秦影帝侄女」的時候，頓了頓。

她自然知道秦影帝就是秦修塵，秦家人，而秦苒的名字，她去年就聽京城的人提起過，知道她是雲城一個小鎮裡的人，功課、家境都不太好，以至於今年見到秦苒時，一連被她嚇了好幾次。

秦家雖然日漸消沉，但在京城，除了程家、徐家這幾個家族，也不是一般家族能比的。

秦苒是秦修塵的侄女？也就是秦家人？

程溫如若有所思。秦修塵不是秦家本家一脈，秦家如今大權幾乎都在秦四爺手裡，不知道秦苒是哪個派系的……

這種事情，秦苒跟程雋沒提，程溫如就沒多問。

程溫如笑了笑，她記下節目名稱，把手機還給程木，挺期待地看向秦苒：「妳在節目裡幹了什麼？節目好玩嗎？」

下個星期六晚上八點。程溫如記著時間。

秦苒的眸子抬起，她慢條斯理地吃著：「沒幹什麼，不過好玩。」

「好玩就好。」程溫如一手撐著下巴，笑得溫婉，十分期待秦苒的節目。

提起這個，程溫如想起上個月初程雋突然答應要去重慶，剛剛程木提到的綜藝節目，錄製地點也是重慶。

她挑眉看著程雋。

程雋的眉梢微抬，斂著懶散，不冷不淡地看著她，「吃完該去公司了。」

程溫如一頓，臉上的笑容依舊雍容得毫無破綻，「不……」

話還沒說出口，瞥見程雋似笑非笑地看著她，腦子裡忽然響起警鈴，程溫如噎下剛到嘴邊的話——

財務赤字警告。

她收回目光，咳了一聲，挺直腰板，氣勢卻不斂，「你說的對，我一個上午沒去公司了。」

程溫如自然沒這麼閒，今天只是好奇秦苒考核的過程，就多待了一會。

程木在一旁認真地感慨：「連週休都沒有呢。」

程溫如面無表情地掃向他，程木立刻閉嘴。

吃完飯，程溫如休息了十分鐘，就拿著秦苒送給她的S牌去公司。今天是週末，不過對於程溫如這種女強人來說，沒有哪一天是「休」。

一群人吃完，廚師收起碗，程木去廚房泡了一杯茶來遞給秦苒。

秦苒靠在沙發上，拿著抱枕，下巴放在毛茸茸的抱枕上，手裡拿著茶杯，慢吞吞地喝著。

程雋坐在她身側，左手懶洋洋地放在她背後的沙發上，右手把玩著手機，正是秦陵傳給他的遊戲軟體。

這遊戲，程雋玩了兩次，每到三分之一，遊戲人物就會掉到洞裡死掉。

第一次程雋挑眉。

第二次程雋直接關了遊戲。

他知道這應該是秦陵自己做的小遊戲，來騙他的。

程雋此時沒時間跟秦陵計較，隨手把手機放到沙發上，低頭看了看秦苒。她長睫覆下，掩蓋住眸底微弱的血絲，睡著了。

這個月，她一直在瘋狂做實驗、看理論知識，比暑假時學小提琴都緊張。

*

實驗室今年新成員的名單已經出來了，物理系已送了一份名單給實驗室。

每年新成員都會被抽籤、分配到各個研究員的實驗室，學習基本事宜。

今年依舊是抽籤隨機分配制，抽到哪個研究員的實驗室，就會被分配到哪個研究員手下，如果新人運氣好，遇到了一個投緣的研究員，還能被研究員收作徒弟。

星期三晚上，秦苒收到了實驗室系統的通知，她的隨機分配有結果了。

秦苒對隨機分配的結果不太在意，也不需要去實驗室找老師，因此隨意點開系統通知一看，她被分配到一個叫廖高昂的實驗室。

點開廖高昂的資料，上面顯示著對方的身分：特級研究員。

秦苒的手指微頓。

「怎麼了？」程雋放下書，看到秦苒略顯意外的神色，他抬起眸。

秦苒把手機一握：「特級研究員怎麼會在京大實驗室？」

這種等級的，不應該在研究院？

「有些實驗必須借助京大的地下實驗室。」程雋看了眼她的手機，不緊不慢地跟她解釋，「他會申請調回實驗室，雖然不是實驗室的人，但他的實驗室在這裡，所以有可能會調新人進去。」

秦苒表示了解，之後關掉這個頁面，起身。

「去哪裡？」程雋把書放在腿上，右手不急不緩地又翻了一頁，左手卻抓住了她的手腕，稍微用力，又將人拉了回來。

秦苒也不急著上樓，語氣懶洋洋：「小陵有個問題要問我。」

「妳弟弟，」程雋也抬眸，剛好聽她說的話就拿出手機，「他昨天騙我。」

白皙的指腹點著昨天秦陵傳給他的遊戲。

還騙了他兩次。

秦苒就拿過他的手機，點開秦陵傳給他的遊戲玩了玩。秦陵在這小遊戲的三分之一處加了一個ＢＵＧ自殺點，確實過不了。

秦苒坐直，然後去樓上把自己的電腦拿下來，手指敲著鍵盤。

＊

另一邊，秦影帝的工作室——

十分鐘後，秦陵收到了來自他姊姊的一條訊息。

是一個遊戲軟體。

秦苒以前基本上每隔一段時間都會傳一個遊戲給他，只是把那位陸老師介紹給他之後，就沒傳什麼遊戲軟體過來了。此時看到她傳來遊戲，秦陵立刻點開來。

他坐直身體，手指一動，遊戲人物死亡。

他愣了一下，退出去，又重新點開——手指一動，遊戲人物死亡。

秦陵抿了抿唇，再三點開——手指一動，遊戲人物死亡。

看到他連續開局就死了的經紀人終於鬆了一口氣。他上次玩秦陵的遊戲就玩出了陰影，這時他才感覺到自己很正常。

他靠著沙發，看著笑道：「原來小陵你玩遊戲也有很菜的時候。」

秦陵：「……」

他退出了遊戲。

辦公室門外，助理敲門，拿了一個快遞進來，遞給秦影帝的經紀人：「您的快遞。」

經紀人接過來，挺重的，詫異：「我沒買東西，修塵，是你的嗎？」

秦修塵是藝人，買東西通常都是工作室代簽或者填他的名字。

秦修塵坐在沙發上翻著劇本，聞言，頭也沒抬：「沒。」

經紀人低頭。手上這個快遞的包裝簡潔明瞭，也不太像粉絲送的禮物。

助理看了看快遞的形狀，湊過來，猜測道：「是不是電腦？」

聽助理這麼說，經紀人忽然想起前幾天晚上詢問秦苒電腦的事，他還轉了兩千塊給秦修塵。

經紀人把包裹放到桌子上，笑了一聲。他側頭看了一眼認真、嚴謹地翻著劇本的秦修塵，「你侄女還真的寄了一個電腦給我？」

這幾天，微博上「秦影帝侄女上鏡」的事已經被大肆宣傳。

工作室的人都知道秦影帝侄女的存在，對她十分好奇，聽到秦影帝侄女送了電腦給經紀人，一群人都圍過來，讓經紀人拆開來看看：「秦影帝的侄女寄了什麼電腦給你啊？特地寄過來，這個電腦一定不一般。」

經紀人本來不打算拆開來的。他也是個遊戲迷，什麼類型的電腦都有，對秦苒寄給他的電腦不太好奇。電腦包裝得好好的，也方便他帶回家，不過工作室的人對秦影帝侄女送的電腦好奇，他也沒阻撓他們的好奇心，拿了把剪刀過來。

工作室其他人也放下手邊的事情圍過來。

經紀人剪開了外面的包裝袋，看著圍過來的一張張期待的臉，不由得失笑，「就是普通電腦，還能是什麼電腦？你們別想太多。」

包裝精簡隨意，一打開就能看到黑色的筆記型電腦，只有一層，很薄。

經紀人本來隨意的態度一頓，拿起來看。很輕很薄的電腦，正反面都是純粹的黑色，從外觀上來看，已經達到了電腦界的顏值巔峰。

「好看！」工作室裡幾個只看顏值的小女生連忙開口。

男人們都催促經紀人打開，試試性能。

經紀人把桌子上的垃圾掃到一旁，然後放好電腦、打開。電腦自己啟動，黑色的螢幕上閃爍著一道白色的進度條。不到三秒鐘，進度條到達百分之百，冰冷的機械音響起：

『請進行瞳孔驗證。』

經紀人有些呆滯地看著它，大概看了一分鐘。

機器音重複：『請進行瞳孔驗證。』

經紀人回過神來，在工作室眾人的提醒下，將眼睛對準電腦鏡頭。

『驗證成功！』

電腦自動到主頁面。

「瞳孔驗證？速度好快。」經紀人眼前一亮。

這電腦的速度一點也不比秦陵的那款電腦慢，外觀甚至比秦陵的電腦好看。

主頁面很乾淨，只有一個畫著楓葉形狀的ＡＰＰ商店，還有一個雲光財團特有的國際通用搜尋引擎。

辦公室的男人就指著那ＡＰＰ商店，激動道：「楓葉ＡＰＰ，涵蓋全球所有ＡＰＰ應用程式，只有你找不到的，沒有搜尋不到的，但裡頭的ＡＰＰ在其他商店中都沒有。」

女生們盯著那國際通用搜尋引擎，也激動到不行：「以後看國外八卦都不用翻牆了……」

經紀人年過三十，對這些ＡＰＰ商店統計、通用搜尋引擎不太清楚，不過看工作室的其他人這麼激動，也能猜到這引擎跟ＡＰＰ商店肯定非常好用。

「哥，我有一個軟體一直不能下載，」一個年輕人熱切地看向經紀人，「您看看您的電腦能不能下載，如果能，可以把這個軟體複製到我手機上嗎？」

經紀人：「……」

他有點傻住，不過還是往後退了一步，讓這群年輕人自己去弄。

一群年輕人彷彿發現了什麼新玩意，一擁而上。

「我靠，美洲的大型恐怖遊戲也有？」

「等等，先把我的國際平臺交友軟體下載下來！」

「何方高人那麼無恥插隊？晚上我們競技場決一死戰！」

「我的……」

今天晚上本來要加班應付星期六節目播出後的通稿，經紀人本來還為他們每人準備了一杯咖啡，眼下倒也不用，一個個都跟打了興奮劑一樣，隔一段時間就去看看排到他的軟體了沒。

咖啡機無人光顧。

經紀人面前猶如秋風掃過，他拿紙杯去倒了杯咖啡，然後坐到秦修塵對面，看著工作室的這一幕，向來能言善道的他，此時說不出一句話來。

上次聽秦苒說她給秦陵的電腦絕版了，他本來就不打算再買其他電腦，對她口中兩千塊的電腦也不感興趣，但他也不會白費一個小女生的好意，就隨手轉了錢給秦修塵。

兩千塊對他、對秦苒都不算大錢，原本他只是想讓秦影帝的侄女開心一下，沒什麼期待。

誰知道……

經紀人喝了口咖啡，半晌才回過神來，幽幽地看向秦影帝，「兩千塊……好像不夠吧？」

秦影帝也沒繼續看手中的劇本。他把劇本往旁邊一放，看著工作室裡嬉鬧沸騰的眾人，往沙發上靠，略微思索著，「給你就拿去用吧。」

經紀人「啊」了一聲，「不太敢用……」

秦陵面無表情地看他一眼。

「應該是謝禮。」秦影帝又拿起劇本，繼續低眸看著。

在重慶拍攝的一個月，經紀人前前後後幫忙不少。

經紀人聽秦影帝一說，也想起這件事。他頷首，然後感嘆一聲，沒想到秦苒還記著他，心裡對秦大老的好感度又增加了好幾個點：「那你怎麼沒有？」

要說照顧，秦影帝對秦陵的照顧比他細心多了。

聞言，秦影帝抬起下巴，白皙的指尖點著劇本，瞄他一眼後咳了一聲，風淡雲輕地開口：「你能跟我比？」

經紀人：「……」

啊，是，你們是一家人，不能比，不能比……

*

星期四，秦苒上完課，直接拉上圍巾，圍巾是藏青色的，遮住了鼻子以下的部分，只露出一雙漆黑清冽的眼，一副嚴謹冷淡的模樣，毛茸茸的圍巾將她眉宇間的恣意化去不少。

身影高挑清瘦，大衣極襯身材，一雙腿又直又長，走在路上的回頭率依舊百分之百。

這兩天她在京大的粉絲越來越多，直接越過了上個月去研究院的宋律庭。

有時候走在路上，都有人能認出她的背影。

秦苒面無表情地又把圍巾拉高了些許，想著秦影帝那件水桶衣似乎挺不錯的，找一天她也要去訂製一套。

江院長辦公室——

看到秦苒進來，江院長放下手邊的事情，從抽屜裡拿出來一張物理研究室的門禁卡，背面印著秦苒的入學電子頭像。

「這是妳的門禁卡，也能當校卡用，許可權比京大的高，在京大、A大兩個學校都能用。」江院長把門禁卡遞給秦苒，又親自去飲水機為秦苒倒了一杯茶，十分熱情地招待秦苒：「坐。」

秦苒拿著卡坐下，接過純白色的免洗杯，禮貌地跟江院長道謝。

她低頭看手裡的卡。正面是物理實驗室的圖片，頂部寫著「物理實驗室」，加粗楷字。

江院長捧著自己的保溫杯坐到辦公椅上，溫和儒雅地詢問，「物理系其他人隨機分配的結果已經出來了，妳是跟誰？」

進實驗室跟對人、對一個新生來說很重要。

物理實驗室從上到下，有研究員一級到四級。研究員一級是研究院的專設特級崗位，也叫特級研究員，基本上都是院士等級、做出具有創造性的重大貢獻的業界一流人才才有這個名聲。

研究員二級主要是ＳＣＩ論文被引用過五百次以上，新型研究成果被國內外科學界認可等一系列條件。

三、四級沒有前面要求那麼嚴格，學術達到業界認可後，至少也要熬三年到六年才能熬上去。

物理研究院聚集著國內最多的頂級人才，跟的研究員等級越高，接觸到的研究跟眼界肯定都不一樣。

秦苒捏著免洗杯，指骨分明：「廖院士，資料上寫著特級研究員。」

江院長是物理系的院長，比普通人要了解物理界的一些大人物。

研究院的特級研究員也就那麼幾個，聽秦苒說姓廖，他一頓：「你說的，該不會是廖高昂院士吧？」

秦苒抿了一口茶，水還沒冷，熱氣騰空，她一張臉在熱氣下有些隱約。

聽江院長的話，她不緊不慢地回：「好像就是他。」

「妳這運氣……」江院長失笑，「廖院士是研究院的五大特級研究員之一，也能被妳遇到。妳好好跟著他，表現積極一點。」

秦苒說了幾句，看了下時間，程雋差不多到樓下了，她就跟江院長告別。

江院長笑咪咪地把她送到門口。

等她走後，江院長才看著秦苒的背影，「果然是我們的新生王，實驗室幾乎沒有新生學員遇到的特級研究員，她都能遇到。」

助理站在江院長身側，瞻仰學神背影。

「要是廖院士能收秦苒做弟子，那她的路，會比宋律庭還寬廣。」江院長忽然感嘆，「不過要讓特級研究員收徒，不容易。」

特級研究員本身就是研究狂人，站在專業領域頂端，是天才中的天才，脾氣古怪，這麼多年來，研究院的五大特級研究員連學員都鮮少帶，更別說收徒了。

江院長只是想想而已，不覺得廖院士會想收秦苒做徒弟。

樓下，秦苒朝不遠處看了眼，就看到剛好停在路邊的程雋的車。

她手指勾著圍巾，朝程雋的車走去。就一分鐘的路，她沒戴圍巾。

哪想剛走兩步，就被一個身材高挑的男生攔住，他拿著籃球，看向秦苒，陽光帥氣的臉有些漲紅，聲音激動：「妳是物理系大一自動化一班的秦苒嗎？妳好，我是數……」

秦苒往後退了一步，懶懶散散地抬眸，夕陽餘暉交錯，那張臉帶著分明的豔色，神情挺冷傲，語氣簡明扼要：「我不是，找錯人了。」又冷又不耐煩。

繞著他直接朝程雋那邊走去，路邊已經有其他人認出了她。或許是她身上的鋒芒過分煞人，大家都只敢遙遙看她，不敢接近。

「砰」的一聲，她關上副駕駛座的門，聲音很大。

坐在駕駛座的程雋手放在方向盤上，側著身體看她，本來還挺不悅地看著那男生，看到她這又冷又不耐的樣子，不由得低聲笑了下。

秦苒低頭拿出手機，第一次看京大的論壇，本意是想要刪京大論壇有她照片的貼文。翻了一遍，論壇上基本上沒有。

她靠著車門。

「不是論壇。」程雋停了笑，指尖停在方向盤上，眉眼垂下，淡然地看著她：「妳要問問你們院長，有沒有把妳的冠冕照貼在公布欄上。」

秦苒：「……」

她很少去物理系總部，沒有想過還能這麼做……

程雋這才把車緩緩開到大路上，勾著淺淺的笑意。

她這張臉，沒有濾鏡的鏡頭都擋不住的鋒芒，太好認了。

她仰了仰頭，伸手剛關掉手機論壇頁面，秦修塵經紀人的電話就打過來了。

秦苒伸手一滑，靠著車窗，半瞇著眼睛，「喂？」聲音漫不經心。

『秦小姐，我是特意來謝謝妳送我的那臺電腦的，非常好用。』還在秦修塵工作室的經紀人下意識挺直腰板。

他也沒再說是他找秦苒買的。畢竟……這種形式的電腦，兩千恐怕連它的螢幕都買不到。

「不客氣。」秦苒手擱在車窗上，語氣不急不緩。

秦修塵的經紀人已經習慣了，沒覺得被怠慢，甚至有點受寵若驚。

秦苒就那種性格，這還算她脾氣好的時候。

『節目組剛剛打了電話給我，節目後天播，妳確定不開帳號？妳開一個，我幫妳管也行。』經紀人再度詢問。

秦苒從口袋裡掏出耳機，挑眉：「不用，還有其他事？」

『沒。』經紀人聽著秦苒的語氣，就識趣地跟秦苒說了再見。

秦影帝工作室——

經紀人掛斷電話之後，又連繫了導演。他去飲水機幫自己倒了一杯水，順便喝了一口：「問第二遍了，她不願意，再問她就要發火了。」

導演那邊挺遺憾的。

多提。

「你們為什麼一定要她開微博？」經紀人雖然也希望秦苒開微博，但是她不願意，他也就沒

導演組這麼執著？

『節目播出後，她肯定會紅，還有小提琴……』導演想想那天秦苒拿了四張高級線索的事，秦苒沒有人設劇本，卻彷彿走了人設一般，他含糊著開口：『你們到時候看就知道了。』

導演要掛電話。

「等等，」經紀人再次確定了一遍剪輯的事，「你們節目不會出差錯吧？秦影帝讓你們不要剪輯的太神話了，適當一點就行。」

秦苒太ＢＵＧ了，秦修塵擔心節目依照實況剪輯，會讓網友罵秦苒，覺得她有劇本走人設。

『放心，我們是經過江總的同意才放的。』導演回。

江東葉跟秦苒認識，應該不會坑秦苒，經紀人放心了。

＊

亭瀾——

看到秦苒跟程雋回來，程老爺正坐在大廳的沙發上。

程雋換了鞋，把鑰匙隨手扔到茶几上，看著正襟危坐，淡定喝著茶的程老爺，他有些佩服地開口，「程家最近就那麼閒？」

跟程溫如一樣。

程老爺看了程雋一眼，眉眼一肅，「我是來送禮給苒苒的。」

他說著，身後的程管家就拿出一個古樸的小盒子。

秦苒考物理實驗室的事，程溫如回到程家後繪聲繪色地向程管家描述了一遍，還把秦苒送給她的那枚S牌拿給程老爺看了。

程老爺最近在忙程家的事，直到今天才有時間來見秦苒，還去私庫給她挑了個禮物。

秦苒脫了外套，又把圍巾掛好，手還按著手機，看著程管家遞過來的盒子，她下意識地抬頭，眸光淺碎，沒接下。

秦苒抬眸。

隨後，身側一隻白皙修長的手伸過來，接過程管家手中的盒子。

程雋一手拿著盒子，一手抓著她的右手，頎長的身形微低，指尖扣著她的掌心，把古樸的盒子放到她手上，語氣平緩：「拿著，他不缺錢。」

本來坐得筆挺的程老爺，因為這句話，默默看了程雋一眼。

秦苒想了想，就收下了盒子，也沒看是什麼，把它送到了樓上。

廚師今天晚上依舊識相地準備了老爺跟程管家的菜。程老爺今天高興，還讓人拿了酒過來，小酌幾杯。

「妳今天這麼早回來，還沒有進實驗室吧？」程老爺拿著酒杯，隨意跟秦苒閒聊。

秦苒慢條斯理地吃著飯：「還沒，今天剛拿到門禁卡。」

程老爺喝了一口酒，「那帶妳的那個實驗室大概明天就會連繫妳了，一般進了實驗室，都會忙著跟實驗打交道，根本沒時間回來。」

程雋吃完了，隨手把筷子往桌子上一放。

聽到程老爺的這句話，他靠著椅背，修長的指尖敲著桌子。清冷的眸子看向對方，不太高興。

程老爺吃完飯，就被程木送回程家老宅了。

樓上，秦苒已經洗好澡換了睡衣，一手將毛巾按在頭上，一手打開電腦，她昨天晚上就加了那位廖高昂院士的社交帳號，現在打開來一看，對方還沒通過。

特級研究員應該挺忙的，秦苒也不在意，重新申請了一遍。

門被人敲了敲，不緊不慢的。

頭髮差不多乾了，秦苒隨手把毛巾放到一旁，打開門看到斜靠在門邊的程雋，並不意外，側身讓他進來又關了門。

程雋一進來，就看到放在桌子上的盒子，他半坐在桌子上，屈著一雙長腿，漫不經心地開口：「我爸送妳的禮物沒有打開來看看？」

「還沒。」秦苒拉開衣櫃門，從裡面找出自己的背包扔到床上。

「來，」程雋直接打開盒子，同時眉眼微抬，看向秦苒，朝她招手，慢條斯理地道：「看看他的私庫寶貝。」

秦苒走過來看了看，盒子裡擺著一個血玉鐲。玉身細膩通透，緻密細潤，顏色純正，本身盒子有些舊，被它一映似乎朦朧著一股靈氣。

秦苒沒研究過這些，不知道品種，只覺得好看。

程雋隨手拿起來看了看，似乎很滿意，左手的指尖這才從桌子上移開，握住秦苒的左手，頎長的身影傾身，低眸將血玉鐲子直接套上了她的左手。

血玉鐲的顏色紅得純粹，又像是染了冰色，對比著她清瘦白皙的手腕，極其分明，像是籠罩著一層光。

程雋伸手將人攏過來，低眸笑：「果然適合。」

*

與此同時，物理實驗室地下三樓，走廊盡頭的B317實驗室。

這個實驗室很大，與京大地下的核反應燃料距離最近，因為天生地理優勢，很多研究院的老師都會來到這邊遞交申請。

諾大的實驗室清冷無比，只有兩道人影。

門外，一個穿著白色防護衣的高挑女人進來，她走到一道人影身邊，遞出一份資料：「廖院士，這是物理實驗部今年抽到您這裡的學員，這裡是她的資料。」

「新學員？」廖院士大概四十歲，歲月沒在他臉上留下多少痕跡，他鼻梁上架著金框眼鏡，聞言，眉頭稍微擰了擰，他沒想到自己來這裡做個實驗就被抽中了，他微微頷首：「我知道了。」

高挑女人把資料遞給他。廖院士接過來，隨手拉開身側的抽屜放進去，並沒有看這份資料。

翌日星期五，秦苒上完課，本來想去物理實驗室，又拿出手機看了看社交帳號，廖院士還是沒有同意。

＊

中午，京大食堂三樓。京大食堂就屬這裡最貴，平日沒有特別多人。

秦苒打了一份飯，找了個角落的位置坐下。

「小學妹。」洪濤從一堆人中，眼尖地看到了秦苒，端著盤子坐到她對面。

秦苒拿著筷子抬眸，看到洪濤，禮貌地打了個招呼，眉眼清淺：「學長。」

因為他是宋律庭的朋友，秦苒對他也多了一分耐心。

「妳果然是宋律庭的妹妹，那傢伙做了個S級實驗，妳倒好，不僅做了S級的實驗，連E到A級的實驗都做了。」洪濤吃了塊紅燒肉，這兩天京大舊生們嘴裡提的都是秦苒的囂張行徑。

以四人的差距追上了A大的分數，這一點在京大舊生嘴裡已經傳遍了。

看到秦苒，洪濤又忍不住當面膜拜了一遍。

這對兄妹，一個比一個不是人。

「對了，妳在實驗室幾樓？」洪濤看向秦苒，詢問：「我在一樓，妳有什麼問題就來找我。」

每個新生學員主要的活動場所就在起研究員名下的研究室。想要申請自己的研究室，需要達到一定的成就，或者寫幾篇讓國內外認可的SCI論文，影響因數夠大的話，就能讓實驗室給你批個人的研究室。

「廖院士還沒回我。」說起這個，秦苒動作稍頓，骨節分明的手指敲著筷子，她看向洪濤：「你們當初都是什麼時間進的？」

「打電話給妳的老師啊。」洪濤一笑，「正常情況下，研究院的老師都是一群瘋子，不問世事，更別說看社交軟體，我當時就直接電話連繫帶我的那位教授。但聽妳的意思，帶妳的那位老師是個院士。」洪濤不是江院長，對研究院了解不多，他想了想，開口，「應該是高級研究員，妳儘量讓他收妳為徒。」

秦苒微微垂下眼簾。她回想了好幾遍，系統給她的連繫方式只有一個社交帳號，並沒有電話號碼。不過今天是星期五，明天周末，秦苒沒多問。

洪濤後面的話，秦苒沒怎麼用心聽，也不太在意。

她進實驗室並不是要找老師。

星期五這一天，秦苒都沒有收到廖院士的回覆，對方連好友申請也沒有通過。

*

星期六，一早程木就去秦苒的房間，把她房間的植物搬出來，並告訴她：「秦小姐，今天晚上《偶像二十四小時》要播出了，雋爺在樓下大廳準備了一個超大螢幕。」

秦苒興致缺缺地下樓，有些漫不經心：「喔。」

她拿著杯子去接了一杯溫水，今天比以往早起，她靠著飲水機喝水的時候，程雋去晨跑還沒回來。

程木把花盆搬好，又澆了水，這才放下手中的水壺，去洗手間洗了手，來找秦苒：「秦小姐，妳要下樓看看雋爺準備的超大螢幕嗎？」

秦苒喝完一杯水，想了想，就拿著一塊麵包跟程木一起下樓。

程雋把超大螢幕裝在樓下的程金家，程木一開始還十分感動，後來聽程雋說是因為裝在樓上太吵了……

「這就是超大螢幕，」程木走到大廳，指給秦苒看。

秦苒咬著麵包，散漫地靠著扶梯，自上而下，漫不經心地看著。

大廳牆上掛著兩公尺長，一公尺寬的水晶大螢幕，螢幕對面放著一長排的沙發，沙發上還擺放著瓜果茶水，一應俱全。

程金剛起床，拿著毛巾一出門，就看到秦苒。他立刻停下來，聲音嚴謹，腳步往後一退，十分嚴謹地開口：「秦小姐。」

秦苒吃完一塊麵包，漫不經心的跟他打了個招呼，看完大螢幕就慢吞吞地上樓了。

等秦苒離開之後，程金才鬆了一口氣，他看向程木，擰眉，聲音渾厚：「你怎麼一大早把秦小姐帶下來？」

還好現在是冬天，他早期都是穿戴整齊，要是夏天……

「讓秦小姐看超大螢幕，」程木面無表情地回，「我們晚上要看電視。」

想了想，程木又看向程金，「哥，你看嗎？」

「看什麼玩意兒？」程金繼續拿毛巾擦頭，又去更衣間拿了衣服出來換上。

「秦小姐參加的一個綜藝，《偶像二十四小時》。」

程金把門關上換衣服，不感興趣：「女孩子氣，不看。」

大廳裡女孩子氣的程木：「……」

*

今天《偶像二十四小時》開播，不僅亭瀾，程溫如公寓、程家老宅、秦修塵工作室的人……在電腦面前等候的網友不計其數。

這不僅僅是秦影帝的第一個真人秀，還帶著他的侄女，《偶像》除了一般秦影帝的粉絲，還有一部分要見證秦影帝侄女的路人跟吃瓜者。

晚上，雲錦社區，阿海正在秦陵房間，看秦陵編寫程式。

看了半晌，阿海退出來，看門外的秦管家，他壓低聲音，語氣微沉，「六爺說要為小少爺請的老師，有頭緒了嗎？」

秦陵他們回來的這一個星期，阿海等人已經見識到了秦陵恐怖的天賦。

「想找一個老師容易，但要避開四爺，難。」秦管家嘆息一聲。

秦家現在這樣，秦修塵的人脈大多都是演藝圈的，想要為秦陵找到一個名師，太難了。

阿海看向秦陵的房間，眸色翻湧：「小少爺不愧是秦家的人，他的電腦天賦太高了，差點破了我的防火牆，現在他正在嘗試我教他的代碼，希望四爺儘快找到能教小少爺的老師。」

最近這幾天，秦管家已經不是第一次聽阿海他們說秦陵的事情了。

兩人正說著，秦漢秋忽然放下手中的文件，拉開椅子站起來，找出遙控器打開掛在對面牆壁上的網路電視。

「二爺？」秦管家看向秦漢秋。

秦漢秋側眸看過來，回了一句「看電視」。

剛說完，大廳的門就被人敲響了。秦管家距離門近，他疑惑著這麼晚了，有誰會來找秦漢秋。一打開門，就看到秦修塵修長的人影，他正一邊拉下口罩，一邊往屋內走，跟秦管家打了個招呼。

「六爺，您怎麼現在過來？」秦管家讓開了一條路，等他進來，把門關上。

秦修塵把口罩塞到口袋裡，看到秦漢秋把網路電視打開了，才找了一個位置坐下，慢條斯理地回：「看電視。」

此時七點五十五分，臨近八點。

秦陵也放下了手中的程式，小跑出來，乖巧地坐到秦修塵身邊，目光看著電視的方向。

又是看電視的？

秦管家這時候也想起來，今天是《偶像二十四小時》首播的日子。

「小少爺不繼續攻克代碼嗎？」阿海拿起自己的外套，跟秦修塵等人打了招呼，要走的時候看向秦陵，眉眼溫和。

秦陵搖頭，面無表情：「我先看我姊姊。」

阿海一愣。秦管家失笑，他跟阿海解釋了秦苒代替秦陵拍了兩天節目的事。

「阿海先生，你要留下來看嗎？」秦漢秋端了一壺茶出來，然後又拿了一堆零食出來，還熱情地招呼阿海。

阿海連忙擺手，「不了，我回去看看程式。」

他的腦子裡只有資料，眼下看見了秦家復興的希望，他的幹勁比誰都足。

等阿海離開，程管家就關上門。此時已經是八點，電視在放最後一段廣告。

「坐。」秦修塵抽空看了秦管家一眼，指了指身側的空位。

秦管家也很關注這檔節目，自然也知道秦修塵會這麼晚過來，只是為了看秦苒的節目。

秦陵跟秦漢秋都是。

秦管家沉默了一下，阿海剛剛的話帶給他很大的震撼，他現在急著找秦陵的老師，想要問問秦修塵有沒有頭緒，沒什麼心情看電視，不過秦修塵跟秦陵等人都目不轉睛地盯著電視。

秦管家不想打擾幾個人的心情，也坐在一邊，與秦影帝他們一起看電視。

《偶像二十四小時》前期帶著秦影帝這個噱頭，在網路上賺足了熱度。

八點一到，各大影片APP與星級衛視同步播出，影片上半邊就開始滾動彈幕。

秦修塵看了眼彈幕，並沒有關掉。

因為秦陵一開始那一集錄製到一半就受傷了，所以第一集播放的是秦苒的那一集。

鏡頭比較緩慢地從璟雯起床後的情況，再到秦修塵這邊，執意要親自喊他侄女。

看到鏡頭對準了秦苒的房間，彈幕開始激動了。

『啊啊啊秦影帝盛世美顏！』

『我感覺導演組很抗拒拍他侄女，希望他侄女的出場不會尷尬。』

『尷尬是必須的好嗎？你覺得為什麼秦影帝突然多了一個侄女？據圈內消息，那個侄女是剛認回來的，我感覺她是想紅想瘋了吧？希望她不要給秦影帝招黑！』

『就我一個好奇他侄女有沒有遺傳到他們家族的良好基因嗎？不知道長什麼樣子。』

『我有預感，秦影帝的人設會在他侄女這裡崩掉。』

『天哪，竟然剛認回來？抱抱侄女，媽媽愛妳！』

彈幕上正吵得火熱的時候，這一段鏡頭已經切換到秦苒的那張臉上了。

所有看直播的人都能看到彈幕一瞬間少了大半，隨機就是大片的『啊啊啊』席捲而來。

順勢而來的，還有一大堆爬牆粉。

節目中，璟雯跟璟雯表弟創造了很多笑點，當播放到秦苒一個人扛起一根木頭的時候。

『？？？？？』

『？？？？？』

彈幕密密麻麻的都是各種顏色的問號，尤其攝影機還給木頭特寫，上面的木屑都能看清。

秦苒把木頭隨手往地上一放，還彈起了一陣灰。

攝影師還拍下秦影帝跟璟雯表弟試圖抬起木頭的畫面，為兩人配上黑人問號的圖片。

彈幕上又掀起了『哈哈哈』的狂潮。本來有人說秦苒造假，或者猜測那根木頭是假的人瞬間沒話說了。

與此同時，亭瀾——

程金本來靠著沙發看著這一幕，腳不由得慢慢軟下來，差點沒跪在地上。

程木面無表情地看了他一眼，然後「喀嚓」一聲吃了一口洋芋片，「你沒事吧？」

問完，又「喀嚓」一聲吃了一口洋芋片。

程溫如家裡——

她抽了一張面紙，僵硬地擦掉自己不小心噴到桌子上的水，有些恍惚。

雲錦社區——

秦漢秋眨了好幾次眼睛，又抓著秦修塵問了好幾遍，才敢相信鏡頭裡的秦苒是真的，沒有經過一丁點的剪輯。秦漢秋神遊般地抓了個瓜子，毫無靈魂地吃著。

白天天解物理題那段也沒有被剪掉。這一段秦苒的解題速度太快了，鏡頭也沒有捕捉到她到底在看哪點。

『雖然我也喜歡小姊姊，但……這會不會有點假？小姊姊不會是有劇本的吧？還有白天天跟那個物理老師是節目組的樁腳吧……』

彈幕上有人只喊「跪了」，有人開始懷疑節目的真實性，最後秦修塵說出她是京大物理系的。

『我靠，驚現京大學霸！』

『等等，京大物理系的也沒有這樣啊，我是一眼看不出來題目錯了。』

信的人多，但也有不信的人和黑粉，至於後面的古巴比倫星期制度跟摩斯密碼十六進制，連看的觀眾都一頭霧水，有人查完回來，直接膜拜大老。

『這絕對是節目組故意給她的劇本，我有預感，秦影帝的侄女下一步就要進軍演藝圈了，這個綜藝節目應該是秦影帝故意捧她的吧？可惜分寸拿捏得不好，捧得太過分了，坐等打我臉（微笑）』

這樣想的人不少，直到最後一個藏在六階魔術方塊內的密碼。

當時秦苒、秦影帝跟璟雯在場的人都沒有注意到秦苒解魔術方塊的過程，但攝影機拍到了。秦苒的手速太快了，快到鏡頭裡似乎出現了殘影。

秦苒半坐在桌子上，一邊漫不經心地拼著魔術方塊，一邊聽著璟雯等人說話，從頭到尾都沒有看魔術方塊，六階魔術方塊在她手裡似乎玩出了花樣。

『大家有沒有注意到，她玩魔術方塊的時候璟影后等人還在說話，看他們的動作口型都沒有加快，可見節目組播放的是正常速度？』

『默默說一句，你們看她的表情，她都沒看魔術方塊，我感覺她還遊刃有餘，這應該不是她的最快速度……』

前面都是口頭描述，彈幕上不少人找到了可以罵人的點，就說秦苒在作秀，節目組有黑幕……

但魔術方塊這裡……無法黑，完全找不到黑點。

節目一集只有這麼一點。播放到最後，導演開口讓秦影帝找兩個朋友，最後因為白天天的話變成了秦苒。

『？？？』

『秦苒這是什麼意思？』

『節目組是認真的？』

『（微笑）坐等秦苒的「朋友」』

『她能請到什麼朋友？不知道導演是衝著秦影帝的名頭去的嗎？』

『粉塵們專注自家跟侄女就好，不要被帶風向喔～』

在一眾粉絲的問號中，節目組播放了「下集預告」。

只放了一段秦苒的朋友到來，現場激動又控制不住場面的場景。

『我靠我靠靠靠靠！來的究竟是誰啊啊啊啊啊好著急！！』

一期節目播放完。

『秦影帝侄女』

『秦家人顏值』

『偶像二十四小時』

『偶像二十四小時黑幕』

四個熱搜同時占據熱搜。

雲錦社區——

秦管家看完，一開始有些驚訝，到後來就淡定了，他拿著一杯茶，看向秦修塵：「沒想到你這麼捧秦苒小姐，不過這樣搞人設沒問題嗎？不會有人罵你跟她吧？」

後面古巴比倫跟小提琴那裡太古怪了。若真的是自己想出來的，她的腦子聰明到什麼程度？

秦管家跟在秦修塵身邊，這些年耳濡目染，也知道演藝圈的一些事，她記得很清楚演藝圈喜歡搞人設，下意識認為這是秦修塵為秦苒安排的人設。

「沒有劇本。」他沒看秦管家，直接站起來，俊美的臉上染上了一層冰霜，眸色陰沉。

他從口袋裡拿出手機，剛要打電話，經紀人的電話也正好打進來。經紀人剛看完直播就發現不對勁，立刻打電話給秦修塵。

「你沒有跟導演確認，讓他別按真實情況剪輯？」秦修塵眸色沉，壓低的聲音罕見帶了怒氣。

經紀人那邊正在穿衣服，準備去工作室，『我問了，他們說播出的內容是在江總的監製下完成的，我就沒多管了。你現在在哪裡？我已經通知工作室的人回來加班了，商量一下對策。』

秦修塵掛斷電話，房間籠罩著一層低氣壓。

秦苒這個ＢＵＧ，如果不是節目組的人親身經歷過，很難讓其他人相信，更別說搬到節目上來。網路酸民就是這樣，那麼短時間內就能破解密碼？這不是正常人的範圍——結論：肯定都是假的！

明星放在節目組的劇本他們信，那些真正學霸、學神們的超強記憶、超強計算能力在他們眼裡就是假的，因為他們的腦子達到不了那些人的高度。這一點秦修塵在節目拍完時就預料到了，還親自叮囑了節目組要注意剪輯，不要太神話，後來回京城後又讓經紀人提醒了幾次。

畢竟秦苒跟江東葉那麼熟，秦影帝覺得導演組也分得清輕重，就算沒有他，也不會想去得罪江東葉跟秦苒，也就沒有親自去盯，誰知道今天一看節目，導演組還真敢這樣剪輯！

彈幕上就已經有黑粉出現了，要是放任事情發酵，網友不知道會怎麼詆毀秦苒。

秦修塵抿唇，他拿起放在一旁的外套直接來開門出去，甚至忘記跟秦漢秋打招呼。

門被關上，秦管家愣在原地，半晌才像是回過神來，怔怔地回頭看秦陵跟秦漢秋，「剛剛，六爺說沒用劇本什麼意思？」

秦修塵後面跟經紀人說的話秦漢秋沒有聽懂，但那句沒有劇本人設他聽懂了。

秦漢秋坐在沙發上，放下手中的瓜子殼，憨厚地看向秦管家：「他是說節目上都是真的，導演組沒有幫苒苒安排人設。」

沒有安排人設？沒有劇本？所以第一集節目中，密室逃脫所有繁瑣的密碼都是秦苒自己想出來的？

尤其是小提琴曲那一段，那麼複雜的換算運轉，在沒有任何紙張的情況下她是怎麼做到的？她的大腦縝密到何種程度？涵蓋的知識面該有多廣？

秦管家知道秦苒是京大物理系的，但沒有再深入了解，此時才算了解到她已經遠遠超乎了他所能理解的範圍。他怔怔地看著秦陵跟秦漢秋，發現這兩人都很淡定，對秦修塵的話沒有半點意外之處，已經習以為常。

秦管家愣愣地坐在沙發上，腦袋有些嗡嗡作響，意識到那是秦苒，他好半晌回不過神來。

*

這邊，秦修塵將車開到了工作室。

他推開門，工作室的人也才剛到，空調剛打開，整間工作室都還沒暖，他一開門，又帶進來一陣寒風。

「網路上已經有人開始帶風向了，」經紀人按著眉心，「不過還在我們的掌控之中。」

秦修塵能走到今天這一步，他的團隊也不可小覷，他的公關放在整個演藝圈可是數一數二的。眼下的情況還在公關的掌控之中，只怕有人會在這個關頭踩一腳。

秦修塵在圈子裡幾乎沒有汙點，又站在影視界的金字塔，背地裡嫉妒他的人不少。現在若是有心人想搞事，事情會鬧得更大。

秦苒在節目中就是一個BUG，太不符合常人眼中的普通人，所以不信的人不在少數，這種事還不好找證據。

能怎麼辦？把所有不信的人都帶到秦苒面前，讓他親自感受一下嗎？

工作室裡的溫度漸漸上升，公關都瘋狂加班，帶著水軍寫稿子，刪評控評。

秦修塵直接打了個電話給導演，又從口袋裡摸出一根菸。

『秦影帝，你找我是為了節目的事情吧？我也沒想到會變成這樣。』導演按著太陽穴，『當時節目審核是江總親自敲定的……』

「江總？」秦修塵點燃菸，聽著導演的話，眉頭擰起。

江東葉又是怎麼回事？報復秦苒？

這個想法講不通。

『你們控制住了輿論，剛剛我也看了各大新聞，你們處理得很及時。』導演也看了網路，他坐到椅子上，幾個熱搜都被刪了，話題熱度也開始下降，『或許過了一晚就沒事了，你別想那麼多，等下一期集出來，這些黑粉自然就沒了。』

下一期楊非、言昔的流量都不是蓋的，尤其過程中秦苒登入遊戲帳號打遊戲的場面，不是誰能寫出劇本的。

忍一個星期，就能看到反轉的效果。導演也有預料現在這種情況，同時也預算過，第二集完全能蓋掉第一集，所以江東葉在同意播放這一集的時候沒有多加思考，就敲定了這個版本。

這個版本本來就是最真實的，導演完全不心虛。

秦修塵按著額頭，掛斷了導演的電話。他咬著菸，煙霧升騰，把玩著手機，點著秦苒的號碼，想了好幾分鐘之後才撥通號碼。

「苒苒，」秦修塵把手機擱到耳邊，聲音聽起來跟以往沒什麼不同，煙霧籠罩了他的眉眼，「睡了沒？」

『還沒，剛跟我室友講完電話。』

亭瀾這邊，秦苒一手拿著手機，一手開了房門，眉目間全然是懶散。

秦苒說的是南慧瑤。

南慧瑤是秦修塵的狂熱老婆粉，秦修塵的綜藝節目她自然是第一時間追的，在宿舍看完節目之後，就撥通了秦苒的電話，轟炸了她將近十分鐘，剛掛斷，秦修塵的電話就撥過來了。

她的聲音一直平鋪直敘，聽不出什麼情緒的波動。

秦修塵手指捏著菸，不確定秦苒知不知道網路上的事情，又旁敲側擊了幾句，最後確定秦苒沒有被網路上的事情影響才放下心。

他把菸掐滅，看著這麼晚還在工作室加班的人：「辛苦大家，這件事忙完，我請你們吃飯。」

秦修塵的工作室成立了這麼多年，他一直對工作室的人一向不錯，工作室有一大部分的人都是他的粉絲。再加上之前秦苒送經紀人電腦的事情，工作室的人都打起了十二萬分的精神。

盯了一整晚，凌晨三點，這件事才結束，秦修塵終於放下心。

與此同時，秦家老宅內秦四爺的住處，屬下正在跟他報告秦修塵的事。

幾個月來，秦管家那一脈一直有異動，秦四爺查了很久，都沒有查到幫秦管家解碼的人是誰，只讓人盯著秦管家一脈。

眼下秦家雖然已經被秦四爺掌控在手裡，他內心還是隱隱不安，因為秦管家把僅存的嫡系血脈找回來了。秦四爺知道，若僅憑秦管家，秦家嫡系一脈根本就堅持不了這麼多年。之所以能堅持到現在，還能找到人解碼、憑工程從他身上咬下一塊肉，完全是因為秦修塵的存在。

秦四爺將秦修塵視為眼中釘也不是一天兩天了。盯了這麼多年，秦修塵沒有落下過一次把柄，不僅如此，還在演藝圈混得風生水起，借此認識了不少合作商。

秦四爺合上手中的文件，陰鷙的眸子凜冽著寒光，「那個秦苒也是老爺的孫女？」

「沒錯。」手下回應。

秦四爺手指撐著桌子，嗤笑：「藏得可真深。」

若不是今天網路上爆出來，連他都沒有查到秦苒這個人。

手下像想到了什麼，他看著秦四爺，欲言又止。

「你說。」秦四爺抬了抬眼。

「我們的人今天盯秦漢秋的時候，發現另外一個女人。」屬下低頭，也挺疑惑，「好像是秦漢秋的另外一個女兒。」

秦四爺站起來，倒是疑惑，「給我好好查，我倒想要知道，秦修塵都給我隱瞞了些什麼。」

*

白天天粉絲群組──

白天天之前紅過一陣子，但錄完綜藝之後，江氏就跟她解了約。

圈子裡沒什麼祕密，江氏跟她解約之後，其他劇組也不怎麼敢用她。從重慶回來，白天天就搬離了江氏提供的宿舍，好在之前她還累積了幾個死忠粉。

《偶像二十四小時》第一集，白天天就是徹頭徹尾的大笑話。物理題她沒看出題目錯了，還做出答案，被網友群起嘲諷。

「許你清風」是上白天天的粉絲後援會會長，看完這一集的節目，一開始她也搖搖欲墜，想要脫粉白天天，只是看到後面，她也跟網路上那群人一樣，開始懷疑秦苒有節目組給的劇本。尤其是熱搜一個接一個地消失，到三點的時候，一個都不剩。

許你清風本來三分的懷疑也變成了七分，她傳訊息給白天天：『是不是節目組逼妳陪她演人設劇本？』

白天天的主要帳號跟粉絲後援會互相關注，白天天自然能看到許你清風傳的訊息。

今天節目播出，對白天天有著不少影響。看不出題目有錯還能得出答案，節目組還把鑰匙給了她，怎麼看她才更像有人設劇本的……

白天天抿了抿唇，但是她沒想到網友反而揪著秦苒不放，因為她表現得太過逆天，網友的關注都在她身上。

看著這條訊息，白天天眸光微閃，回了一個字給許你清風：『唉。』

這一個字看在許你清風眼裡，就是委屈到不行，看得許你清風怒火高漲，把節目錄下來又重新看了一遍，連夜發出一則貼文。

『關於這次某偶像真人秀，我有三點疑問：

一、第一道物理題，她前後都沒怎麼看題目，這一點璟雯表弟在節目裡清楚的說過，所以她是怎麼在沒怎麼看題目的情況下知道沒有正確答案，還知道題目錯了？（影片截圖）

二、她說自己是京大物理系的，京大物理系會研究古巴比倫文學？還能一眼就看出星期制度？（影片截圖）

三、最可笑的是兩段小提琴那裡，有人聽著兩段曲子，就能在腦子裡把曲子內的樂譜細化出

來，之後不用紙張，就能憑空想像出畫面，還能找到兩個重合點？這怕是音樂天才吧。（影片截圖）

總結，為了炒某人熱度而拉其他女星下場，真的噁心。還有別說她是京大學霸，節目組也別做作地標上被京大學霸支配的恐懼，為京大學霸招黑，我認識的京大學霸沒有這樣的（微笑）』

節目是星期六晚上播出，許你清風發文時是次日凌晨五點，大部分的人都還在睡。她是白天天的粉絲後援會會長，本人是有活粉的，貼文一發就占據了熱門。

早上七點，流量劇增。

《偶像二十四小時》因為秦影帝，在網路上徹底紅了。關心偶像的人很多，而許你清風理智地分析出了節目組劇本方面的問題，有條有據，還有截圖為證。

許你清風的這則貼文很快就上了熱門，還有人順著許你清風的微博去安慰白天天——

『昨晚在彈幕上罵了小姊姊，在這裡向小姊姊道歉！』

『某秦姓女星吃相太難看了，立人設都不會，我打一個億的賭，她就想紅想要進演藝圈！』

『我就說白天天一直是個單純的女生，怎麼會在節目裡崩成那樣，節目組求你做個人吧！』

白天天一醒來，打開微博，就發現自己漲了好幾萬個粉絲，還有很多人傳私訊安慰她，跟她道歉。

她順著網友的訊息爬過去，就看到了許你清風上了熱門的貼文。

回來這麼久，經紀人第一次打電話給她，並叮囑她：『妳的粉絲這件事做得很好，幫妳洗白了，峰迴路轉，這樣下去我們還能接點不入流的通告。接下來的事情妳就不要參與了，江氏跟秦影帝都不好惹。』

白天天掛斷電話，看著不斷上漲的粉絲，再看看田瀟瀟已經逼近七百萬粉絲的微博。

就這麼一點甜頭，白天天不甘心。

從昨晚到現在，江氏沒有發出一條聲明，節目組昨天那樣播明顯就是為秦苒招黑……不是江總授意，他們敢播？

白天天眸光閃爍，她從床上爬起來，看著狹小的窗外。她現在已經幾乎什麼都沒有了……

半晌，目光堅定地發了貼文：『**感謝大家**。』

這則貼文就等於她默認了網友的猜測，瞬間為白天天帶來了龐大的粉絲，底下安慰她的評論層出不窮。

她的一條貼文，瞬間把節目組帶入了陰謀論，事情鬧得更大。

*

此時，雲錦社區——

秦修塵聽說今天秦苒中午會過來吃飯，也一早就來了。

秦苒到的時候，才剛八點，秦漢秋看著她背後，沒看到程雋，不由得詢問：「小程沒來？」

「他爸爸找他回去。」秦苒扯下圍巾，坐到沙發上，動作懶懶散散。

秦修塵緩慢地喝著茶，跟秦苒打招呼。確定她如以往一般，沒有被網路上亂七八糟的事情影響，才放了心。

秦管家從廚房泡了一壺茶出來，在廚房門口看到秦苒，整個人頓了一下。

秦苒沒有發現秦管家的異樣。

她坐在沙發上休息了一會，才拿著手機進秦陵的房間。秦陵也聽到她來了，剛好打開門，探出頭來。

秦苒進去，用腳隨意把門踢上，目光掃了掃秦陵的電腦：「最近沒老師教你了？」

「叔叔還在找。」秦陵拖出椅子，坐上去。

秦苒若有所思地點點頭，她坐在秦陵的電腦桌旁，隨手翻著他看的書，「基礎書看完了就告訴我，我弄套升級版的給你……」

秦陵點頭，「快看完了。」

「好。」秦苒摸著下巴，散漫地想著升級版的書。

這對姊弟整天神神祕祕的，外面的秦漢秋跟秦修塵都習慣了。

秦苒一關上秦陵房間的門，秦修塵的眸光就立刻變得深沉。

他坐在桌邊，手上的手機忽然響起，正是經紀人。

『看微博沒？』經紀人那邊抽了根菸。

秦影帝把手機放在耳邊，嗤笑，也沒了往日的斯文淡定，語氣都有些冷諷：「你覺得呢？」

『看來是看到了，何必跟那種跳樑小丑生氣。』秦影帝這麼關心他的侄女，經紀人也知道白天天發的那則貼文瞞不住他，『你侄女怎麼樣？』

提到秦苒，秦影帝的語氣才稍微好一點，他拿出一根菸，「她看樣子就不是八卦的人，節目播出後就沒看微博。」

手機那邊，經紀人一頓，然後搖頭笑，『真是心大，這麼紅的節目，她也不關心自己的反響。』

經紀人也不覺得秦苒的反應奇怪，畢竟是一個連帳號都不想開，不想要粉絲的人。

『說到底，還是導演組那邊沒有剪輯好。』經紀人安慰，『導演說的對，熬到下個星期吧。』

秦影帝在懷柔許你清風了，動作也不能做得太大，否則又會引起圈內一眾通稿。

秦修塵勉強答應。

身側，秦管家聽到了大概，他瞇著老花眼，坐在秦影帝身邊也看了看新聞，氣得面色通紅，「這些人怎麼這樣！」

秦修塵掛掉電話，站起來，比之前要淡定：「網路上就是這樣。」

「那就讓他們說？」秦管家忍不了氣。

秦修塵隨意地點點頭，剛想關掉手機，去看那對姊弟，此時手機頂端彈出一條通知。

秦修塵點開，是一篇貼文——

『**白天天：感謝大家。**』

她用這篇貼文，成功把事情帶到檯面上來。

秦修塵的腳停住，又重新坐回去。

他垂眸看著這則貼文，半晌之後嘲諷一笑，直接點開電話簿，連繫導演。

＊

京大——

南慧瑤昨晚激動了一整晚，醒來的時候已經快九點了。她也沒起來，就側躺在被窩裡，第一時間滑秦修塵的微博。滑著滑著忽然感覺到不對勁，就順著各位網友的蛛絲馬跡爬到了熱搜上，沒一會就看到了許你清風列了三條罪狀的那篇貼文。

南慧瑤擰了擰眉，關掉微博，打電話給學生會會長。

「會長，我們學校的官方微博帳號在誰那裡？」她猛地坐起來，撓著頭髮跟會長說話。

學生會的會長知道南慧瑤認識宋律庭、秦苒，也格外照顧南慧瑤：『在你們部門，是有什麼事嗎？』

「確實有件事，」南慧瑤眼睛微微瞇著，「會長，我待會再跟你解釋，我先去找我們部長。」

因為林思然他們的群組，南慧瑤現在在辦公室人緣也不差。聽說她要用京大官博，辦公室的人沒多問，乾脆俐落地傳來帳號跟密碼。

南慧瑤登出自己的帳號，登入京大的官方帳號，從熱搜點進許你清風的貼文。

許你清風的「三條罪狀」貼文已經有了七萬的評論，還在不斷上升中。

她這條評論下的回覆也都是在嘲諷秦苒跟劇組。

『京大學霸表示不背鍋。』

『京大學霸做錯了什麼要這麼黑他們？』

『哈哈哈哈，笑死我了，第一次看到立人設把自己立上絕路的！』

能考到京大，還是物理系的，智商都不低。

南慧瑤看著許你清風的這條貼文，冷笑一聲，轉發，並評論：

『沒事多逛逛京大論壇，京大新生王了解一下？秦苒同學高考全國狀元，兩校搶人，大一就修輔系，並每科成績都遠遠把其他學生甩在身後，這也是給的劇本？喔，再說一句，你們說的那道物理題，拿到物理系，京大能幫你們找到十個五秒鐘看出答案的，找劇本最少也要找個非線性黑盒子吧，這種弱智題目要劇本，你們看不起誰？』

南慧瑤用的是京大的官方帳號，沒有跟誰彙報，也用不著彙報。

秦苒是誰？

第一個同年十二月就進了物理實驗室的人，不僅如此，還拿了六張黑牌，在人數弱勢的情況下，替京大贏了A大一局。

只是這些內容，京大有簽保密協定，南慧瑤就只轉發了許你清風的文，順便嗆她一頓。

要是周山，他能讓許你清風懷疑人生！

京大的官方帳號三百多萬的粉絲，每天都有各路學生在微博下拜京大，想要考入京大。《偶像二十四小時》太紅了，京大的官方帳號一轉發評論，很多人都看到了。

一看到京大官方帳號，大部分人第一眼都覺得是假的，直到點進個人頁面。

官方認證帳號，粉絲三百萬。

吃瓜路人才震驚到了，將官方發的評論看了一遍。

新生王什麼意思？全國狀元？輔修？

『呵呵，京大也來蹭熱度？』有酸民上來就罵。

『我靠靠靠靠！全國狀元？？我們找了一暑假都沒找到的那個變態！！』有人去找暑假爆出高考狀元的圖。

『等等，我先爬牆去看看京大的論壇再說話。』

『官方的那個，非線性盒子是什麼？』

非線性黑盒子……這！是！什！麼！東！西！

圍觀的人默默去查了一下才回來評論。實際上搜都搜不到，大部分只查到黑盒子的問題。

執昧：『不過就是國中判斷二極體電容電阻的題目，看來秦苒的後臺很硬，連京大的官方帳號都過來洗白了。』

有人立刻跟風，直到兩分鐘後，評論區甩出了一張截圖——「非線性黑盒子問題」。

網路上很難查到，評論區丟出的截圖是拼接的，大概三張圖，第一行就是「非線性黑盒子」，下面是電感、非線性電壓，還有一張電路圖，最顯著的就是截圖背景上有明顯的浮水印——國際物理奧林匹克競賽。

京大物理系都是學霸中的學霸，隨便抽出一個來都是地方的狀元、榜眼，基本上高中時都曾代表省隊或國家隊參加過國家等級的物理競賽。

南慧瑤發評論的時候，隨手寫了非線性黑盒子。這是她參加國際物理奧賽時遇到的題目，真的只是隨手列舉了一下。

一群網友傻眼地看完截圖內容，那個叫執昧的網友迅速刪掉自己那條國中題的評論。

與此同時，去京大圍觀了一圈的人，還有去找今年全國狀元通稿的一群人也回來了。

『大家好，我去圍觀完京大論壇，現在已經哭著回來了，不說了，給大家幾個貼文網址，http://……，http://……』

京大論壇現在首頁都是秦苒的貼文。

這個人給的連結是介紹秦苒期中兩個科目考試的單篇貼文，下面有之前幫秦苒修改考卷的兩個研究生拍下的，秦苒答案卷的照片，上面還發了自動化期中考各項考試的考題。

網友們也有正在學高數物理的大學生，看完自動化系期中考的題目之後，一個個都瘋了。

『我瘋了，看完京大的題目，我竟然也覺得節目組的那道物理題弱智，快來一個人打醒我！』

『+1』

『+身分證號』

『這種題目她也能滿分？還提前交卷？？』

『不瞞大家，我數學系大三在校生，但是我連她最後一題寫的是什麼都沒看懂』

『啊啊啊！找到了，今年變態的全國狀元，總分高第二名十幾分的變態！！（圖片）』

『原來她就是今年讓我覺得我是不是豬腦袋的高考狀元？』

『……不好意思，我來打自己臉了。』

『去搜搜今年全國狀元，再搜搜今年考卷的難度再來評論吧。』

南慧瑤發完文，看著急遽上升的評論跟讚數，關掉微博後從床上起來，一邊去拿牙刷刷牙，

第四章　瘋狂打臉

一邊打電話給學生會會長，說了一下官方帳號的事。

今天星期天，學生會長在圖書館，『沒事，上面不會追究的。』

跟南慧瑤通完電話，學生會長疑惑這跟秦苒有什麼關係。他也沒回圖書館，而是點開了帳號，圍觀了一下過程。

京大學生自然集體都有榮譽感，自家學生被人在外面欺負了不說，竟然還詆毀學校？

學生會長跟其他人不一樣，他跟洪濤熟，知道秦苒在實驗室做的壯舉。他也切換為京大學生會的官方帳號，轉發許你清風的貼文，只發布了學生會幾個高材生的科系列表。

京大也有不少學生會看微博、看節目，昨晚就有不少人發現了秦苒上節目的事。

現在微博爆發，關於嘲諷「京大學霸」的圖片起來，也挑起了京大人的怒火，尤其是京大物理系學生，這些人中不乏高流量的學霸。

京大，大二大三修輔系的學生不少，此時一一評論——

『我是物理系的，輔修考古學，不過也是今天才發現原來物理系的不能學考古？？？？物理系不配擁有其他興趣嗎（微笑）』

『座標化學系，學號二〇一＊＊，輔修法學、經濟學，都拿到了碩士學位。』

『不好意思，給大家拖後腿了，我是醫學系渣渣，只輔修了個外語……』

幾個學生的微博都是有官方驗證的，此時如雨後春筍般冒出來。

其中一個知名博主爆出了去年京大物理系的新生王，在大二就拿到了法律系學士學位。

一波接著一波，京大學霸們針對的是許你清風說的第二條，物理系不可能會知道古巴比倫文學的論點。

吃瓜群眾眼下已經懷疑人生了。大部分網友每天抱著手機生活，自然很難想像真正努力的學霸們每天的生活，這次因為眾多網友跟上許你清風的節奏，京大學霸們一個個出山，線上教做人。學位證書、獎章、實驗記錄……砸得人眼花繚亂，目瞪口呆。

「新生王」、「高考狀元」、「京大學霸」很快就席捲了整個網路，至於節目組幫秦苒立人設……眼下真的沒人相信節目組會出這麼弱智的題目給秦苒，還讓她提前背臺詞……

事情發展到這裡，節目組有沒有幫秦苒人設已經一目了然。網友們都能發現，比起京大論壇上秦苒做過的那些事，節目中的那些……真的不算什麼！至於許你清風特意列出來的古巴比倫文學……

在京大物理系的那個大二學生曬出自己被國家收錄的考古論文之後，沒人敢嗆聲……

這要怎麼嗆？？怎麼罵？？

而許你清風列出的「三條罪名」此刻還掛在她的個人主頁。

在真正京大學霸們的露臉之下，許你清風的「三條罪名」變得極其可笑。她「三條罪狀」中的那句「我認識的京大學霸沒有這樣的」被人截下來，並評論——『博主，因為你認識的京大學霸都是假的。』

*

秦修塵的經紀人看到白天天的貼文後，就來雲錦社區找秦修塵。

通過這段時間，秦修塵的經紀人也知道他對秦苒的看重，對秦苒的所有事情都照顧得面面俱到。節目播出之前，他就考慮到了這些，昨晚更是一整晚沒睡，白天天跟許你清風的動作肯定影響到了秦修塵。

進門後發現秦修塵並沒有走，經紀人才鬆了一口氣。

秦修塵在跟節目組商量。

導演也沒想到這個時候白天天會突然出來蹭熱度，發文含沙射影地表示節目組有黑幕。

「把第二集提前播出。」秦修塵靠著椅背，這句話聽起來挺平淡的，卻蘊含著令人心驚肉跳的炸藥。

手機那頭的導演也收到了網路上的消息，他依舊抽著菸。

實際上，導演也知道播出第二集後，網路上就不會再有這些謠言，秦苒的吸粉速度勝過第一集，到時候第一集的這些風波根本不算什麼。

因為第二集……導演覺得她的吸粉可怕程度連秦修塵跟言昔都比不上。

節目組再厲害，能請言昔跟楊非為秦苒炒熱度嗎？

問題是……第二集想提前播，之前沒幹過這種事。主要是省級電視不會配合你的安排啊，這要在網路上提前播出，到下個星期六晚上八點，各省級電視臺要怎麼辦？

節目組再厲害，也不敢跟省級電視臺杠上，而且節目跟電視臺簽了協約。

『秦影帝，這些事還是跟江總商量吧。我就是一個導演，根本決定不了，你要是說服了江總，打通了電視臺的各層關係，別說提前幾天，就算馬上放出來也行。』導演要哭了。

秦影帝煩躁地摸出一根菸，手上按著導演傳過來的江東葉電話，直接打過去。

導演說過，這集節目是在江東葉的授意下播出的。秦修塵也想知道，江東葉是不是在故意針對秦苒。

電話一通，江東葉那邊禮貌的聲音傳來：『秦先生，您好。』

沒有見到人，但江東葉恭敬的態度幾乎要從手機裡傳出來。秦修塵又是一愣，江東葉的這態度跟他想像的完全不一樣啊……聽起來應該不是故意讓節目組播出的。

秦修塵跟他說想提前播出第二集的事，順帶提及網路上的輿論。

關係到秦苒，江東葉從樓上下來，眸光斂起，語氣也肅然：『行，提前播放的事情，我讓人去連繫電視臺。』

兩人掛斷電話。

秦修塵沒有想到事情會進行得這麼順利，尤其是江東葉的最後那句連繫電視臺，他想也沒想就答應了……江家能這麼容易影響省級以上的電視臺嗎？

秦修塵瞇了瞇眼，若有所思。

江東葉一幫忙，事情應該能很快解決，秦修塵緩緩吐出一口氣。

他轉過身，吩咐經紀人：「通知公關，第二集會提前播放，提前準備通稿內容。」

經紀人沒有坐下，低頭重新拿出手機，打電話給工作室。電話一通，他把手機放在耳邊。

秦管家擰著眉頭放下手機，然後擔憂地詢問秦修塵跟經紀人：「事情要怎麼處理？很難找出證據，只能等熱度消失了吧。」

秦苒在節目上的表現，若不是秦修塵說的沒人設劇本，就算是秦管家自己都不信，何況是觀眾。

秦修塵按著眉心，看了眼秦陵緊閉的房門，「等第二集出來會好一點。」

說完後，他瞥向經紀人。

經紀人撥通了電話，還沒開口，工作室的公關部就激動地先說了：

『您早說小侄女是高考狀元不就好了，我們哪需要連夜準備通稿？我們忙了半天，人家京大一句話就解決了……』不等經紀人回，公關部又跟機關槍一樣激動地開口，『哥，不說了，我還沒爬完京大學霸們的微博！』

對面「啪」的一聲掛斷電話，激動得忘記了經紀人是他上司。

因為秦影帝，工作室的人都叫秦苒小侄女。

第五章　被學霸支配的恐懼

「不是──秦影帝你等等。」經紀人抬了抬手，他被一句「高考狀元」嚇到了，然後打開微博，「節目組好像不用提前更新第二集了……」

經紀人直奔熱搜內容，熱搜前三，後面全都顯示著「爆」──

『京大新生王』

『高考狀元秦苒』

『京大官方帳號』

經紀人沒看第一條熱搜，直接點進第二個有秦苒名字的熱搜。

第二條熱搜下的熱門第一是一個娛樂帳號發的貼文──

『博主不查不知道，一查才知道今年的高考狀元多恐怖，話不多說，你們自己看圖。今年是全國高考生的噩夢，無論是侯德龍的數學考卷，還是理綜，高考生們應該記得有個囂張的全都拿了滿分的變態……（圖片）（圖片）（圖片）』

第一張是秦苒的高考成績。

第二張是全國的平均成績。

第三張是六月曾經在微博上討論過的高考狀元。

經紀人沒看評論，就盯著這些圖發呆，又想起工作人員說的話，繼續點進第一條跟第三條熱搜。

京大新生王——秦苒在京大的壯舉，還有京大學霸們曬出來的學位證明。

「到底怎麼了？」秦管家在一旁非常著急。

經紀人「啊」了一聲，然後深深吸了一口氣，看了秦修塵半晌，終於緩過來，「秦影帝，通稿用不了了，節目也不用提前播了，事情好像解決了，就是……鬧得有點大。你侄女……你看看微博吧……」

秦修塵也不用經紀人提醒，早就拿出手機了。

秦管家聞言，低頭拿出手機，打開微博。

廚房內，秦漢秋一直在忙著做飯，他才出來拿蔥，就看到三人或坐或站地在桌邊，猶如石化一般。

秦漢秋拿著蔥，朝經紀人招手，「中午留下來吃飯吧，你吃不吃辣？」

經紀人下意識僵硬地點頭。

秦漢秋立刻去廚房，準備再多炒一道菜，看起來挺歡樂的。

「秦先生，」經紀人在這幾分鐘找回了神智，幽幽地看向秦漢秋：「你女兒是全國高考狀元？」

秦漢秋聞言，依舊憨厚地笑著，半點也不驚訝：「是啊，怎麼了嗎？今年寧海鎮的鎮長還發了兩萬塊的獎金，她還考到京大呢。」

經紀人：「……」他現在無法直視秦漢秋憨厚的臉。

現在重要的是兩萬塊跟京大嗎？

對，沒錯，她是京大的，但您能不能加上「高考狀元」？

拿著手機，手指十分顫抖的秦管家也抬頭震驚地看向秦漢秋，張了張嘴。

秦管家有些老花，但微博上的貼文他也看完了。他原本以為秦家嫡系這一輩，最聰明的就屬對電腦特別有天賦的秦陵，可看完微博，他才發現秦家最聰明的，應該是在京大物理系的秦苒才對……

只要她願意，按照這個情況發展下去，她要進研究院根本只是時間問題……

秦漢秋現在完全不能理解經紀人他們現在的心情，他只是忽然嚴肅地直起身體：「糟糕！我的湯忘記放枸杞了！」

說完也不管大廳內的眾人，拿著蔥連忙跑進廚房，往湯裡加入枸杞。

看著秦漢秋的背影，秦管家就明白了，為什麼昨晚看電視，秦漢秋在知道秦修塵說沒人設時能表現得那麼鎮定。

「你還好嗎？」又是半晌，經紀人轉向秦修塵。

秦修塵自然不太好……他擺弄著手機，聞言也就「嗯」了一聲。登入自己的微博，給京大官方帳號還有京大學霸們一人點了一個讚，這些帳號立刻就出現在他首頁。

做完這些，秦修塵又想起一件事。他翻到白天天的微博，嘴邊笑意冷漠：「白天天那邊處理一下。」

白天天之前在節目組鬧出了不小的笑話，秦影帝跟璟影后等人自然不會跟她計較，回來後，白天天也只是解約，工作受了影響。可現在白天天膽子大，蹭熱度不說，直接踩著秦苒上位。

這一點徹底惹怒了秦影帝。

＊

白天天這邊——

她的貼文一發，隨著熱度升高，一開始都是安慰她的評論。半個小時之後，白天天就發現評論開始不對勁，畫風直接轉變。

她的那句「感謝大家」讓網友猜測是節目組逼她幫秦苒立人設，之前有許多人因為她的這則貼文替她感到委屈、心疼她，現在一看都是被愚弄的憤怒。

白天天看著迅速往下掉的粉絲，然後順著看到了熱搜，開始慌了。

這個時候，她的手機猛然響起。

一看是經紀人，白天天連忙接起來。

經紀人那邊一陣爆吼：『我不是跟妳說過，蹭點熱度、拿點甜頭就好，妳當秦影帝跟節目組都是吃素的？妳自己把自己搞成這樣就算了，為什麼要拖我們下水？網友還只是罵妳，後面還有秦影帝跟江氏在等著，我們一起玩完！現在好了，達到妳的目的了，妳紅了，成功紅了，滿意了？』

江氏之前是沒跟白天天計較，畢竟是江氏員工自己會錯了意，現在白天天自己送上門來，別說江氏，光是秦修塵一個人，有一百個白天天也應對不了。

白天天的經紀人無力地掛斷電話，手機上的訊息一個個彈出來，秦修塵的話已經放到圈子裡了。經紀人這幾天好不容易找到的一些人，全都封鎖了他。

以後只能夾起尾巴做人，再也不用想等熱度過去再翻身了……

*

至於《偶像二十四小時》的節目組，一行人正坐在桌子旁開會。

導演剛接到江氏可以提前在網路上提前播放第二集的通知，就知道了網路上發生的事情。

一眾：難怪會讓整個節目組懷疑人生，原來是高考狀元，京大新生王。

「那第二集還要提前播出嗎？」宣傳組闔上了文件，看向導演。

導演拿著茶杯，悠閒地喝了一口，笑咪咪的，「播什麼，肯定不提前播。」

宣傳組點點頭，他們也是這麼想的，「不過江總那邊竟然這麼快就搞定了電視臺。」

「秦影帝這侄女……」一人默默開口。

剛剛是省級電視臺的臺長親自打電話過來說這件事的。節目組的人相互對視一眼，這大概是誰的影響力，一眾人心知肚明。

「我去看看第二集有沒有什麼問題。」宣傳組的人站起來，準備回去把第二期的節目從頭到尾看一遍，確定不會再出什麼事。

*

程家——

程雋指尖捏著手機，不緊不慢地滑著微博。

程老爺坐在首位，表情肅穆，程家其他幾位堂主在彙報情況，坐得筆直。只有程雋一個人，椅背上墊了毯子不說，還閒散地靠著椅背玩手機，沒什麼坐相。尤其是十分鐘前，還光明正大地出去打了個電話。

程老爺選擇性失明，直接當做沒看到。程饒瀚那行人看著程雋，卻是敢怒不敢言。

如今程雋在程家可謂是如日中天，從重慶回來的二堂主勢力強大，足以與程饒瀚分庭抗禮。

程家所有人都知道，二堂主對程雋忠心耿耿，十分尊敬。

家族會議開完，又吃完了飯，程雋才拿著手機出了程家的大門。

他身後，站在長廊上的程饒瀚臉色漆黑，看著身邊的人，「施厲銘那邊有沒有什麼回應？」

施厲銘是程家京城基地的紅人，兩個月前就回到了程家本部，短短幾個月的時間內，已經爬到了基地負責人的位置，手中掌控的勢力不少。除去中立的幾個堂主，眼下二堂主他們已經能威脅到程饒瀚了。

程饒瀚坐不住，以前還在循序漸進地拉攏施厲銘，眼下已經光明正大地拉攏他了。

「施厲銘那邊完全沒有回應，只是帶隊訓練，為人跟三堂主一樣冷漠。」手下低頭，回應。

程饒瀚伸手逗著程老爺養的鸚鵡，聞言，略微皺眉，語氣挺沉，「繼續在他那邊下功夫。」

施厲銘脾氣硬也好，至少不會被程雋拉攏過去。而且程饒瀚就算拉攏不到他，也在他面前刷滿了存在感，程家將來投票，施厲銘就算中立，這一票也肯定會投給他。

想到這裡，程饒瀚微微鬆了口氣。

程雋離開程家後也沒回亭瀾，而是將車開進雲錦社區裡面的路口。

他低頭看了看手機，手機上是秦苒傳給他的訊息，讓他不要上樓。

程雋把手機隨手扔到前面，一手搭在方向盤上，靠著椅背，清眸微瞇，看向秦漢秋的那棟樓，眸光冷冷清清。

秦漢秋家門口，秦漢秋跟秦修塵等人把她送到樓下。

「怎麼不留下來吃晚飯？」秦漢秋念著，抬頭就看到停在路口的車，「小程來接妳？怎麼不讓他上來坐坐？」

抬腳就要上前去跟程雋打招呼。

秦苒把手上的圍巾往脖子上一圍，然後伸手拉住秦漢秋的衣領，抬了抬臉，面無表情：「他重感冒，不便見人。」

秦漢秋「啊」了一聲，也就沒上前了，念了幾句注意保暖就讓秦苒先走了。

秦修塵跟秦管家站在一旁沒說話，兩個人不是秦漢秋，自然聽出了秦苒不想讓他們見那個「小程」的意思。

秦修塵抬眸，看向那輛黑色的車。逆光，就算透過車窗也看不清駕駛的眉眼，只能看到對方手腕處袖釦反射出的冷芒。

黑色的車緩緩開動，秦漢秋突然想起一件事，「小程都重感冒了，苒苒怎麼還跟他一起走，要是被傳染了怎麼辦？」

他連忙拿出手機，打電話給程雋。

秦修塵看了一眼，秦漢秋手機裡存的名稱也是「小程」。

程雋的車已經開走了，秦管家依舊看著秦苒離開的方向，「老爺如果還在，秦苒小姐要是從小在秦家長大……」

她從小一直流落在外，都能出落得如此天才，若是秦家還有以往的盛名，從小就培養她，現在又該是何種光景？

秦管家有滿腔熱血，這兩姊弟，秦陵繼承了秦家的電腦天賦，秦苒繼承了老爺的智商……

秦家這麼多年，終於出了一個可以再度進研究院的人才。

「苒苒的事你以後不要插手，」秦修塵收回目光，他看了秦管家一眼，叮囑，語氣嚴謹：「秦家的事不要拿到她面前。」

秦管家嘆息，他失笑：「六爺，您想太多了。」

他們現在落魄，已經沒有了研究院的掌管權，現在手中只剩下了IT部的一些工程，哪裡還能將研究院的事情擺到秦苒面前？

兩人在樓下吹了一會冷風，秦管家總算想起昨晚秦陵的事，「小少爺的老師有頭緒了沒……」

＊

這個週末，因為京大學霸的事情，網路上的動圖「被京大學霸支配的恐懼.JPG」、「誰還沒個第二學位.JPG」一夜之間風靡，所有人又把《偶像二十四小時》刷了好幾遍，還有網友發現了不少彩蛋。

『哈哈哈！我之前怎麼沒有發現，學神逃出小屋之後，導演組跟他們對話時那有氣無力的語氣！』

『對對對，還有，算出十六進制的那個三之後，節目組廣播那僵硬的聲音。』

『狗節目組，你們叫什麼偶像二十四小時，天還那麼亮你們沒看到嗎？我看你們叫偶像八小時差不多！』

以前偶像二十四小時會從天亮錄到晚上，節目組設置的關卡既難又變態，一般都會錄到晚上十點多，眼下……多了個BUG。

看影片的網友都拍桌狂笑，還有人跑到節目組官方微博上，叫囂著節目可以改名為《偶像八小時》。

節目官方：你們憑什麼這麼囂張？

更多人在節目組下面跪求秦苒的微博，直接被頂上熱門評論，求節目組看到。

被嘲笑的節目組終於找到了機會反擊，節目官方冷漠地回：『沒有。』

天道有輪迴，網友就哭著去催下一集節目。

『嗚嗚嗚！好期待學神請的朋友！會不會請到的就是京大學生會長？狗節目組一點消息不透漏，祝你們集體爆炸！』

秦苒不關心網路上發生的事，她此時正忙著幫秦陵找升級版的書。

星期一，秦苒一早去學校，上完了一上午的課程，她拿出手機看了看，微信上廖高昂還沒有同意好友申請。

她手撐著下巴，在想要不要拿出電腦，駭到廖高昂的資訊再打電話給他的時候，收到了另外一條微信加好友的訊息。秦苒點開看了看對方申請的驗證訊息——

『妳好，我是廖院士實驗室的學員助理。』

秦苒按了通過，對方一直沒有回。秦苒就隨手把手機放到一旁，到圖書館看書。

下午三點的時候，秦苒終於收到了那位學員助理的訊息：『實驗室在地下三層B317，你妳過來。』

言簡意賅。秦苒看著這條訊息半晌，就收好書，拿著背包去實驗室大樓。

實驗室地下三樓，B317室。

秦苒走到實驗室門口，就看到站在實驗室門口，穿著防護衣的高挑女人。

她手裡還拿了一個實驗器材，看到秦苒，她遲疑了一下，才壓低聲音詢問：「妳就是今年分到廖院士實驗室的新學員？」

實驗室很少有新成員是女生，一年有一、兩個就算好的了，這女生還長得有點好看。

秦苒點頭，聲音也不大：「妳好，我叫秦苒。」

挺有禮貌的。

「嗯，我叫左丘容，現在是廖院士的學員助理，」高挑女人這才收回目光，然後往外走了一步，「妳先跟我過來換衣服，廖院士現在很忙，沒有時間，我先帶妳認識實驗室。」

秦苒跟在她身後走到實驗室旁邊的一個休息間，拿了一套防護衣穿上，換完就跟著左丘容進了實驗室。

實驗室很大，是長方形的，擺了很多精密的儀器，四周的架子上是實驗記錄，還隨意放著一些工程研究資料，這些資料內容都是由實驗室的教授、研究員編寫，也有從研究院引用來的。

整個實驗室被玻璃劃分為三個區域，秦苒跟左丘容站在最外面的區域。

裡面還有兩層，最裡面能看到有兩個人影，看不清臉。

「這是實驗室的基本手冊，妳平時沒事記得多看看，我們實驗室加上妳只有三個學員，裡面那個是葉學長。」左丘容在實驗室門口的架子上拿了本手冊給秦苒，又叮囑了一遍：「廖院士在做一個很重要的研究，妳可以在外面兩個區域隨意活動，但東西不要隨意亂碰，也不要去最裡面那層打擾廖院士。」

秦苒低頭，隨手翻了翻手冊，精緻的眉眼低著，從容不迫地回：「好。」

左丘容看了她一眼，就進去把手中的器材遞給廖院士。

廖院士正在一個螢幕前看面前顯示的資料，眉頭擰起。

「廖院士，新學員來了，就在外面。」左丘容開口。

廖院士點點頭，沒有說話，也沒有往外面看一眼。

他本就不是實驗室的，而是研究院過來做實驗的，廖院士在研究院也很少帶新學員，因為太麻煩，所以一直只有左丘容跟葉學長這兩個學員。

實驗進度一直很緩慢。各大實驗室已經有了微型反應堆的實驗器材，都是出自研究院，學生們只要能控制電流跟反應數量就能做成微型的聚變反應，還有能量測試儀器。只是這個反應的漏洞依然很大，他在研究院與其他院士討論過不止一次，至今仍沒有找到能夠代替磁場跟鐳射控制反應過程的材料。

物理實驗室地下有個反應堆，是二十年前研究院的一個研究員留下來的。反應堆外有一層未知金屬，至今研究院的人都沒有找到該金屬材料。

廖院士看著資料，又回到身後的實驗臺。

「小葉，加大磁場。」他看著玻璃罩中的微型核聚變。

身邊的葉學長走到另一側，按了下儀器上的按鈕，加大了電流，控制磁場。

看到廖院士這樣，左丘容也就沒有再提新學員。

「把昨天的實驗資料整理好給我。」廖院士看著反應，手搭著眼鏡邊緣，語氣嚴肅。

左丘容想了想，走到外面。

外面，秦苒翻完了實驗室使用手冊，就在最外面的區域逛了一下，她關注的是擺在四周架子上的工程研究跟實驗室的資料。

「秦苒。」左丘容從裡面出來，看了在翻架子上書籍的秦苒一眼，「把昨天的實驗記錄整理一下，列印好拿過來，就在妳身後的電腦裡。」

說完她就轉身進去了。

翻著書的手一頓，秦苒往身後看了一眼，牆角放著一臺液晶電腦。電腦還是開著的，上面密密麻麻地顯示著一堆文件，上面都標著日期跟序號。

秦苒看了看，在最後一頁找到了昨天的資料記錄，十分繁瑣，都是直接掃描下來的，還有一堆順序錯亂的表格。

秦苒拉開椅子把表格整理好，把實驗記錄跟結論重新排序。

十分鐘後，她點開列印。伸手翻了翻，沒有問題之後，直接走到最裡面的實驗室，就站在玻璃門前，沒有進去。她屈指敲了敲玻璃門，聲音不大。

左丘容看到她，就從裡面出來，直接往電腦旁走，詢問：「資料記錄有地方不懂？」

每天的資料又亂又繁瑣，之前一直都是左丘容跟葉學長輪流整理，而且大部分都涉及到從研究院帶過來的內容。因此看到秦苒過來找她，左丘容的第一反應自然是覺得秦苒可能有什麼地方不明白。

「沒，」秦苒伸手把列印出來的文件遞給左丘容，慢吞吞地開口，「列印好了。」

「嗯？」左丘容一愣。

這麼快？

她低頭接過實驗記錄，伸手翻了一下。上面的記錄有條不紊，整理得很認真，沒有明顯的錯誤。

左丘容把實驗記錄拿進去遞給廖院士，然後又拿一份表格出來，匆匆遞給秦苒，「把這個結果算一下。」

秦苒接過來看了一眼，單手插口袋，站在外面看了裡面的三個人一會，然後又回到最外面，拿起架子上的書看了半個小時才打開電腦上的軟體，敲了一串字，看了看上面顯示的結果。她拿筆寫了串龍飛鳳舞的數字，才拿給左丘容。這次時間很正常，左丘容沒有說什麼。

秦苒拉開電腦前的椅子坐下，翹著二郎腿，將書往腿上一放，靠著椅背，一邊看一邊慢悠悠地翻著。日光燈下，眉眼猶似冷玉。

葉學長拿自己的杯子到外面的飲水機倒水的時候，就看到新來的學員在翻書，也稍微愣了一下。這等顏值，實驗室確實少有。他看了一眼，對方翻的是物理系的編年史。

「妳就是新來的小學妹吧。」葉學長跟秦苒介紹了一下自己。

秦苒就跟他打了個招呼，繼續低頭看書，眸色冷淡。

新來的小學妹有點酷啊。葉學長倒了水，站在飲水機旁一邊喝水，一邊看著秦苒。喝完了一杯水就走到旁邊的架子上，找出一本資料，一邊翻著一邊朝廖院士那裡走去。

翻到廖博士需要的研究後，葉學長朝外面看了看，那小學妹依舊坐在椅子上淡定地翻書，大老姿態，一點也不像是剛進實驗室，誠惶誠恐、什麼都不懂的新人。

秦苒看書看到一半，手機就響了，她拿起桌子的手機看了一眼，是程雋傳來的訊息，詢問她什麼時候能下課。

秦苒看了看時間，已經五點半了。點開聊天室，慢悠悠地敲出一行字——

『實驗室，不知道他們做實驗做到幾點。』

秦苒現在連廖院士的正面都沒有見到。她傳完這句話，就把手機隨手扔到桌子上，繼續翻著編年史。

編年史上記載了實驗室建立以來到現在的各類大小事，更新到去年。秦苒翻了一下，二十年前的事情，這上面也記載得很模糊。她花了將近兩個小時的時間，把這本書從頭到尾看完。

秦苒合上書，手撐著桌子上站起來，靠著桌子按亮手機，是晚上七點。

她把這本書放到架子上，再轉身的時候，廖博士等人已經出來了。

廖院士沒脫下防護衣，手扶著金框眼鏡，看向秦苒，「妳……」

他一直專心於實驗，沒注意聽左丘容跟他說話。

左丘容在一旁提醒，「廖院士，這是新學員秦苒。」

「嗯，秦苒，」廖院士點點頭，「以後有什麼不懂的，可以查兩旁的資料，或者詢問他們，也可以來問我。」

說完之後，就往外面走。

「學妹，我們去吃飯，」左丘容把防護衣脫下，然後看向秦苒，「妳把實驗室的東西稍微整理一下，沒事了就可以走了。」

秦苒雙手環胸，站在實驗室想了想，然後煩躁地往裡面走。手剛碰到電壓表，就被人抽走了。

折回來拿東西的廖高昂聲音發緊，把她手上的電壓表拿到一邊，眉頭擰起：「妳在幹嘛？」

秦苒的頭往後仰了仰，手指捏得有點緊，因為皮膚白，能看到凸起的青色血管。

門外，左丘容也穿上了便服，身上套著黑色大衣。

她走進來，連忙開口，「廖院士，是我讓她整理實驗室的。」

「以後這裡面的實驗不用她整理。」廖高昂收回目光，面無表情地開口。

他性格孤僻，研究的內容都是研究院的機密，這次突然抽中了一個新學員，別說他，連左丘容跟葉學長都沒有想到。

左丘容點頭。

廖院士的時間有嚴格的規定，作息嚴謹得像是機器人。抬手看了看腕表上的時間，廖高昂直接出門吃飯，左丘容跟葉學長連忙跟上。

葉學長腳步頓了頓，然後回頭安慰秦苒：「妳剛進實驗室，很多東西不懂。廖院士就是這樣的個性，我一開始來實驗室時也這樣，他的研究很重要，所以一向不讓別人碰東西。妳先背完手冊，再熟悉一下實驗室，等過一個月，熟了就好了。」

秦苒面無表情地拿著圍巾走出門。

物理實驗室大門外，程雋的車停在不遠處。他應該從車上下來很久了，正靠著車頭坐著，身影修長，一手拿著手機，一手隨意的撐著車頭上。

物理實驗室是門禁式的，來往的人不多。

餘光看到門口又走出一個人，程雋抬頭看去，正是秦苒。外面路燈昏黃，看不太清她的眉眼，只感覺到她身上的氣壓很低。

程雋挑眉。他站直，等人走到面前了，張開手把人抱了個滿懷，「有事？」

他也是下午才知道她今天進了實驗室。

他也去過實驗室一段時間，不過那時候跟她的情況不一樣，整個醫學實驗室都是程家的，他進去後被分配了一個實驗室，任由他胡來。

不過……秦苒的情況不一樣，程雋不動聲色地想著秦苒之前跟他提過的廖院士。

程雋瞇了瞇眼，準備讓人查查那個廖院士的資料。

「沒事，」秦苒手抓著他的衣服，頭靠在他身上，大概冷靜了五分鐘才抬起頭：「回去吧。」

＊

亭瀾，程溫如跟程老爺都在。

廚師今天依照秦苒放學的時間做好了飯，只是秦苒一直沒回來，就沒開飯，程木讓程老爺兩人先吃，兩人也不打算先吃。

一直等到七點半，秦苒回來才開飯。

「苒苒，妳今天去實驗室了？」程溫如拿著筷子，看秦苒。

程雋抬頭瞥了程溫如一眼，聲音不冷不淡：「是在實驗室，我一個小時前不是跟妳提過？」

程溫如忍住朝程雋翻白眼的衝動，「不是，我是想要問苒苒跟了哪個老師？」

說著，她又看向秦苒，笑咪咪的，雍容的臉上一派和煦。

這次，又是程雋慢悠悠地回她，「廖高昂院士，是研究院的特級研究員，還有其他疑問嗎？」

程溫如：「……」我是問你嗎？？

她心裡默念了十遍「赤字」。

「竟然還是個特級研究員。」程老爺也詫異地抬眸，想了想，「第一院只有六個特級研究員，都能被妳遇到，運氣果然好。」

程管家在一旁提醒，「老爺，第一院是五個特級研究員。」

「不是六……」程老爺一愣，然後又想起什麼，點點頭，看向秦苒，眉眼微揚，「苒苒，好好表現，那個廖院士一定會收妳為徒的。」

特級研究員通常不會隨隨便便就收關門弟子，他們手裡還掌控著一部分機密內容。不過此時，程管家也不敢亂誹謗程老爺，畢竟……他也覺得以秦苒的資質，就算拜個特級研究員作老師，也不會讓人太驚訝。

程雋指尖捏著筷子，清眸抬了抬，漫不經心地看著程老爺，「爸，菜不好吃嗎？」

程老爺一愣，「好吃。」

程雋收回目光，懶散地回：「喔。」

在場坐著的人，除了程木，哪個沒有腦子？沒一分鐘就反應到程雋是嫌程老爺話多。

繼程溫如到程老爺都被嗆之後，每個人都不敢說話，吃完飯，收碗的廚師連看都不敢看程雋一眼。

「苒苒。」吃完飯，程老爺也沒走，就捧著一杯茶，坐到秦苒對面的沙發上。

秦苒抱著抱枕，頭放在抱枕上，拿著手機點開微信，聞言抬頭，清灩的眸子看向程老爺。

程老爺低頭抿了口茶，又輕咳了一聲，「妳考核完了，還忙不忙？」

「還行吧。」秦苒換了個姿勢。

程老爺點了點頭，又沉默了。

站在一旁的程管家抽了抽嘴角，然後看向程溫如，「大小姐，您訂的衣服已經送回老宅了。」

程溫如去樓下觀賞完了程木的大螢幕，此時剛上來，聞言就朝這邊看來，眼眸眯了眯：「什麼衣服？」

「就是下個星期老爺生日，您回來要穿的衣服啊。」程管家恭敬地回答。

程溫如不動聲色地收回目光，「我知道了，爸，禮物我也準備好了，不過你有什麼想要的也可以提前告訴我。」

程老爺看她一眼，擺手，似乎不太在意，「準備什麼禮物，就一個小生日，也不是什麼大壽，沒必要。」

秦苒漫不經心地點開了陸知行的大頭貼，聽到幾人的對話，她抬了抬頭。

「苒苒，那天家裡就幾個人，還有熟悉的堂主，」程溫如往秦苒這邊走，一邊笑一邊道，「都是一家人，妳要不要去我們家玩？我們家還保留著以前的建築。」

秦苒眼眸瞇了瞇，似乎在想什麼，一時間沒有什麼反應。

程老爺故作淡定地喝茶。

大概過了兩分鐘，秦苒才想好。她抬頭，眉眼清然：「我看情況。」

沒有答應，但也沒有拒絕，看來還是可以商量的。

好情況，比程老爺心裡預想的好得多。畢竟之前過節的時候他邀請過一次，秦苒想也不想地拒絕了。

又端著茶杯坐了一會，程老爺才背著手，離開這裡。

秦苒還坐在沙發上，跟陸知行傳訊息：『你之前書架上的黑書還在嗎？』

鄰居：『？？』

秦苒瞇眼，回想了一下，然後按著手機回：『雲城，電腦店，第二列書架第四層第六本書。』

過了幾分鐘，對面——

『……』

『說過很多遍，那不叫黑書。』

『那是駭客聯盟程式設計。』

秦苒瞇眼看著最後一行字，沉默了一下。那確實是本黑書，黑色的封面，只有幾條僵硬的白色橫豎線條裝飾，然後就是幾個不整齊的白色英文字母——black。

聽陸知行說，這是幾個駭客特別研究出來，他們自認為挺高大上的封面。

好吧，駭客聯盟程式設計就駭客聯盟程式設計。

她打字回：『還有嗎？』

手機那頭的陸知行推了下眼鏡，面無表情地在鍵盤上敲字：

『那本還在寧海鎮，我可以拿本新的給妳，需要幾天時間。』

＊

又過幾日，星期五，秦苒滿堂。下午上完課，她就收到了徐校長傳給她的訊息。

秦苒想了想，應該是徐校長給她的實驗任務，就拿著背包去見徐校長。

與此同時，物理實驗室B317——

葉學長拿著一堆文件匆匆走進來，整理了一下，「昨天那小學妹整理資料挺快的。」

葉學長把文件遞給廖院士，忽然想起一件事，看向左丘容，「今天一天都沒有看到小學妹？」

左丘容把變壓器收好，回去看自己的論文。聞言她抬頭看了眼門外，搖頭，不太在意：「可能接受不了落差吧。」

能考到京大物理系的學生都不一般，尤其是其中能考到實驗室的，更是天之驕子，但實驗室裡有哪個是無名之輩？

在這裡，除了正式的研究員，誰有資本驕傲？每年考到實驗室的人那麼多，但每年能進研究院的人就那麼一點，導師跟教授都見慣了，自然不會像外界一樣圍著他們轉。

初來實驗室的天之驕子們一被導師忽略，肯定受不了，不來也很正常，受過幾次打擊冷落就會乖乖過來了。

廖院士正在翻書，聽到左丘容的話，眉頭微不可見地皺了皺，然後繼續低頭做實驗。

「我繼續寫論文。」左丘容繼續修改論文，這篇論文她是準備投稿SCI的，寫得非常認真。

她是廖院士實驗室的成員，這個實驗室的成員，沒有哪個不想成為廖院士的弟子，左丘容自然也是。

葉學長發表了三篇論文。左丘容才剛發表一篇，這段時間她一直在研究這方面的項目。

＊

京大附近的一家私人餐館內，秦苒跟徐校長面對面坐著。

「妳研究這個專題。」徐校長遞給秦苒一份文件。

秦苒放下筷子，接過來翻了翻，是一份物理課題上的研究資料，看起來有些複雜。

「每年實驗室都會想向研究院推薦人選，」徐校長夾起一塊肉，吃完才慢悠悠地開口，「妳宋大哥九月底帶著他的私人團隊，去國外參加了一個研究項目，那個研究項目被研究院收錄了。從大一到現在，他在SCI上發表了十篇研究專題，被聯名推進了研究院，現在是三級研究員。」

徐校長一邊說著，一邊看向秦苒，把「十篇SCI研究論文」說得特別重，還拖了尾音，頗有暗示的意味。

秦苒將研究專題闔上。

「知道了。」她伸手拿過放在一旁椅子上的背包，將研究課題放進去，慢吞吞地應著。

「妳宋大哥寫論文很勤奮。」徐校長又夾了一根青菜，繼續開口。

秦苒隨手把背包扔到一邊，聞言，抬頭看了徐校長一眼，不緊不慢：「他學法律也很勤奮，聽說在找法學的博士了。」

宋律庭什麼都好，唯獨這一點。他每星期會特地撥出一天的時間學法學，連實驗室都不去。因為他這個囂張行徑，他的老師對他耳提面命，但還是拗不過他這個徒弟，打不得罵不得，最後還要幫他找法學博士。

徐校長頓了一下，然後和藹地開口，「當然，實驗項目更加重要，SCI論文什麼的，慢慢來，不著急。」

秦苒這才收回目光，翹著二郎腿繼續吃飯。

兩人吃完飯已經是下午六點，秦苒沒有跟徐校長一起下樓，她一下來就看到程雋停在路邊的車。

開車的不是程雋，而是程金，秦苒拉開後座的門上車。

她上車的時候，程雋在看一份文件，她一上來，程雋就隨手合上了文件，放到一邊。

他隨意側過頭來，眉眼清朗，語氣氤氳著漫不經心，「吃過了？」

「嗯。」秦苒坐好，把背包隨意放在腿上。

駕駛座上，程金朝後視鏡看了一眼，然後恭敬地詢問：「秦小姐，是回亭瀾，還是去實驗……」

說到這裡，程金忽然頓了一下，沒有再說下去。

前幾天程雋讓他查了廖高昂的資料，知道那是研究院的一個特級研究員，程金還看了一下他的資料。廖高昂的資料是一級加密，在沒有一二九的情況下，程金查得不多，只查到大概的性格。

程雋讓他查的事多半是關於秦苒。最近這幾天，程雋也沒讓人提實驗室的事情。

程金說到一半就不說了。

秦苒手撐著下巴，朝程金看過去，然後隨意地笑了笑。秦苒脾氣一向不好，星期一晚上一開始是有些不耐煩，不過回到亭瀾後就平復了。

只是程雋一直記著，尤其是程老爺說話的時候，他反應很大。

秦苒往車門上靠了靠，低聲一笑。

實驗室的這些事她還真的不在意，程老爺、程溫如包括江院長等人，都希望她能在實驗室找到一個好老師，能拜道廖院士最好，因為廖院士是研究院的五個特級研究員之一。

但他們都不知道，秦苒去實驗室，並不是為了找老師，因為她早就被徐校長預定了。

她會去實驗室，只是要做專案跟研究，按照徐校長的意思，是想讓她跟宋律庭一樣參加國際研究。當然，能寫幾篇專業性的ＳＣＩ論文，為實驗室多添些學術內容更好。

十分鐘後，車子開到停車場，秦苒跟程雋下車。程金停好車，拿著車鑰匙跟兩人上樓。

樓上，程木正在跟林爸爸視訊，詢問他是不是每到冬天，花的葉子就會有些枯萎，還跟他討論是不是培育的方式有問題。

看到秦苒跟程雋進來，他又跟林爸爸說了一句，就掛斷了電話。

電話那頭，林爸爸看著捧著經濟學的林思然，然後對著林母感嘆：「程木真是個好園丁。」

這邊，程木放下手機，從旁邊拿來一個快遞盒，遞給秦苒，「秦小姐，你的快遞。」

秦苒脫下外套，又把圍巾取下，隨手放到一邊。

算了算時間，她猜測這快遞是陸知行寄給她的黑書，所以也沒拆，準備找個時間直接給秦陵。

接過程木遞給她的茶，秦苒喝了一口，修長的指尖隨意捏著快遞盒。

秦苒往沙發上靠了靠，側頭看程木，聲音壓低，挑眉：「看我幹嘛？」

程木指了指秦苒手中的快遞盒，好奇：「秦小姐，這是什麼？」

秦苒就把快遞扔過去給他，一邊把茶杯放在茶几上一邊拿出手機，頭也沒抬：「自己看。」

程木就拿了剪刀過來拆快遞，本來在跟程雋說話的程金也看向程木。

小心翼翼地撕開來外包裝，程木看到了一本黑色的書。很醜的封面，翻了翻，是一堆不懂的數字。

程木：「……」

他想起秦苒是個駭客。

看不懂……

程木看著這本書一會，然後把書闔上，又恭恭敬敬、面無表情地遞給秦苒，「秦小姐。」

*

翌日，終於等到了眾多網友等待的星期六。

晚上八點，亭瀾——

樓下程木家的客廳，秦苒坐在地毯上，手裡抱著個抱枕，懶洋洋地靠著背後的沙發，沙發上同時坐著程雋、程溫如跟程木一行人。

程溫如自從上次知道程木家有一個超大螢幕之後，就一直說要來這裡看首播。

程木坐在最邊緣。

七點五十九分，程金默默從房間走出來，端著一杯水，走到程木身邊的沙發邊緣坐著。

程木咬著洋芋片，面無表情地抬頭，開口：「哥。」

「嗯。」程金喝了一口水，漫不經心地回了程木一句。

程木又咬了一口洋芋片，沒說話，就看了程金一眼，眼裡顯示著四個字——女孩子氣。

程金：「……」

他低頭，再次默默喝了一口水。

八點，各大頻道與網路ＡＰＰ平臺同步播出。

節目一開始就是播放片頭。片頭是一段音樂，然後以花體字打出節目名稱——《偶像二十四小時》。與此同時，網友也很皮地介紹——

『大家好，歡迎收看偶像八小時』

『又到了看偶像八小時的時間了』

重溫上集內容之後，節目才切入正題，播放到田瀟瀟跟秦影帝見面的那一段。

『我認識這個小姊姊，上個月上過熱搜的那個，大家還有印象嗎？』

『田瀟瀟，我知道她，這個小姊姊長得很有特色，不知道為什麼一直不紅！』

『竟然不是京大學霸，是個圈內人，我猜錯了！』

『可能節目組嚴文禁止某人請個學霸來。』

『哈哈哈！狗節目組可能怕變成偶像兩小時。』

螢幕上，秦苒的目光落在路的盡頭，隨意地回答璟影后：「歌手。」

『歌手？也是圈內人？怎麼還沒出來？遲到了？』

『我倒要看看是誰，竟然敢在學神跟秦影帝、璟影后等人面前遲到。』

與此同時，節目組用一個偏遠的鏡頭轉向路的盡頭。

節目組拍的時候因為對秦苒沒有什麼期待，鏡頭都在秦影帝等人這邊，只有一個很遠的全場鏡頭對著偏遠的路，看不太清楚。

畫面上，秦苒還在跟璟雯說話，全場鏡頭已經拍到了盡頭的三道人影，人影很模糊。要走近的時候看起來是助理的兩個人立刻避開了鏡頭，大約能看到秦苒請的藝人戴著口罩。

『竟然還帶著助理來？』

『難道重點不是他還戴著口罩？莫名不太喜歡這個嘉賓，這個節目裡，秦影帝、璟影后哪個不是頂級大牌，拍攝場地也被節目組包場了，這裡誰會認識他啊？他還比秦影帝大牌，莫名做作。』

『不喜歡+1』

『確實，給人的第一印象不太好，不過苒姊請的人，我再觀望觀望。』

『彈幕別那麼壞好不好？人家戴口罩，吃你家大米了嗎？』

『萬一人家只是感冒呢？』

『我就想看看是誰。』

彈幕上都是不太好的言論。

螢幕上，已經切換成一個背對著鏡頭的清瘦身影，還伴隨著澄澈又略顯空靈的聲音：「十分抱歉，我來晚了。」

作為一個歌手，言昔除了他的才華天賦之外，還有一副得天獨厚的嗓子。在歌手界裡個人特色鮮明，有音樂人曾經說過，樂壇人不會有人能複製他的成功。

這道聲音為觀看的觀眾投下一枚炸彈。

『我靠，我應該是幻聽了。』

『我也……』

『我靠，鏡頭你怎麼了？你能不能動一下！』

『啊啊啊好急啊！爛節目組，你是故意的嗎！』

正在大家焦急的時候，節目組突然切換成了言昔的正面鏡頭，他正有禮貌地跟秦影帝打招呼。少年彎著眸，眉宇清冽，漂亮又有些乖巧，猶如青竹。

《偶像二十四小時》本來就很紅，又因為秦影帝跟秦苒的事，更是徹底爆了，節目一開始就是密密麻麻的彈幕。

然而此時，所有直播平臺的彈幕忽然間停了一瞬，如同秋風掃落葉一般，只剩三三兩兩的彈幕。

『啊啊啊啊』

『啊啊啊啊啊啊啊啊』

一片五顏六色的驚呼彰顯著所有人驚愕的心情。

『我是誰，我在哪裡，我看到了什麼？？？』

『有生之年，我竟然能看到言天王上真人秀，哭了，節目組你們是神嗎！』

『真有生之年系列！』

『節！目！組！從！今！天！開！始！你！們！就！是！我！爸！爸！』

『不多說，節目組厲害！』

『難道這不是苒姊的朋友嗎？快，大家為大老遞菸！』

節目還沒有播完，但熱搜已經同時更新——

『言昔』

『王不見王』

微博很快就爆炸了。

熬禿頭的工程師好不容易在家裡看直播，剛看一點就被一通電話叫回去加班。

言昔成名好幾年，他一開始是因為他的音樂而紅，後來又因為他在演藝圈一股清流的作風，不接代言、不接廣告、不拍電影……只心無旁騖地做音樂，也從來不在網路上炒作，粉絲們想要看到他只能透過演唱會跟唱片。

有人曾這樣形容言昔，有生之年想要看他參加除了演唱會之外的活動，比研究宇宙爆炸還難。

雖然只是一句玩笑話，可也彰顯出要請言昔出鏡的難度。

熱搜上，有人把節目組的宣傳片下面，名稱為「醉裡挑燈看賤」的評論重新翻了出來，並附言——

『全場唯一預言家！』

『燈光，給我往死裡照！』

『我靠兄弟，你紅了！』

『兄弟，開門，言昔真的來了！』

網路上自然也有不喜歡看即時直播，想等著看重播的網友不少，也有只專注於自家的言昔粉絲。此時看到幾乎快癱瘓的熱搜，都不約而同地打開直播平臺。

直播間右上角顯示的人氣指標正在以幾何速度增加。

此時的直播已經播到分好隊伍，兩隊分頭去找線索了。

「節目組為了防妳，無所不用其極地針對妳。」沙發上，程溫如微微翹著腿，看著節目組設置的關卡，之後微微低下頭對秦苒笑。

她看得出來，這一集節目組明顯在防備秦苒。

秦苒將頭往後靠了靠，沒說話。

程雋懶洋洋地看了程溫如一眼，挑眉：「針對？」

「你看又是射擊、又是拼接零件、又是繪畫，這麼明顯的針對啊……」程溫如端起手邊的茶，她看著程雋似笑非笑的模樣，總覺得有什麼不對。

『哈哈哈哈！節目組表示怕了怕了。』

『好了，已經確定這一集確實是偶像二十四小時。』

秦苒那一組比較散漫，秦影帝那一組已經找到了射擊的線索。無疑，秦影帝的鏡頭十分圈粉。白天天的表現也可圈可點，只是此時因為她上個星期的作為，連呼吸都是白蓮花的味道，存在於這個節目裡就是錯的，觀眾根本不想看到她，就算她在節目中表現得不錯，網友也只覺得做作。

『有人還記得京大論壇的貼文，苒姊軍訓時的射擊課程嗎？』

『舉手！我記得，她怎麼看到射擊也不去啊，難道射箭跟軍訓射擊課程不一樣？』

『嗚嗚嗚！表示好想看苒姊英姿颯爽的射擊』

然而此時螢幕上，秦苒已經表示不參與射擊，讓給了秦影帝，還帶著田瀟瀟等人去看古宅內的「鬼」。

節目組財大氣粗，鬼宅裝飾得陰森又恐怖，秦苒一行四人剛進古宅，透過螢幕都能感覺到從腳底竄起的寒意。

「唰」的一聲，一個穿著紅色嫁衣的女鬼猛地跳出來。慘白的臉披著黑色頭髮，看不到長相，正反面都像後腦杓，別說看直播的觀眾，連程溫如都被嚇了一跳，像是在看恐怖片。彈幕上一片「我靠」，程溫如跟觀眾都擔心秦苒、言昔等人會被嚇哭。

然而，他們只看到秦苒直接越過女鬼，似乎在對這棟古宅評頭論足，言昔跟田瀟瀟很有禮貌地詢問女鬼姊姊這裡有沒有關卡。

璟雯表弟這個直男還認真地問，「妳能不能跟電影裡一樣把頭擰下來？」

女鬼：「……」

「看來不能，妳這個山寨版女鬼。」璟雯表弟十分失望。

女鬼：「……」

彈幕——

『哈哈哈！我靠，湊了一整隊的直男直女。』

『心疼女鬼姊姊，但我還是想笑。』

『線上求女鬼心理陰影。』

節目播到這裡已經二十分鐘了，差不多四分之一的進度，秦影帝那一隊拿了兩張任務卡，彈幕上也開始急躁不安——

『秦影帝實力寵侄女，竟然把好不容易拿到的射擊任務卡給她……』

『好好看臉不好嗎？？』

『我也感覺都是在鬧著玩，但是我就是喜歡看哈哈哈！』

『言天王你再小聲，節目組也聽得到啊！』

鏡頭裡，秦苒正把烤肉遞給言昔，在電腦上輸入一串文字，觀眾們都能看到彈出來的高級線索。

彈幕又是一片「？？？」。

節目慢慢播放到秦苒帶著田瀟瀟的隊伍，走到小提琴的關卡。

『哈哈哈！終於又做任務了，但是這一關秦影帝他們也來過，任務點的老人連頭都沒抬，有點難……』

這條彈幕剛過去，下一秒，鏡頭裡的老人十分俐落地把高級線索遞給秦苒，還跟田瀟瀟熟悉地聊起天。

觀眾：WTF？？

『我靠，哈哈哈！看起來田瀟瀟是小提琴界的大老，節目組就問你慌不慌！』

『八小時警告。』

『我錯了，今天的節目依舊是偶像八小時。』

秦修塵今天和工作室的人一起看直播，這一集節目秦影帝跟秦苒等人幾乎是分開錄的，除了最後一張遊戲線索，秦影帝跟經紀人都不知道秦苒他們是怎麼得到高級線索的。

尤其是小提琴這一關，秦修塵等人也來過，看守關卡的海老師確實連頭都沒有抬。

這其中也摻雜著認識關主海老師的觀眾。

『節目組該有多有錢，連海老師都能請來！』

海老師作為京協的老師，能在小提琴擔任老師，在小提琴界的地位自然不低。

彈幕中摻雜著這幾條評論——

『這是海老師？』

『本人線上嚴肅提醒大家：大家可以去搜搜京協』

這幾條彈幕有些人注意到了，但現在大部分的人都在看直播，沒有人切出畫面。

秦影帝的工作室裡，經紀人終於看到了未解之謎，他捧著咖啡：「原來是因為田瀟瀟，她小提琴應該拉得很好。」

「嗯。」秦修塵拿著手機，依舊看著電視節目，一貫的淡然優雅。

節目組剪輯節目，自然不會把海老師跟導演的對話放上去。沒有解釋內情，又加上海老師一直在跟田瀟瀟說話，大部分的人理所當然地認為海老師會直接給出高級線索，是因為田瀟瀟。

節目已經播放到午飯，鏡頭給飯店九州遊的折扣一個特寫。

『確認過眼神，節目組是九州遊的粉。』

『完了完了，言昔一心只有音樂！』

『秦影帝也是個老年人！』

『璟影后是倔強廢鐵，我說什麼了嗎？』

秦苒跟言昔等人囂張地點了一桌的菜。

螢幕上，秦影帝正慢條斯理地回答：「結婚可能要等幾年後，暫時無心這些。」

吃完這頓飯，彈幕上一片坐等影帝、影后、天王去洗盤子，刷著滿螢幕的『哈哈哈』。

直到秦苒坐到了電腦面前，輸入了帳號。

至尊二十星。

滿螢幕的『哈哈哈』瞬間消失，直播頁面瞬間乾淨。

因為鏡頭有點遠，電腦視窗不大，又是一閃而過，兩個人線上飆了一把手速，大部分觀眾都沒有注意到楊非邀請秦苒的那一段，節目組也非常冷漠地沒有把這一段放出來，但很多人注意到了九張神牌。

秦苒打遊戲的時間只有八分鐘，節目組忍痛剪輯了一半，其中還把遊戲重播中酸民的話剪輯出來。

看完直播，秦修塵站起來，伸手漫不經心地拍了拍衣袖，送秦陵回家。

「小陵，」秦修塵拿著鑰匙，一邊往門外走，一邊詢問秦陵，「你喜歡電腦嗎？」

秦陵把手機裝進口袋裡，拿好圍巾，聞言沒說話，只點頭。

秦修塵打開車門，坐在駕駛座上，偏頭看他，「我再找一個厲害的老師給你，你這麼聰明，應該知道我跟秦管家想讓你幹嘛，你有選擇的機會。」

「知道。」秦陵低頭，打開手機上的一個遊戲，慢吞吞地玩著。

這是答應了。

「好，是秦家的人。」秦修塵伸手摸摸他的腦袋，看向窗外，清淺的眸色逐漸變深，「接下來我們有一場硬戰要打，但你放心。」

秦陵的存在總有一天會被秦四爺發現，他要找出能跟秦四爺分庭抗禮的辦法。

秦影帝工作室內，秦修塵走之後，一片寂靜。

「這對姊弟玩遊戲都很厲害。」電視上哪有現場看的刺激，經紀人淡定地喝了口咖啡，瞥了眼這行人。

「那……神牌呢？」工作室的人基本上都會玩九州遊這款風靡全球的遊戲。

經紀人「喔」了一聲，「不知道，等網友查吧。」

他又喝了一口咖啡，他也好奇，但是不敢問。

不過……網友們是放大鏡。

工作室的人默默低頭拿出手機，點開影片ＡＰＰ，翻到《偶像二十四小時》重播，拉到最後十分之一處，重新看一遍。

跟他們一樣的，還有大部分觀看直播的網友，這其中自然也有九州遊的遊戲粉。

也有一小部分網友記得彈幕上的話，去查京協。

網友都是用放大鏡看節目的，恨不得把每個演員身上衣服的花紋都找出來。

*

亭瀾公寓——

程溫如等人也看完了節目。

「明天去找妳弟弟？」程雋從沙發上站起來，隨手把坐在地毯上的秦苒拉起來。

秦苒的那本黑書還沒有給秦陵。

秦苒站起來，把手中的抱枕隨手扔到一旁，跟在他身後上樓，手隨意放在腦後：「看情況。」

她這兩天都在研究徐校長給她的實驗專案。

兩人一邊說一邊往樓上走。

身後，程金跟程溫如面面相覷，這兩人多多少少都有些詫異。他們雖然不是職業玩遊戲的，但還是能感覺到在秦苒帳號「至尊二十星」爆出來之後，彈幕頓了片刻又滿螢幕驚呼的熱度。

只有程木，全程面無表情地看完。

「苒苒哪裡來的神牌？」程溫如雙手環胸，看了程木一眼，壓低聲音。

她記得歐陽薇好像有一張神牌……

程溫如不玩遊戲，但去年歐陽薇在京城特別紅，參加宴會的時候，程溫如聽張向歌那行人提過，貌似有張神牌，還挺厲害的。

程木吃完了洋芋片，把桌子上的垃圾收拾好，扔到垃圾桶。

聞言，搖頭，他也不知道。

程溫如收回目光，跟秦苒、程雋打完招呼之後若有所思地轉身出門。

與此同時，網路上，各種短影音自媒體平臺上，一部剪輯的影片騰空而出——「嬝美職業選手的學霸」。

熱搜緊隨著言昔升到第二。除了粉絲，也有九州遊的粉絲循著影片連接點進去。

剪輯的是飯店的鏡頭，來自遊戲高手的質疑——

『這也能上熱搜？』

『這個白天天也就一星的水準，在你們演藝圈可以，放到電競圈，也就普通路人水準』

正這麼想著，彈幕上忽然瘋狂刷起來——

『前方核能預警！！！』

『名場面！』

『再看億遍！』

『苒姊大型屠粉了現場！！！』

『建議兩分三十四、兩分五十、三分二十七秒暫停看遊戲畫面，苒姊的手速太快，多試幾次！』

有人實在截不到，就跑去看評論區。

果不其然，在評論區最熱門的評論中找到了三張截圖。

第一張：楊非邀請秦苒打遊戲的畫面。

第二張：秦苒遊戲好友的截圖，第一頁，全是至尊以上。

第三張：九張神牌。

網友1：哭了，神好友！！神牌扒出來了，應該是陽神給她的吧。

網友2：她是怎麼做到九張神牌的？這是什麼新的BUG？？？

一群人拜完神之後，有人當起顯微鏡，開始詳查影片。

網友n：那個，大家有誰還記得去年魔都OST的四強賽嗎……

網友n+1：別猜了，我指路@qr

網友n+2：有初代粉還記得OST三張神牌的來源嗎？

網友n+3：看不懂，這有什麼來源？三張神牌不是雲光財團一個團隊打造的？？？

網友M：老粉太少了，很多人都忘了四年前虐心的冬季賽，指路九州遊官方精品論壇http://……

網友M+1：餐廳老闆是初代粉啊！！！

網友M+2：哭了

秦修塵跟節目組都沒有想到，節目播完不到一個小時，微博又吵翻天了。

依舊是秦修塵工作室。

因為今天節目播出，工作室的人怕出麻煩一直在加班，不過好在節目播出之後沒有出什麼亂子，正準備收拾東西下班。負責秦修塵工作室官微的人看到私訊還有不斷上漲的粉絲數量，很詫異——

這麼多@評論？有人已經順著微博去吃瓜了。

經紀人知道大概已經有網友用顯微鏡挖出了楊非邀請秦苒的片段，一點也不意外，他氣定神閒地詢問：「是楊非被爆出來了吧？」

他說完後，工作人員沒有出聲。

「怎麼了？」今天晚上沒有什麼工作要做，經紀人去拿了外套，準備回家。

看工作人員這樣子，他不由得一頓，多問了一句。

工作人員搖搖頭說不出話，只是伸手默默地把手機遞給經紀人，「是挖出了楊非，但是，還有其他東西，你看看……」

經紀人伸手接過來一看，熱搜又更新了。

他原以為看到的會是楊非或者秦苒的熱搜，卻沒想到，沒有一條是他預想到的，尤其言昔占據了兩個小時的熱度，都被前三條熱搜成功擠下——

熱搜第一：雲光財團神牌創始人

熱搜第二：qr

熱搜第三：OST楊非冬季賽

這是什麼詭異熱搜？還能把言昔的綜藝首秀擠下來？

言昔是演藝圈的半邊江山，又是演藝圈中特別神祕的歌手，一個從來不參加綜藝的超級流量忽然參加真人秀，這種噴井式的爆發，帶來的流量會有多大可想而知。

雖然節目已經播完兩個小時了，那也不是其他熱度能夠隨意碾壓的。

經紀人滑了滑，抬眸：「這是誰買的熱搜？」

他先點進最後一個熱搜，出現的是四年前的冬季賽，底下還有一個貼文的連結。

一滑，是在說神牌。

「神牌？」經紀人隨手看了看，同時問身邊的工作人員：「這熱搜……跟我們有什麼關係？」

經紀人也喜歡打遊戲，他的電腦裡存了各種主機小遊戲，九州遊這種風靡全球的爆紅遊戲他自然也會玩，不然當時也不會問秦苒電腦的事情。

他眯眼掃了掃，點開評論最多的那則貼文，看到熱門第一的評論，一愣——

『新粉們集合，我們看看有多少人不知道我們創造神牌的不是一個團隊，而是一個人！！』

OST的三大神牌不是由一個團隊創造的？

眾所周知，其他國家的神牌都是由專門的團隊為王牌戰隊打造的，創造神牌的人不僅要根據歷史或者神話傳說有跡可循地改造技能，還要有能在遊戲頁面打造卡牌形象、動作技能、技能的巨集連結……每一個步驟都極為燒錢，特別是技能的設計跟銜接，不是有錢就能做好的，還需要電腦方面的知識。

國內的戰隊大部分都是草根戰隊，沒有哪個老闆會砸下一堆錢，只為了創造幾張神牌——

除非是真的對這款遊戲有信仰，有熱情。

這也是當初楊非帶著三張神牌闖入國際冬季賽賽場，一夜在電競圈爆紅的原因。

在那場比賽中，無數人看到ＯＳＴ戰隊除了楊非之外，所有卡牌都陣亡，隊友、教練、粉絲、觀眾全都放棄時，他拿出女媧牌復活易紀明，全場尖叫。

不破樓蘭終不還，國內賽區第一次打入國際賽。

第一次有了自己的神牌。

第一次拿到獎盃。

國內戰隊，還未凋亡。

所有粉絲回憶起那一戰，滿腔感慨仍無法言說，此時看到四年前的冬季賽，所有粉絲跟九州遊玩家們，想到的大概只有四個詞——Ｓ４，冬季賽，楊非，神牌。

會點進這個熱搜的人，至少都是九州遊的玩家們，他們或許不知道四年前老粉們激動的心情，卻知道：ＯＳＴ，那是一個時代，神牌，創造了一個時代。

所有人都認為為國內戰隊打開新時代的人，是雲光財團的團隊，今天才知道竟然是ＯＳＴ初代戰隊的一個成員！

經紀人看著這些老玩家重新回歸的消息，瞳孔也不由得縮了縮，指尖也略顯顫抖地點開連結論壇的貼文——『ＯＳＴ的初代粉誰還記得第一代成員？』。

他一個一個往下看了好久。

他的年紀這麼大了，也忍不住心潮澎湃，難怪能把言昔的熱門擠下來。

九州遊全國每天上線的人數超過千萬，現在上熱搜的又是自帶流量的楊非跟神牌創始人，會超過言昔並不意外。

經紀人現在十分在意那個神牌創始人是誰，此時也回想起前面兩條熱搜。

他返回，又重新點開，循著熱搜點進一個叫「qr」的帳號。

只有一個關注，一千萬粉絲，零則貼文。

這就是神牌創始人？

經紀人一愣，網友連什麼都沒有的帳號也能找到？

他看著這帳號一段時間，詭異地覺得「qr」這兩個字有點眼熟。

「看到那個帳號了。」經紀人把手機還給工作人員，忍不住感嘆，「今晚，九州遊的玩家們會嗨翻天，肯定能看到不少老玩家重新上線。」

工作人員沒有接過手機，經紀人微微瞇起眼，「拿著，我自己有手機。」

他現在心情有點激動，準備回去登自己的帳號看看，順便再看看四年前冬季賽的影片。

「不是。」工作人搖搖頭，看向經紀人，平靜地開口：「我不是想讓你看熱搜，我是想讓你看看工作室的私訊跟評論內容。」

第六章　駭了全網路

與此同時，雲錦社區——

客廳裡，秦管家跟秦漢秋看完了直播也沒有關掉電視，而是坐在茶几旁閒聊。這兩個是真的老人，知道九州遊，卻不知道至尊二十星。

甚至因為沒有年輕人在，兩個老年人還關掉了彈幕，因為不習慣有彈幕。

「苒苒打字速度……好像很快。」秦管家一雙渾濁的眼睛微微瞇著，回想了秦苒第一關，拿著牆上的紙張，輸入代碼的樣子。

不過綜藝節目不會拍出那是什麼代碼，秦管家也沒有多想。

秦漢秋側著臉，眸色與以往沒什麼兩樣，「苒苒也喜歡玩遊戲，打遊戲的時候速度更快。」

「我也知道言昔那個年輕人，」秦管家點點頭，她打遊戲時速度確實很快。他喝了一口茶，繼續跟秦漢秋聊天，「網路上特別紅的一個歌手，跟六爺齊頭並進。」

因為秦苒跟秦陵，最近秦管家對秦漢秋遠遠沒有之前那般嚴苛。

秦漢秋又拿起一顆瓜子。他的手指很長，但有些泛黃粗糙，跟秦管家說起了當年，「想當初，也有星探想要挖掘我去拍電影……」

兩人正說著，秦陵跟秦修塵就開門進來。秦管家立刻站起來，幫秦陵收起圍巾才看向秦修塵。

秦修塵拍拍秦陵的腦袋，才淡聲笑道：「回去洗澡睡覺，明天繼續跟你阿海叔叔學新的內容。」

秦陵「嗯」了一聲，又忽然想起了什麼，「明天姊姊會過來。」

「苒苒？」秦漢秋放下嗑瓜子的手，神色略顯激動，「什麼時候？在這裡吃飯嗎？」

「就來送個東西給我，問幾句話就走，不吃飯。」秦陵回答。

聽到這個，秦漢秋的眼神黯淡，然後「喔」了一聲，繼續坐回沙發。

秦陵拿著手機回房間，洗澡睡覺。

秦修塵跟秦漢秋打了個招呼，和秦管家一起下樓。

秦管家走得慢，臉上的溝壑、細紋明顯，伸手按下電梯，抬頭：「你跟小少爺提了？」

秦修塵臉色如常，他戴上口罩，「嗯」了一聲。

看這樣子，秦陵也沒有半點抵觸。

秦管家臉上有了笑意。電梯門開了，他跟在秦修塵身後進去，眸色微沉，「四爺已經有疑心了，我怕瞞不了多久。」

最近阿海頻繁地出入雲錦社區，秦四爺會起疑是再正常不過，一旦被秦四爺知道……肯定會針對秦陵。

秦修塵的車沒停在地下室，是停在社區路邊，要從一樓出去。剛走下電梯，口袋裡的手機就響了一聲。

是經紀人。

秦修塵知道晚上經紀人跟工作室的人在加班，難道是出了什麼問題？

秦修塵按了通話，將手機放在耳邊。

經紀人的聲音有些平靜：『秦影帝，你看微博的私訊和評論內容了嗎？』

秦修塵打開駕駛座的車門，開了擴音，坐好後又把手機放到車前，「沒。」

那邊沉默了一下，『你先看，一分鐘後，我打電話給你。』

經紀人掛斷了電話。應該是什麼重要的事，不然經紀人不會這個時候要他去看微博。

秦修塵擰了下鑰匙，熄了火，手撐著方向盤拿起手機，隨手打開微博。他已經開了免打擾，但點開微博還是頓了一瞬，手機的螢光映得他的眉眼清冷又淡漠。

直接點開評論，新增的評論幾乎清一色——

『秦影帝，陽神線上沉默，只能問你了，@qr這個帳號真的是你侄女的嗎！』

qr？

關乎到秦苒，秦修塵直接點開qr的主頁。一千萬粉絲，其他各種資料完全空白。

但有個微博認證——『OST戰隊成員QR』。

秦修塵對qr有點陌生，但是QR，秦修塵半點都不陌生，他甚至創了新帳號跟QR加了好友。

秦苒是OST戰隊成員？

秦影帝還沒想出什麼頭緒，經紀人的電話再次打過來。

『看完了吧？』經紀人還在工作室中，他站在窗邊，將窗戶打開一條縫，兩指間夾了根雪白的菸，『那個qr是神牌創始人。』

網路上已經分析出了一條線。

秦苒打遊戲的QR就是OST的QR，據楊非去年在魔都介紹，是OST戰隊的老隊員。

網友們又神通廣大地找到了去年魔都賽場的影片。

影片內，秦苒戴著黑色口罩，但是她的氣質無法用一個口罩就壓住，透過鏡頭都能看清她眉眼的任情恣意。而ＱＲ遊戲頁面的九張神牌ＢＵＧ，據遊戲大神分析，那不是ＢＵＧ，因為神牌創始人可以複製自己創造的三張神牌，秦苒的九張神牌是疊加的。

四年前的事情太遙遠了，只有少數人記得楊非說過「要帶著隊友的神牌拿到冠軍」的那句話。此時翻出來，能輕易得到一個結論：ＱＲ就是微博上的ｑｒ，神牌創始人。

秦影帝對神牌創始人沒什麼概念，聽經紀人一說，他笑了笑，又重新擰動車鑰匙，戴上藍牙耳機，一貫淡然嚴謹的臉上浮現一層笑：「苒苒一直都很會玩遊戲。」

聲音聽起來還有些驕傲。他把車緩緩開到大道上。

手機那頭的經紀人伸手彈了彈菸灰，聽到秦影帝的話，一雙深邃的眼眸瞇起，沉默了一會才很輕地開口：『秦影帝，你可能不知道，創造神牌，上面的技能、神牌動作、出場，都是需要編寫程式的。』

不像普通的遊戲，要創造一個人物，隨手點幾下就好了。

若是其他事情，經紀人不會這麼急著告訴秦修塵，但秦苒會程式設計……

經紀人知道這一點對秦修塵、對秦家來說至關重要。

嘰——車子猛然停在路中央。

黑暗中，坐在駕駛座上的秦修塵緩緩抬起頭，向來俊美淡然的臉上，表情一點一點崩裂。

亭瀾——

*

秦苒傳訊息給秦陵之後洗完澡出來，本來想去開電腦，忽然腳步一頓，轉身去開門。

程雋斜靠在門外，雙手環胸，白皙的指尖慢條斯理地敲著手臂。聽到聲音，他懶散地側過頭看著她，漆黑的眼眸氤氳著淺碎的光。半晌，低嘆。

秦苒挑眉，側身讓他進來，「怎麼了？」

「就妳能不能……」

程雋知道她一向不關注網路上的事情，最多就打打遊戲，註冊了帳號也一年都不發半條內容。

秦苒拿了條毛巾，繼續擦頭髮，一邊擦一邊看他，示意他繼續說。

程雋沒進來，依舊靠著門框，身影修長。他看著秦苒，不緊不慢地開口：「隱瞞好妳的身分。」

秦苒的手一頓，扔掉毛巾，拿起桌子上發亮的手機。

南慧瑤打了五通電話給她。

邢開打了三通電話給她。

林思然打了十通電話給她。

陸照影打了二十通電話給她。

秦苒抿了抿唇。

身後，程雋打開微博，給她看網友推算出來的等式。

秦苒：「……」

她面無表情地拉開椅子，打開電腦，又按出編輯器，輸入了一串代碼。劈裡啪啦地按著鍵盤，顯示出她此刻的煩躁。

程雋拿起她扔到桌子上的毛巾，看著這樣的秦苒，有點頭痛——

現在刪熱搜、貼文根本沒用，因為該知道的都知道了。尤其是……這一刪，本來將信將疑的人也會毫不猶豫地選擇相信，十分欲蓋彌彰。

只是……看著秦苒那張又冷又躁的臉，程雋咳了一聲，沒再多說。

五分鐘後，所有吃瓜的網友發現重新整理後，自己看的貼文全顯示「已刪除」，微博上所有關於ＱＲ、ｑｒ的貼文如懸疑片一般，全都消失得乾乾淨淨。

再點進微博，本來已經到熱搜第一的「ｑｒ」忽然不見，被壓在第二的言昔重新回歸第一。

網友們查ｑｒ也查不出個所以然。

大概二十分鐘後，ｑｒ的熱門話題中，一篇貼文橫空出世——

『ＣＪ：噓，發火了。』

有人暗中存下截圖，對比了一下，正是ＱＲ在《偶像二十四小時》中暴露出的第一排好友頁面中，囂張地排在第一名的至尊二十星ＣＪ。

大家紛紛回覆評論。

『（小聲點）知道了。』

『（噓）了解。』

卻不知道，因為微博上所有關於ＱＲ的貼文全都消失的消息，節目組、經紀人還有各大網友、粉絲、看熱鬧的人對ｑｒ更是發自內心地崇拜。

能光明正大地駭入微博、刪熱搜，還讓平臺方一句話都不敢說的……

＊

翌日，上午十點，秦苒去送書給秦陵。

她今天是自己開車過來的，程雋被她按在家裡，程木也不敢幫她開車。

一開門，是秦漢秋。

「苒苒，今天真的不留下來吃飯嗎？」秦漢秋回頭看牆上掛鐘的時間，「快到吃飯時間了。」

昨天晚上，她是不打算在這裡吃飯的。

秦苒冷酷地扯下圍巾，不過面對秦漢秋，她還是很有禮貌地說，「好。」

秦漢秋只是不抱希望地隨口一問，聽到她的回答就愣了一兩秒，才驚喜地回到廚房，劈裡啪啦地開始準備午飯。

屋內開了空調，秦苒伸手解開大衣的釦子，直接往秦陵的房間走。

秦陵正坐在電腦面前，跟他在學校認識的朋友玩遊戲。

看到秦苒進來，他加快速度打完一場，並禮貌地跟同學告別，這才驚喜地回頭，一雙好看的眼睛很亮，「姊。」

秦苒隨意「嗯」了一聲，然後把手中的黑書隨手扔到秦陵的書桌上。

「升級版書。」她拉來張椅子坐下，言簡意賅。

秦陵伸手翻了翻。本來他只想隨意一看，但翻開第一頁就出不來了，立刻捧著書坐在床上看。

門外，秦漢秋又打電話問秦修塵中午要不要來吃飯。

秦修塵今天有通告，中午過來太趕了。只是聽說秦苒在，秦修塵垂下眼眸，大概想了一分鐘才答應了秦漢秋。

「小侄女回來了？」經紀人開車載著秦修塵去雲錦社區，他現在有些激動。

秦修塵坐在後座，靠著椅背，似乎很累，眼眸半瞇著，睫毛投下一層淺淡的陰影。聽到經紀人的話，他睫毛顫了顫，然後「嗯」了一聲。

經紀人看了看後視鏡，秦修塵似乎睡著了。他伸手關掉車內的音樂，沒打擾秦修塵。

二十分鐘後，將近十二點，兩人到達秦漢秋家。

秦漢秋拿著鍋鏟興沖沖地出來，詢問兩個人有沒有想要吃的菜，得到答案之後又興沖沖地到回到廚房。

秦修塵沉默地坐到沙發上。

經紀人在屋內掃了一圈，沒看到秦苒，就意識到秦苒肯定在秦陵房間。

他伸手推了下眼鏡，遺憾地坐到沙發上。

低頭拿出手機滑微博，努力按捺下澎湃不已的心情：「秦影帝，昨晚怒刪微博所有貼文的事情是你侄女幹的嗎？」

真的大手筆，可怕到現在平臺官方都不敢推送「QR、神牌」的熱搜。若不是各大網友暗中保存了截圖，若不是《偶像二十四小時》還能截到九張神牌的截圖，眾人差點以為這是一場夢。

秦修塵抿著唇，幫自己倒了一杯水，垂下眸子，依舊是淡漠的模樣，沒說話。

經紀人靠著沙發，在微博上滑了滑，試圖搜尋神牌的消息，還是什麼都沒有。

他遺憾地要關掉時，正好看到一條網友的訊息——

『從昨晚到現在，為什麼都沒人關注京協？京協到現在依舊很厲害地與美洲保持著連繫，也沒沒落啊。』

對於京協，經紀人不是特別了解，昨天在看直播時看到彈幕上提過。

那個田瀟瀟就是京協的，似乎還挺厲害。

經紀人就順手點進那則貼文。

微博上大多都是吃瓜群眾，這篇貼文才剛發表，評論就幾百條了——

『一看樓主就知道是同道中人，昨晚看直播我就認出來了，我以為一看完直播就能看到熱搜，沒想到等了一晚都沒找到。』

『我是兩邊都知道的，昨晚大家的關注點都在OST那邊，京協掀起的波浪不大。』

『樓主，竟然還敢提，你帳號沒了。』

『哈哈樓主，刪帳號警告！』

『感覺還有大瓜啊，冒昧猜一下，還是昨晚的偶像八小時？』

『京協？我知道偶八上那個田瀟瀟是那裡的會員，ps：是京城的小提琴協會。』

『原來就是小提琴協會，我還以為是什麼厲害的組織呢，這樣的協會不是很多？』

『……樓上，你知道為什麼京城這麼多協會，只有小提琴協會敢簡稱京協嗎？去網路上查一下再來說話。』

經紀人是混演藝圈的老油條，他知道京城中大大小小的家族都很忌憚京協。

看到這裡，經紀人就查了一下。網路上的京協介紹只寫了京協的建立時間跟具體位置，經紀人看了一下，沒看出什麼有用的東西。

他又返回微博，那則貼文底下已經有幾千條評論了，都在討論京協。

最上面的熱評已經變成了一個介紹評論，經紀人認真地看過——

『網路上查不到的，不過我可以跟你們說一句，京協是我們第一個進入美洲的組織，這一點連四大家族都沒有做到，主要歸功於魏大師。不過，四大家族中的某一個家族透過魏大師，打通了美洲的一個市場。至於是哪四大家族，大家就不要查了，順便介紹一下@魏大師，美協特邀講師，第一個在美洲皇家音樂廳曾專場演出的小提琴手。』

普通人很少知道這種事，有人一說，立刻就引起了眾多網友的討論。

其他地方的人不清楚，但在京城待久了，連京大邊緣的學生都知道四大家族。而經紀人因為秦家的關係，知道四大家族的很多事情，自然看得出來這個樓主肯定是這個圈子裡的人。

「秦影帝，你看這個……」經紀人把這條評論拿給秦影帝看，有些震驚，「京協闖入美洲了？」

秦修塵拿著杯子，聽到這一句，他一頓，低頭看了下評論，平淡的眼眸略微瞇起，也挺詫異。

小提琴協會的受眾並沒有演藝圈廣，除非是對小提琴感興趣或者身邊有人學小提琴，不然大部分的人不會關注這麼多閒事。

秦修塵大部分的時間不是在趕通告，就是培養勢力防備秦四爺，京協這件事他確實不知道。

「應該是徐家。」白皙的指尖敲著杯子，秦修塵看著這條評論，沉吟了半晌。

他想起徐家一直都有人喜歡小提琴，他們能早其他家族一步入駐美洲，肯定是因為京協……

秦修塵收回目光。現在的秦家岌岌可危，別說美洲，在國內能不能穩住都是問題。

經紀人收回手機，再一滑，就發現剛剛那條介紹四大家族跟美洲的評論沒了，但樓主的帳號卻紅了。

『細思極恐。』

『我還有截圖，有需要的私我。』

經紀人看著評論，一邊看向秦修塵，語氣震驚，「田瀟瀟竟然是京協的人，真看不出來，我以為她只是個十八線明星……」

一個京協的人居然在演藝圈混得這麼慘？田瀟瀟是倒楣鬼本鬼吧……

難怪導演說第二集有驚喜，如果沒有昨晚神牌的事情，京協這件事的熱度一定不低，之所以會被壓下來，是因為玩遊戲的人遠遠多過知道京協的人。

遊戲的話題一發不可收拾，京協這邊則涉及到各方勢力，要挖出來還需要一段時間。

如同剛剛那條被刪的評論所說，細思極恐。

經紀人打開熱搜看了一下，「田瀟瀟、京協」已經到熱搜第五了。他放下手機，等過一個小時，網友們查到更多資訊再看。

「收拾一下，吃飯了。」秦漢秋先端了一盤菜出來，揚聲大喊。

然後拿著抹布走到秦陵門口，敲了兩聲門，也沒等秦陵回應，又繼續回廚房端菜。

經紀人去幫秦漢秋端菜。

秦苒跟秦陵從房間裡面出來，而秦陵的眉頭擰著，似乎在想什麼。

經紀人端著菜出來，看著慢悠悠地往外走的秦苒，腳步頓了一下。昨晚的所有貼文雖然一夜之間都被刪得乾乾淨淨，但掛了兩個小時的熱搜，該知道的都差不多知道了。

大家心知肚明，尤其是秦苒……

經紀人知道她是物理系的，卻沒想到人家四年前就會自己寫程式了，果然是秦家人的嫡系一脈……

想到這裡，經紀人朝秦修塵看去，秦修塵正在慢條斯理地擺碗筷，表情、態度跟以往沒什麼兩樣。

經紀人沉默了一下，要不是昨晚聽到了急促的剎車聲，他會由衷佩服秦修塵能這麼淡定。

「今天的菜怎麼樣？」秦漢秋本來還想跟經紀人喝酒，只是經紀人要開車，下午還有通告要趕沒辦法喝酒，他只能遺憾地放下酒杯。

秦修塵點點頭，想了想，開口：「味道很好，不輸外面的餐廳。」

聽到這麼高度的讚賞，秦漢秋高興地又自己去拿了一個酒杯過來，幫自己倒了一杯。

秦修塵看了眼秦苒，她坐在秦陵身邊，一手慢悠悠地夾著肉，一手隨意放在桌子上，看不出情緒。

他收回目光。

一頓飯吃完，秦陵立刻回房間看書，其他人幫秦漢秋收拾桌子。

「不用了，」看到三個人還要來廚房，秦漢秋立刻阻止，「你們粗手粗腳的，別弄亂我廚房的東西。」

他的調料、盤子、碗筷擺放得十分有秩序，就算是剛做完飯，廚房裡的東西都錯落有致。

秦苒把碗放到砧板上，秦修塵把菜盤放到砧板上，經紀人把抹布放到砧板上。

三人默默從廚房走出來。

廚房裡，秦漢秋嘀嘀咕咕，「還是小程好用。」

秦修塵還要去趕通告，他拿起水桶羽絨衣出門，一貫的淡然模樣，溫溫和和地跟秦苒告別。

開門出去，秦苒站在門口送他們倆。

秦修塵走到電梯前，經紀人沒跟上來。他側身一邊拉上羽絨衣的拉鍊，一邊看向經紀人。

經紀人想了想，又折身回去：「小侄女，能問一個問題嗎？」

秦苒斜靠著門框，「你說。」

「就，」經紀人咳了一聲，有些漫不經心地問，「網路上傳的那三張神牌，真的是妳做出來的嗎？」

網路上傳得沸沸揚揚，所有關於這件事的貼文全都被刪得一乾二淨。但作為官方，楊非跟雲光財團都沒有出聲。

幾步之遙，秦修塵按著電梯的指尖一頓。

秦苒有些懶散地笑了一下，看向經紀人，「是啊。」

本來以為昨天晚上刪得那麼快，秦苒肯定不會那麼簡單地承認，經紀人甚至都準備好了九張神牌截圖的證據，還有qr的帳號、去年魔都四強賽的影片截圖。

他還沒拿出來，秦苒就大方承認了。經紀人的腳步定在原地。

秦苒抬手看手機上的時間，提醒他，「你們不是要趕通告？」

叮——電梯門打開。

「喔。」經紀人這才反應過來，跟著秦影帝進了電梯。

經紀人清醒過來，看向秦修塵，幽幽說道：「秦影帝，你聽到沒有？她承認了……」

秦修塵看著電梯裡慢慢變化的樓層，沒說話。

從網路上看到的，遠沒有親口聽到秦苒承認那麼有衝擊力。

*

樓上，吃過中飯，秦苒也準備回去研究徐校長給她的課題。

剛進秦陵的房間，跟他說了一句，外面就響起了秦漢秋招待阿海的聲音。

阿海敲門進來，一眼看到秦陵房間裡的秦苒。上次秦修塵曾向他介紹過秦苒。

他十分有禮地跟秦苒打招呼，把他帶來的電腦放在房間的書桌上，因為有秦苒在，他沒馬上教秦陵。

秦苒知道阿海是來教秦陵基礎知識的，她站直，拿好手機，「我先走了，接下來我有一個研究，可能會很忙。」關門的時候，又開口，「有遇到什麼麻煩，可以找我。」

「謝謝秦小姐。」阿海禮貌性地點頭，沒打算真的遇到問題就去找秦苒。

等秦苒走了，阿海才轉過身，秦陵正把一本黑色的書闔上。

阿海問：「你在看什麼？」

阿海把自己的電腦打開，側身看秦陵。

秦陵把書放在桌子上，頓了兩秒，垂下眸子，「我姊姊送給我的書。」

秦小姐？

阿海揚了揚眉，頷首，急著跟秦陵說程式的問題，就沒多在意秦苒送的書。

他打開電腦上的一個軟體，看向秦陵，目光變緩，聲音也溫和得多，「六爺跟我說了，你願意接管秦家的這個爛攤子，他後天就會啟程去美洲，幫你找一個新的老師。程式跟你操控代碼入侵不一樣，需要各種資料、演算法、確定功能……這兩天我會教你基礎知識。」

這兩天，阿海意識到秦陵有一個大缺點。秦陵的電腦技術十分有攻擊性，編寫的程式都是用來攻克各種系統的漏洞，有點不像工程師，行事作風倒像是駭客……

駭客跟工程師不一樣，工程師負責專案的開發設計、構建系統程式、開發軟體；駭客則完全不受規則約束，他會破解一個完整的程式、添加各種漏洞、做各種破解程式，攻克各個方面的系統。

秦陵坐在阿海對面，認真聽著。

晚上，秦管家從公司回來，看著阿海跟秦陵的進度，眸帶憂思。

「是項目出問題了？」阿海收起電腦，看向秦管家。

這項目還是從秦四爺手中搶到的，雖然內容已經完全破解，但秦管家這邊只有阿海三個工程師，想在短期內把這個工程做出來太難了。

「他肯定不會放棄這工程的。」秦管家搖著頭往門外走，眉眼淩厲，「我現在擔心的是，他可能發現這邊的事情了……」

這段時間，阿海頻繁地來找秦漢秋，秦四爺不可能沒有懷疑。

阿海臉色一變，抿唇，「明天我不來了。」

秦管家點頭，微微嘆氣，只能這樣了。

他拿出手機，打電話給秦修塵。希望秦修塵加快進度吧。

＊

秦修塵這邊剛拍完宣傳照，去更衣間換了便服出來。

「秦影帝，電話。」門外等候的小助理看到他出來，立刻把手機遞給他，「是秦管家。」

秦修塵一邊接電話，一邊把外套披上，眉眼淺淡。

秦管家跟他說了秦陵老師的事。

「後天什麼時候的機票？」秦修塵坐到保姆車後座，扯下脖頸上的圍巾，指尖按著眉心。

經紀人正在低頭看熱搜，「上午十點四十分。」

秦修塵上個月接了一部美洲的電影。

對於國內演員來說，想要接美洲的電影不簡單，美洲是國際交匯之地，聚集著世界各地的人，秦修塵也是因為在國內如日中天，演技好，戲路廣，才能接美洲的電影。

要打入美洲很困難，行動也不是特別自由，尤其是過邊界時必須跟劇組一起，由專門的引路人蓋章。

秦修塵在美洲也不認識幾個人，想要在短期內幫秦陵找一個老師……很難。

「今天田瀟瀟和京協的消息怎麼更新得這麼慢？」經紀人坐在位子上滑了半天，也只看到一條田瀟瀟四級學員的消息。

不過他看評論，似乎又被人刪了不少貼文……

秦苒被刪就算了，經紀人能理解，畢竟她……有可能是大手筆自己刪，但田瀟瀟沒必要吧？

經紀人又點開一則貼文。

『浮生若夢：我發現了，只要不提到「某人」，貼文就不會被刪，所以這次是一個偶八新成員田瀟瀟的介紹文，話不多說，大家看圖（圖片）（圖片）』

「美洲的電影……」經紀人精神一振，一邊點開圖片，一邊問秦修塵：「你怎麼會突然想要去美洲？在那裡拍電影短時間內會回不來，你不怕秦四爺對付小陵跟秦管家他們？」

秦修塵接劇通常都在國內，防備秦四爺。

「幫小陵找老師。」秦修塵戴上眼罩，指尖一片冷白。

經紀人略微點頭，應該是幫秦陵找程式老師。

「不過也很難。」經紀人滑到下一張圖，低頭繼續看八卦，「我們在美洲沒有熟人，很難打通關係。」

美洲聚集著世界各地的人，盤踞著各方勢力。從那邊找個老師回來，確實比在國內好，至少秦四爺的手伸不到那邊。

「等等……」經紀人忽然看到一張圖，抬頭看向秦修塵，「秦影帝，我們或許有關係了！」

秦影帝原本昏昏欲睡，聽到這一句，他坐直身子，伸手扯下眼罩，一雙眸子黑漆漆的。

「你記得我中午跟你說的京協嗎？」

秦影帝伸手把眼罩扔到一旁，繼續點頭。

「京協的那魏大師常年出入美洲，每年幾乎有一半的時間在美洲，還是美協特邀講師，我覺得……他在京協肯定有人脈。」經紀人拿著手機，嚴謹地開口。

「他當然有人脈，不然徐家也不可能打通美洲市場，可能……還不小。」秦修塵淡淡開口。

他腦子聰明，玩政策心計就連秦四爺也得防備他，不然也不會小小年紀就成功逃脫秦四爺一脈的設計，還能保全秦管家一脈。

他之前也不關注京協，一心與秦四爺較量。今天經紀人跟他提起京協和美洲的連繫，秦修塵就想通了其中關鍵。

經紀人笑了一下，「所以說我們可能有人脈了。」

「你說魏大師？」秦修塵往後一靠，低笑，「我根本就不認識他……而且……」

秦修塵搖搖頭。就算找到了魏大師，憑什麼要求別人一見面就要幫你？

人情世故，哪有這麼簡單。若是秦家還在巔峰時期，魏大師可能會賣他這個臉，但現在……

秦修塵看向窗外，輕嘆。

「我們不認識，但有人認識，」經紀人看向秦修塵，把存下來的一張圖拿給秦修塵看，「那個田瀟瀟，網路上有人爆料她是魏大師的記名弟子。」

秦修塵一愣。

經紀人繼續微笑，「還記得她是你的影迷嗎？」

「我再想想。」秦修塵靠著椅背，抿唇。

他跟田瀟瀟認識是不錯，但找她老師這件事……

＊

亭瀾——

秦苒坐在沙發上，腿上放著電腦，正在整理自己半個月來在物理系綜合大樓做實驗的資料。

這些記錄之前程雋就幫她整理過，還算了幾個磁場電流資料。

徐校長讓她寫ＳＣＩ論文，秦苒沒言明會寫，但也有放在心上。畢竟ＳＣＩ論文是全球科研人員交流的資源，在學術界極其重要，碩士、博士的畢業評定，都要根據發表的ＳＣＩ內容影響大小評定。

研究院的職位評定、分配的資源也會根據ＳＣＩ的論文，也對研究領域有著舉足輕重的影響。

徐校長的專案還沒頭緒，秦苒就先撿起ＳＣＩ論文，上次的反應堆實驗就是素材，資料跟過程她做實驗的時候都有記下，應該能花一個星期整理好。

程雋端了杯茶，也沒坐在她身邊，繞到沙發後面。看到她是在寫論文，他才半靠著沙發背，慢悠悠地開口：「我姊說妳下個星期要去我家？」

他說的是上次程溫如跟秦苒提過的，程老爺生日的事。

秦苒頭也沒回，就是按著鍵盤的手頓了一下，聲音冷冷清清：「嗯。」

程雋本來在喝茶，只隨意問了一句。看她這個表情，他把茶杯放到一邊，然後順著沙發靠背趴下，靠近她耳邊，低眸，很驚訝：「真的答應了？」

秦苒側過臉，不想理會。

但程雋不依不饒，又纏著她問了好幾句，她才勉強「嗯」了一聲。

程雋這才站直，繼續靠著沙發背坐著，拿出手機點開程溫如的大頭貼，轉了一筆資金。

程溫如那邊先收了錢，回了個『謝謝財神.JPG』的圖片才傳了一個問號。

程雋就沒再回她了。

＊

與此同時，田瀟瀟的拍攝現場，她剛收工。

溫姊遞給她一個保溫杯，讓她喝了一口熱水，才跟著田瀟瀟往休息區走。

她包包裡的手機正好響了，溫姊一邊拿起手機，一邊道，「肯定是之前劇組的導演，知道妳紅了，來找……秦影帝？？」

溫姊看清了手機上顯示的名字，剩餘的話卡到半截。

「咳咳咳……」她身邊正在喝水的田瀟瀟聽到溫姊的話，不小心嗆到了。

她咳得滿臉通紅，然後擺手讓溫姊趕緊去接。

溫姊存了秦影帝跟他經紀人的電話，但從來沒有想過，秦影帝會打給她，也愣了一下才反應過來，連忙接起，手摀在嘴邊，壓低聲音，「秦影帝。」

態度一貫的沉穩。

秦影帝已經到家了，他打開冰箱，拿了一瓶水出來。他考慮了很久，才決定打給田瀟瀟的經紀人，『妳好，請問，田瀟瀟小姐明天有時間嗎？』

田瀟瀟今天晚上要一直加班到明天上午十點。

這個劇組是秦影帝介紹的，導演也對田瀟瀟十分客氣，將她的戲分安排得很集中。

「明天中午有時間，」旁邊還有其他工作人員，溫姊不敢再叫秦影帝，「您有什麼事嗎？」

秦影帝擰開水瓶喝了一口，『有件事想問她，方便跟妳們見一面嗎？』

溫姊還沒說話，一旁的田瀟瀟看著她瘋狂點頭。

「方便，當然方便。」溫姊沒好氣地看著她，但對秦影帝說話依舊帶著尊敬跟嚴肅。

秦影帝靠著沙發，聲音溫和，『好，明天我讓經紀人傳確切的地點給妳。』

兩人掛斷電話後，田瀟瀟抓著溫姊的手：「溫姊，快問我！快點！」

溫姊一愣，「問什麼？」

田瀟瀟雙手環胸，「妳的死亡三連問。」

溫姊：「……」

溫姊沉默了一下：「今天的妳被大導演挑中演女主角了嗎？」

田瀟瀟抬抬下巴，「當然。」

溫姊有點心累：「今天的妳跟秦影帝一起拍節目了嗎？」

田瀟瀟瞇眼：「一起錄了綜藝。」

溫姊面無表情：「今天的妳有一千萬粉絲了嗎？」

田瀟瀟笑了：「九百九十萬。」

*

翌日星期一，秦苒很早起，程木正拿著小鏟子從富貴樹邊的樓梯上來。

因為她比平時還早起，程雋還沒回來，秦苒就去桌旁拿了瓶牛奶，插上吸管，一邊喝一邊靠著桌子看向程木。

半晌，看得程木的背影都發麻了，她才收回目光，「程木，你們程老爺有沒有喜歡的東西？」

「老爺？」程木把鏟子放到花盆裡，認真地回想。

秦苒頭痛，她拉開椅子坐下，問得很明顯：「就……他生日時，程姊姊都會送他什麼類型的賀禮？」

「這個啊，山水畫，或者古玩。」程木想了想，開口，「老爺喜歡這方面的東西，上次大壽，雋爺還特地請姜大師到現場為他寫了賀詞。」

秦苒撐著下巴，點頭。

吃完飯，秦苒就去了學校，拿著自己的電腦跟徐校長給她的專案去了物理實驗室。

七點到實驗室時，廖院士跟左丘容那三人已經到了。

最外面那一區還有個空位，秦苒就把自己的電腦放下，又去後面的架子上拿了一本關於反應堆的資料。她拉開椅子坐下，看了一會資料才敲下一頁論文。

葉學長來外面拿零件，看到秦苒，笑著跟她打招呼：「小學妹。」

「葉學長。」秦苒抬頭，禮貌地跟他打招呼。

「也在寫論文？」他看了眼秦苒的電腦螢幕，看到了結構圖跟密密麻麻的文字，很尊重地沒有細看。

秦苒收回目光，又打開製圖，重新畫構建圖，「是的。」

葉學長提醒了一句，「實驗室外面的實驗器材妳都能用，最好是寫ＳＣＩ的研究方向。」

「謝謝。」秦苒誠懇地道謝。

葉學長朝她擺了擺手，說了句沒事就往裡面走，把手中的器材遞給廖院士。

「九點去看地下核反應爐，我上個星期已經申請好了。」廖院士觀察著反應，聲音平淡。

身邊的葉學長跟左丘容愣了一下，十分驚喜，左丘容立刻往外走，「我去準備。」

京大實驗室的地底下有一個早期十分神奇的反應堆，聽說是一個老研究員留下的，研究院的人都知道。

但這個反應堆不是誰都能看的，想要下去至少需要研究院二級的許可權，或者對實驗室跟研究院做出了巨大貢獻也能進去看一次，如左丘容跟葉學長，再過十年都不一定會有這個機會。

這就是跟一個好老師的重要性，雖然廖院士沒有收他們為徒，但一般實驗室的研究員都會帶著手底下的學員去，不會太苛責。

去地下的核反應爐需要專用的防護衣，左丘容去地上一樓申請。

廖院士的名聲響亮，一樓的工作人員一聽是他，連忙準備好的三套防護衣，遞給左丘容。

左丘容拿著特殊防護衣折回地下三樓。

輾轉間已經快到時間了，廖院士跟葉學長都換上了衣服，廖院士換好後先出去。

葉學長戴好帽子，抬頭看了看更衣間，然後拉開門詢問左丘容：「小學妹不去？」

左丘容一愣，然後開口：「他們只給了我三套。」

「我去問問廖院士。」葉學長直接往外面走。

「算了，」左丘容壓低聲音，看著葉學長，「快到看反應堆的時間了，就不要糾結這個了，耽誤時間，而且她去也沒什麼用。」

廖院士只申請了兩個小時，再上去申請一套特殊防護衣，來來回回又要一個小時，左丘容不想浪費這段時間。

葉學長沒有說話，只是走到外面。左丘容皺了皺眉，也跟了上去。

聽完，廖院士驚愕，「我忘了。」

他手扶著自己的金框眼鏡。

秦苒好幾天沒來實驗室，今天一來就坐在角落的電腦桌前。整個實驗室寬七公尺，長二十五公尺，就算是外層也有幾十平方公尺，又全是實驗臺，秦苒坐在角落確實沒什麼存在感。

左丘容穿著特殊防護衣，顯得身材高挑，她往前走了一步，「廖院士，小學妹是新來的，就算去看了那個反應堆也看不出什麼東西。」

她看了下時間，快九點了。

廖院士沒離開，他看向葉學長，語氣平穩，面容帶著些許嚴肅，「你讓她去一樓申請特殊防護衣。」

葉學長去通知秦苒。

秦苒這個時候已經放下了論文，正站在實驗臺前，重新做自己上次的反應堆。

聽完葉學長的話，她稍稍抬頭，眸色浸染著寒意，言簡意賅，「不用了，你們去吧。」

她做實驗的時候一向認真，白皙修長的手指在調節電流控制磁場，一連串動作有條不紊。每一個動作似乎都……非常自信，絲毫不拖泥帶水。

明明在做實驗，葉學長卻感覺她在不緊不慢的加工一件工藝品。

葉學長看著她，愣了一會才開口，「這次機會難得，不去的話，以後十年都不一定能再找到這樣的機會……」

他勸了一句，見到秦苒真的不去才轉告給廖院士。

「她不去？」左丘容詫異地看向實驗室。

葉學長複雜地收回目光，「她在做實驗。」

「走吧。」廖院士淡然地收回目光。

之前是他忽視了這個小學員，心裡十分過意不去才會讓葉學長去找她。

他這次主要是想帶葉學長跟左丘容去。

這兩人在他手下幫了這麼久都沒有被他遣散，是因為兩人的實作能力極強，又在研究院待了兩年，一直跟在自己身後研究反應堆。他會帶兩人過來，就是想聽聽這兩人對反應堆的發現，會不會為他們的研究開拓出一條新的思路。

所以秦苒拒絕了，他也沒什麼想法，這個小學員來不來他不在意。

秦苒做完了一整套實驗。

她低頭看著記錄能量的儀器，達到了她預估的最大值，這才鬆了一口，把實驗器材整理好，回到電腦前繼續寫。

十一點半，去看地下反應堆的廖院士等人回來了。

葉學長跟左丘容深有感觸，一回來都拿起電腦記錄靈感跟突破性的想法，廖院士則繼續回去做實驗。

秦苒把這一階段的實驗內容分析完後寫好，低頭看了下手機上的通知。

南慧瑤十分鐘前又打了電話給她。

她拿起手機解鎖，也沒回電話，她記得葉學長跟左丘容都說過廖院士喜靜。

直接點開微信，找到南慧瑤的大頭貼：『？』

南慧瑤似乎在等她一樣，回得很快——

『妳上午沒上課？核子工程的教室裡沒看到妳。』

聽起來還去核子工程的教室等了。

秦苒不緊不慢地回：『實驗室。』

南慧瑤：『中午十二點半，我們一起吃飯，離妳最近的那個食堂，三樓！』

半晌後，秦苒才回了個「好」。

回完，秦苒把手機扔到桌子上，忍不住捏著眉心。

她意識到南慧瑤的那句「我們」，肯定還有邢開跟褚珩……

盯著手機看了一會，秦苒繼續製圖，回憶著自己剛剛做的反應堆實驗，又重新畫了一張圖。

十二點一十分，秦苒把電腦裝進黑色的背包，輕聲拉開椅子，直接離開。

葉學長剛寫完自己的感悟，從自己的電腦前抬起頭，就看到玻璃窗外的秦苒隨手拎著背包離開。

實驗室外圍，廖院士想去倒水，路過一個實驗臺，看到儀器上的資料，眼眸一瞇，「你們在這裡做過實驗？」

他偏頭詢問在週邊的左丘容。

左丘容從電腦前抬起了頭，看清了廖院士指的實驗臺，搖頭，「我跟葉學長都是在第二層做實驗的。」

廖院士喝了一杯水，淡然地點頭，站在這邊思索了一會，然後看向秦苒的電腦桌。

*

十二點半，秦苒去見南慧瑤等一行人。

與此同時，京城一家隱祕的私人餐廳內，秦影帝跟經紀人先一步到達。

秦修塵坐到椅子上，把自己的水桶羽絨衣脫下來，掛到一旁。

經紀人拿起擺在桌子上的茶，為秦修塵跟自己倒了一杯，沒有立刻點菜，等著田瀟瀟跟溫姊過來。

「我還以為你不會找田瀟瀟。」經紀人拿著茶杯，看著秦修塵笑了一下。

秦修塵靠著椅背，修長的指尖有一下沒一下地敲著桌子，眸光淡淡，沒回話。

若是以往，他確實不會找她……只是現在，秦修塵想想昨晚秦管家跟他說的話，眸色微斂。

兩人正說著，經紀人的手機就響了，正是溫姊的來電，他連忙站起來開門，門外田瀟瀟跟溫姊剛好到達。

「快進來。」這家私人餐廳很注重隱私，經紀人不怕有狗仔，等兩人進門之後他才關上門。

「秦影帝。」溫姊跟田瀟瀟恭恭敬敬地打招呼。

秦影帝起身，表情中一貫的淡然又帶了些禮貌，「兩位，請坐。」

又把菜單遞給兩人。

田瀟瀟推拒，「秦影帝，你點什麼我們就吃什麼！」

這兩人誠惶誠恐，一道都不願意點，秦影帝沒逼她們點，而是遞給經紀人。

經紀人問了兩人的口味，點了一桌的菜。

等菜上了，秦影帝才抿抿唇，「我今天找田小姐……」

「不，秦影帝，您跟苒苒一樣，叫我瀟瀟就行了！」田瀟瀟哭笑不得，「苒苒要是知道您叫我田小姐……」

提到秦苒，秦影帝的表情也略顯柔和。

他沉吟了一會，詢問，「妳是魏大師的記名弟子？」

「是啊。」田瀟瀟拿起筷子，聞言，點點頭。

秦影帝似乎鬆了一口氣，他沒有吃飯，只是喝了一口茶，「妳跟妳的老師關係如何？」

「您說魏大師？」田瀟瀟拿起筷子，看向秦影帝，尷尬地咳了一聲，「他除了嫌棄我天賦不好……其他還可以吧。」

魏大師的三個徒弟中就屬她最差。田瀟瀟一向不對外說她是魏大師的徒弟，因為比起另外兩個徒弟，她何德何能……

田瀟瀟雖然嘴裡說著「還可以」，但表情騙不了人，關係應該不錯。

秦影帝沉默了一下。

田瀟瀟等了一會沒等到秦影帝說話，就抬頭詢問：「您是想問我老師的事？」

秦影帝放下茶杯，才遲疑地開口：「我今天找妳，是想有一件事想請妳幫忙……」

田瀟瀟連忙放下筷子，看起來很激動：「您說，只要有我能幫忙的，我田瀟瀟上刀山下火海都義不容辭！」

秦苒跟秦影帝等人幫了她那麼多……尤其是她找不到任何機會報答，畢竟這幾人都是大老等級的人物，田瀟瀟覺得除了端茶倒水，這一生她可能都找不到什麼報答的機會了。

此時聽到秦影帝有事找她，她能不激動？

經紀人坐在秦影帝身邊，看著田瀟瀟的模樣，不由得失笑，「沒上刀山下火海那麼嚴重，秦影帝想請妳幫忙引薦一下魏大師，不知道方不方便？」

他說完，就看到田瀟瀟激動的表情有些凝重。

大概幾秒後，她重新坐好。經紀人本來看到田瀟瀟的樣子，覺得她應該會答應，沒想到田瀟瀟會是這個表情。

他愣了一下，然後回：「如果不方便，就不用……」

「啊，不是，」田瀟瀟抬頭，「不是不方便，我只是在想你們為什麼會找我……」

田瀟瀟原以為這次秦影帝來找她，終於有她大展身手的機會了，誰知道……竟然是問魏大師的事情。

她拿起手邊的白開水，默默喝了一口，到最後她還是逃不開渣渣的命。

她的表情、語氣有異，讓經紀人看了眼秦修塵，秦修塵也一頓。

他微微抬眸，看向田瀟瀟，半低著眼眸抿了一口茶：「不能找妳？」

田瀟瀟的語氣不像是推拒，但這表情確實讓人捉摸不透。

「您等等……」

田瀟瀟把茶杯放到桌子上，拿出口袋裡的手機解鎖，找出秦苒的電話號碼，直接撥出去。

電話響了一聲，被接通後，她打開擴音。

「苒苒。」

聽到田瀟瀟的話，秦影帝滿是驚愕，他沒想到田瀟瀟會打給秦苒。

實際上……秦修塵之所以沒把這件事告訴秦苒，就是不希望秦苒認為他是看中了她的能力、人脈才會認她回來。

他一向有自信，可是面對秦陵跟秦苒太過小心翼翼，沒想到田瀟瀟會直接打給秦苒。

手機那頭，秦苒的聲音不緊不慢，『說。』

「秦影帝在我身邊，他今天來找我有事。」田瀟瀟手撐著下巴，慵懶的捲髮散下來。

秦苒此時已經到食堂了，抬手，讓南慧瑤跟邢開別吵。

瘋狂的南慧瑤瞬間為自己的嘴巴拉上拉鍊，然後坐到食堂的椅子上看著秦苒。

秦苒坐在她身側，擰眉，『什麼事？』

田瀟瀟一笑，「他找我連繫老師。」

她跟秦苒的共同老師只有一個，魏大師。田瀟瀟一說出口，秦苒就知道秦影帝要找的是誰了。

秦苒把吸管插進褚珩端來的四杯可樂中，頓了一下，『妳讓他直接來學校，我在校門口等他。』

兩人掛斷電話。

秦修塵按著眉心，修長的手指被壓得發白。他沒想到秦苒的朋友跟她一樣雷厲風行，「我就是不想讓苒苒知……」

「秦影帝，這件事她必須知道。」田瀟瀟搖搖頭，「網路上都說我是魏大師不入流的記名弟子。」

田瀟瀟後面這句話有些妄自菲薄的意思。

秦影帝身側的經紀人一愣，嚴肅地開口，「魏大師是美協的特邀講師，光是這一點，就算只是他的記名弟子都不一般。」

「可那只是因為苒苒考得好，魏大師一個高興，才勉強收了我。」田瀟瀟幽幽地看向經紀人。

因為秦苒考得好？什麼意思？

經紀人跟秦影帝似乎得到了一些資訊，但兩人都還沒想通，又或者是覺得那個想法太過離譜。

田瀟瀟繼續面無表情地開口——

「……苒苒上了大學之後，就再也沒有回小提琴協會，也沒有繼續往上升級，連練習都不去了，我覺得……她可能都忘了自己是魏大師的首席大弟子。」

*

京大食堂三樓——

秦苒掛斷電話，算了一下秦修塵過來的時間，估計要一點二十分以後。她靠著椅背，咬著吸管繼續喝可樂。桌旁，南慧瑤、邢開褚珩三人一動也不動地看著她。

「妳高中群組裡的人說的那個九州遊大老，是妳吧？」

半晌，三人中自制力比較強的褚珩率先開口。

秦苒翹著二郎腿，點頭。

三個人早就猜到這些了，此時聽到也不驚訝，但邢開依舊有些無法相信，「所以，妳真的是網路上傳言的陽神隊友？那個手速達到一千的OST手速最高的女成員？」

秦苒把可樂放到桌子上，拿著筷子吃飯，聞言，不由得按著太陽穴，「一千的手速你相信？」

邢開稍微鬆了一口氣，終於不再用那麼變態的眼神看秦苒了，「陽神的手速才六百出頭。」

正常職業選手的手速在三百到四百，六百已經是神人手速了。九州遊所有職業選手中，手速達到六百的也湊不滿一隻手，而一千超越了六百幾乎一半……這也太恐怖了。

至於邢開自己，手速一百，在普通人中已經算是不錯的手速。

「那妳手速多少？」身側，褚珩也開始吃飯了，他是三人中還保持著智商的一個。

秦苒吃了個排骨，今天的飯菜都是褚珩一個人打的。聞言，她頭也沒抬，語氣一如既往的散漫，「四年前跟楊非比過，七百三十。」

她的手速也是以駭客練起來的，九歲時，陳淑蘭手裡的老式電腦跟不上她的速度，經常她打完了一段代碼，那臺老人機要兩分鐘後才會完整顯示出來。秦苒就會下樓找陸知行、用他的電腦，沒過幾天，陸知行就幫她找來一堆零件和一本書，讓她看完後自己組裝一臺。

她說完，身側正喝著可樂的邢開成功嗆到了。

他抬頭看著秦苒，張了張嘴，半晌才吐出兩個字：「變態。」

南慧瑤不了解手速，兩人說話的時候，她就坐在一旁默默喝可樂。

一行人正說著，秦苒的手機響了一聲，是江院長，她接起。

江院長家裡，他最近春風得意，紅光滿面，『有一個專案比賽ICNE，明年五月，詳情我會寄到妳的信箱，妳注意一下。』

兩人說了幾句，江院長掛斷了電話。

秦苒放下手機，看向桌子上的其他三人：「你們知道ICNE嗎？」

邢開搖頭，褚珩也微微瞇了眼。

「我知道，」南慧瑤抬頭，「國際物理高科技創新大賽，科學界含金量最高的一個比賽，由全球十大最高學府跟三大科研院共同舉辦，今年五月就開始報名，上個月好像決出了一百個團隊的分賽區，A大好像有一支研究生隊伍入選了，明年二月舉辦國際決賽。」

南慧瑤是學生會辦公室的人，京大也有團隊參加，只可惜沒有被選上。當時京大的那份報名表是她整理的，因為涉及到她的專業，所以多看了一眼。

「不過，妳怎麼突然想到這個？」南慧瑤說到這裡，忽然想起來，「江院長是不是跟你說要參加明年五月的集訓跟分賽區選拔？大一就敢報名參加這個比賽……苒姊，妳果然是苒姊……」

其他兩人沉默了一下，一言不發地看向秦苒。

這個比賽是在專業領域有了一定成就的研究生，或者實驗室成員才敢去報名。

今年五月京大報名的兩個團隊都是物理系的在校研究生，總共十個人，都輸給了A大……

比起秦苒的其他囂張行徑，南慧瑤跟邢開三人覺得江院長幫她在明年五月報名……倒也還算正常……吧。

秦苒看起來挺淡定的，一邊吃飯，一邊翻手機上的信箱。

剛剛江院長只說了一句ICNE，秦苒沒聽懂，此時翻翻郵件，又聽完南慧瑤的解釋，她總算知道這是個什麼類型的比賽了。

秦苒點開江院長的大頭貼，然後回了一句回絕。

江院長：『為什麼不參加？』

江院長想讓她明年報名參加這個含金量特別高的比賽，積累聲譽。

他跟物理系的一群教授都認為秦苒現在在物理專業上的研究，已經有實力能參加這個比賽，所以準備在明年五月幫他報名。以秦苒現在在京大的知名度，江院長跟物理系對秦苒的成長十分關心。

尤其是秦苒不像宋律庭那樣有自己的老師，能為他安排一切，所以江院長跟物理系對她尤其在意，幫她規劃了接下來的事宜，但是他們不知道，徐校長對秦苒也有規劃。

秦苒想起了徐校長幾天前給她的那份研究專案。

幾天前就給她了，那天徐校長沒說是什麼，只讓她好好研究。今天看到江院長傳來關於ICNE的具體內容，秦苒就猜到了——徐校長手中應該有明年二月ICNE的決賽名額。

秦苒低頭，回了一句：**『我應該會參加明年二月的決賽。』**

徐校長早就給了秦苒目標，他要在明年三月舉辦繼承人儀式。

秦苒要在這之前進研究院，最直接的方法就是做出成績，有高水準的研究成果才能服眾。

秦苒今年才二十歲，ICNE是國際重要合作專案，這是徐校長按照各項規畫幫她找到的最佳路線。這個項目會於每年五月開始報名，徐校長手裡有一個總決賽的名額，因此他在今年五月就幫秦苒鋪好了路。為了這個繼承人，他花費了不少心思。

秦苒傳完之後，那邊的江院長好久沒有回覆。

江院長家裡，坐在他對面的周郢正拿著茶杯，不緊不慢地開口：

「秦苒沒有參加實驗室的特訓，所以一心搞研究的研究院教授也不知道她，等她明年五月參加了ICNE的比賽，會有大把的老師搶著收她做徒弟。」

搞研究的這些人，除了小部分心胸狹隘的，大部分都希望弟子青出於藍，能做出真正有用的研究。

周郢說完，發現江院長沒回應，反而看著手機發愣。

他喝了一口茶，叫了一聲：「江院長？」

「啊。」江院長回過神來，關掉手機又重新打開來看。

「你沒事吧？」周郢關切地詢問。

江院長搖頭，遲疑了一下，「我剛剛在跟秦苒聊天。」

「她想幹什麼？」周郢想了想秦苒令人摸不著頭緒的作風，坐直，「她不會又不想比賽了吧？」

「那倒不是。」江院長又看了一眼手機，確定自己沒有看錯之後，才回，「她說她可能要參加明年二月的決賽？」然後又把手機遞給周教授：「你幫我看看，我有沒有看錯？」

周教授呆愣地抬頭：「……」

京大食堂，幾分鐘之後，秦苒才收到江院長的回覆。

江院長：『……』

秦苒看了一眼，又回了句「謝謝江院長」，就把手機隨手放下。

「這個比賽是團隊賽，」飯桌上，南慧瑤還拿著筷子，好奇地詢問秦苒，「妳要參加比賽的話，找好隊友了嗎？我有幾個認識的學長……」

秦苒繼續吃著飯，聽到這句話，若有所思地看了南慧瑤三人一眼。

這類團體賽通常都有兩到五個隊員……但是徐校長並沒有給她指定的隊員。

她心裡盤算著，沒有立刻回答。

一點，一行四人吃完聊完。褚珩跟邢開兩人就是在網路上看到消息，來確認網路上的那個秦苒就是他們認識的秦苒，吃完飯就要回寢室，宿舍裡還有一大群兄弟在等他們的最新戰況。

南慧瑤看向秦苒：「妳現在要回實驗室？」

「不是。」秦苒搖頭，她把背後大衣的帽子戴上，又戴上圍巾，只露出一雙眼睛才慢吞吞地道：「我去大門外，有人等我。」

「那好，我正好要去步行街。」南慧瑤攬住她的肩膀，笑道，「那正好。」

四個人兵分兩路，一路回宿舍，一路去校門外。

不到二十分鐘，南慧瑤跟秦苒就到了門外。

今天風冷，又正好是星期一，大門口的人比平常少很多。南慧瑤也不急著去步行街，陪秦苒在這裡等人。

「苒苒，妳等誰啊？」南慧瑤把圍巾往上拉了拉。

秦苒站在路邊，目光隨意地看著單行道，一輛保姆車緩緩開過來，語氣漫不經心：「我叔叔。」

「妳叔叔？」南慧瑤點點頭。

總覺得有什麼地方不對勁。

正想著，那輛保姆車在不遠處停下。後座走下一個穿著水桶羽絨衣的人，臉上還戴著黑色口罩。

南慧瑤呆愣地看過去，指著秦修塵的方向，愣愣地問秦苒：「這不就是我男神秦影帝？」

跟在秦修塵身後下來，覺得連親媽粉都不會認出秦修塵的經紀人：「？？？」

您的眼睛是顯微鏡？

畢竟是秦苒同學，秦修塵也非常有禮貌地跟南慧瑤打了個招呼，「妳好。」

南慧瑤：「……」

啊，她想起來了——《偶像二十四小時》中秦苒是秦修塵侄女，她說的叔叔肯定就是秦修塵。

自從跟秦苒做了室友，真的驚喜連連，秦修塵是秦苒叔叔，她還能考進實驗室，還是至尊二十星……

她能面對面見到男神本人，似乎也不是特別意外……

五分鐘後，南慧瑤拿著特簽恍恍惚惚地走入步行街，精品店老闆客氣地問，「您需要點什麼？」

南慧瑤一抖，終於回過神。

第七章　苒爺依舊是苒爺

大門外，秦修塵的保姆車上。

秦苒坐到後座，將頭頂的帽子扯下，又拿出手機，直接翻出魏大師的號碼，撥過去。

電話響了兩聲就被接通。

「老師。」秦苒靠著車窗。

手機那頭的魏大師還在美洲。秦苒提前達到他預估的七級之後，他就不太限制她了。音樂這種東西，一般人要考勤奮學到中等水準不容易，但越往後越需要天分，有人會卡在一個瓶頸幾十年。

『怎麼突然連繫我？』魏大師擺手，讓身邊的人先出去，他站在窗外一笑，『是想通了，要來美洲？』

「那倒不是。」秦苒連忙否認，才道：「是我叔叔想要見你。」

魏大師這一個月都在美洲授課，對國內的消息沒什麼關注，『親叔叔？』

秦苒看了秦修塵一眼，「算吧。」

『好。』魏大師乾脆地答應。

秦苒掛斷電話，就把秦修塵的連繫方式傳給了魏大師，然後把魏大師的號碼報給經紀人。

經紀人記好，然後抬頭看秦苒……這就好了？

像魏大師這種殿堂等級的大師，不應該每天行程都很忙嗎？不是在準備演奏會，就是忙著給其他人上課，要不然就是在練習……

「你們明天要去美洲？」秦苒看向秦修塵。她聽田瀟瀟說秦修塵接了個美洲的劇本。

秦修塵點頭，「嗯，那邊有個電影，預計要半年。」

一些精良的電影要拍好幾年，半年只是秦修塵個人的參與時間，電影算是英雄主義，多主角，秦修塵的戲分需要拍攝半年。

「那正好，」秦苒重新把帽子戴好，「老師他也在美洲。」

她開了車門，拿著背包下車。

下午她沒有什麼實驗，就沒去物理實驗室，而是去圖書館完善自己的論文。

身後的保姆車上，經紀人默默看著秦苒的背影，然後將目光轉向秦修塵，沉默片刻後感嘆：「小侄女行事作風……深得你們家老爺之前的真傳。」

*

寧晴的公寓——

容色雍容的林婉敲門，沒過一會，寧晴開了門，「小姑？請進。」

她連忙讓林婉進來。

林婉坐在桌旁，看向寧晴，這次的笑容比以往更加和煦，親熱地拉著寧晴的手：「妳應該知道最近網路上的事情吧？」

寧晴嘴邊的笑容一滯。她最近這幾天都沒有睡好，心神不寧，神色也越漸疲憊。

秦苒跟秦影帝在網路上那麼紅，她怎麼可能會不知道？她更沒有想到，原本只是個搬磚工人的秦漢秋，竟然是秦修塵的兄弟……

看到節目播出時，寧晴的心臟都是麻的。

「我自然知道。」寧晴抽回了手，低頭幫林婉倒了一杯水，心頭也微微發苦。

林婉看著寧晴的樣子，就知道寧晴不清楚秦修塵的身分。她拿起杯子，壓住內心湧上的懊悔，「秦影帝實際上是秦家繼承人。說起秦家，妳可能很陌生，不只妳，我也不太清楚。但我們老爺跟我說了，秦家雖然現在已經沒落，地位也在京城金字塔的中間，要論在京城的地位，一百個沈家都比不上秦家。」

匡啷——寧晴手中的茶杯滾落在地，愣愣地看著林婉。

難怪上次秦語說秦漢秋隨隨便便買了好多珠寶給秦苒，她那時候還壞心地猜測秦漢秋是不是也被現實同化了。

*

翌日，美洲，下午四點半。

秦修塵跟經紀人剛出機場，跟隨在導演一行人身後。

金髮碧眼，帶領著大家的導演嚴肅地囑咐，「這邊是美洲境外，工作人員已經去辦美洲邊境的文件了。大家應該知道美洲的規定，都不要亂跑，否則出了什麼事我們也無能為力。」

其他人均點頭。

美洲停機坪這邊不像國內，被幾個勢力占領著，沒有特定的規則，不跟著團隊很容易出事。

在這個亂域，就算是四大家族的人都要遵守規則。

秦修塵一手拉著行李箱，穿著修長筆挺的大衣，在這個地方，他沒有那麼有名，可以隨心所欲，不需要穿水桶服以防被粉絲認出。

剛走幾步，外面寬闊的大道上，一輛黑色的車上走下一個年輕人。

「秦叔叔。」年輕男人直奔向秦修塵，十分有禮貌地彎腰，「您好，我是汪子楓，是師姊的師弟，魏大師讓我在這裡等您。」

別說秦修塵跟經紀人，就算是跟在兩人身側的導演也從來沒有見過這樣的情況。

「秦，你在美洲有認識的人？」導演震驚地看了秦修塵一眼。

在美洲，除非是駐紮在美洲的勢力、一些學院或者特殊旅遊團，否則不敢隨意在邊境開車。

其他人好奇地看向秦修塵。

秦影帝抿了抿唇，他跟導演打了個招呼，約好在美洲中心再見，就跟經紀人一起坐上車。

「真是麻煩您了。」竟然敢在美洲邊境外隨意開車，經紀人對汪子楓發自內心的敬畏。

他先前知道魏大師是美協的特邀講師……但實在沒有想到魏大師在美協的地位好像很高，不然他的弟子怎麼敢在美洲跟美洲邊境隨意來回？

因為汪子楓坐在副駕駛座，經紀人坐在後面，不由得傳訊息給秦影帝：

『這個魏大師不得了，難怪你說徐家沾了他的光，他的弟子竟然能在美洲這樣自由進入，要是小侄女也能來這邊就好了……』

經紀人不由得想起了秦苒，同時也有些疑惑。田瀟瀟說秦苒是魏大師的首席大弟子，那她怎麼沒來美洲？

四個小時後，晚上八點，汪子楓的車到達美協。

一行人下車，汪子楓詢問秦修塵，「秦叔叔，您要現在見魏大師，還是休息一下明天再見？」

從他的語氣中，秦修塵跟經紀人都聽出了一個資訊：魏大師會隨著他的時間來見他們。

秦修塵斂下目光，心中的疑慮越來越多，臉上卻是嚴謹有禮，「請問你知不知道魏大師什麼時間方便？」

秦苒為他介紹了魏大師，秦修塵自然不能讓魏大師留下什麼不好的印象。

看著秦修塵跟經紀人小心謹慎的模樣，汪子楓連忙擺手，然後笑，「秦叔叔，師姊可是老師唯一的關門弟子，老師為了她都能網開一面，她說不想來美協，老師就不逼她來，還把美協的名額給了我。所以，我們可不是對您假客氣，您別千萬這麼對我說話，我……」

汪子楓後面的話，秦修塵跟經紀人都沒有注意，腦子都在迴響著那一句——

她說不想來，美協老師就不逼她來，還把美協的名額給了我……

經紀人可能沒有什麼感覺，比經紀人了解美洲的秦修塵卻難掩震驚。

京城的四大家族都在想該怎麼打通美洲這條經濟脈絡，為了躋身美洲，不惜一切代價，他第一次聽到有人這麼囂張……連贈送的美洲學員名額都不想要……

經紀人跟秦修塵再次對視了一眼。

汪子楓看出了秦修塵的意思，他想了想，禮貌地開口，「您應該很忙吧？老師今天沒什麼事，不然我現在就帶您去見老師吧？」

「好，麻煩你了。」秦修塵禮貌地點頭。

汪子楓把兩人帶到魏大師的辦公室，幫兩人倒了茶，「您可千萬不要對我這麼客氣，老師大概還有十分鐘就到，我先去幫你們安排住宿。」

又陪了兩人幾分鐘，汪子楓看看手機上的時間，直接站起來。

他出門之後，經紀人才捧著茶杯，面無表情地看著秦修塵，似乎喪失了智商。

「秦影帝，你侄女……」

在國內，聽田瀟瀟說秦苒是魏大師的首席大弟子的時候，經紀人已經被震驚過一次了。

可來到美洲，親自驗證美協與魏大師在美協的地位，經紀人知道他在國內震驚還是太早了……

這次秦影帝想在美洲幫秦陵找老師，肯定會比想像中容易許多。

經紀人僵硬地喝了一口水。

*

國內，晚上秦苒沒有去實驗室，很早回來。還沒到吃飯時間，程溫如坐在沙發上跟她打招呼。

程雋把鑰匙往桌子上一扔，坐到沙發上，眸光移向程溫如，挑眉：「蹭飯？」

程溫如微微翹著二郎腿，也不理會程雋，而是看向正在喝水的秦苒，「苒苒，妳星期天是不是要來我們家？」

秦苒靠著桌子，聞言，也想起這件事，只是她的禮物還沒準備好。

她指尖敲著桌子，一邊想著要準備什麼禮物，一邊回應程溫如。

程老爺喜歡古玩、字畫，這些都不在秦苒的收藏範圍內，她手摸著下巴……常寧、何晨應該有門路。

想到這裡，她有禮地跟程溫如打了個招呼，去樓上。

「我們家爸爸聽說後，今天每頓都多吃了一碗飯。」程溫如遺憾不能跟秦苒多聊幾句，雙手環胸看向程雋，「家庭醫生嚇得來檢查是不是他哪裡出了問題。」

程雋靠著椅背，目光從樓梯上收回來，眸光慵懶，「今天就為了這件事？」

「倒也不是。」程溫如正襟危坐，「大哥最近很頻繁地接觸基地那邊的人。我們京城基地有兩個後起之秀，程青宇跟施厲銘，尤其是施厲銘，大哥都不遮掩了，明目張膽地拉攏。」

她說完，看著程雋的表情。對方淡漠地瞇著眼睛，眼尾還有些淺碎的光，眸光散漫，聽完也只風輕雲淡地「喔」了一聲。

程溫如瞇眼，「其他就算了，基地當時可是你一手帶起來的，你也不關心，不去拉攏一下那個施厲銘？」

聽到這一句，程雋終於坐直身體。

「你能聽進去最好，」程溫如鬆了一口氣，「不過那個施厲銘也不好拉攏，聽說大哥好幾個月前……」

「我說，」程雋終於有了反應，不冷不淡地睨向程溫如，「妳最近跟程管家關係很好？」

程雋說話一向沒頭沒腦。程溫如聽完，想了大概兩分鐘才搞懂。

程管家老了，話多，平常也記不住事情，會記在小本子上，有時間就碎碎念。

程雋……這是在拐彎罵她。

程木走過來看到程溫如的臉色，不由得關心地詢問，「大小姐，妳沒事吧？妳是不是跟程管家吵架了？程管家老了，妳也別嫌他話……」

程溫如：「……」

閉嘴，臭園丁。

樓上，秦苒打開電腦，先找了何晨。

何晨現在還在外面，周圍很黑。

『古玩字畫？』何晨放下手中的攝影機，把手機鏡頭對準自己，『這個妳去找巨鱷。』

秦苒指尖敲著桌子，挺詫異：「巨鱷？」

他不是一直在做高武生意？

『他那裡有很多東西。』何晨笑，『我在他的地盤跑了好幾年的戰地記者，有次偷偷溜進了他的私庫，他可是個收藏家，私庫裡什麼寶貝都能找到，縱國內外通古今，只要他能弄到手的，他都能弄進他的私庫，他絕對是全球最大的收藏家，妳只要一個電話，想要什麼就有什麼。』

巨鱷做的生意一向不正道，他看重的古玩鮮少有弄不到手的。

「好。」秦苒點點頭，「我再想想。」

她本來是想託這兩人幫她買，可是巨鱷的寶貝私庫……

『想什麼？雖然巨鱷唯一的愛好就是他的私庫，像寶貝一樣守著。』何晨的聲音倒是很淡定，『但妳不一樣，作為他的「大兄弟」，只要妳一句話，他會立刻大開私庫大門，各種古玩任妳挑。』

巨鱷跟孤狼可是有過命的交情，雖然孤狼早就把隨手幫的忙忘在腦後了……

秦苒掛斷電話，靠著椅背，還在考慮巨鱷的事。巨鱷的私庫裡肯定都是他收藏的寶貝，她也很猶豫。

樓下，程木在叫她吃飯，秦苒就暫且放下。

另一邊，何晨把攝影機扛在肩上，打開手機的特殊軟體，點開巨鱷的大頭貼，不緊不慢地傳了一句話，推波助瀾。

『**到報答你大兄弟的時候了。**』

邊境——

此時的巨鱷正把一張地圖收起來，一群手下走出木屋。

放在一旁的手機亮了一下，巨鱷隨手拿起來。

看清了懸在鎖屏頁面上的訊息，他原本漫不經心的隨意模樣瞬間嚴肅起來，也沒跟何晨廢話，截圖之後找出何晨的電話號碼撥過去。

「他有什麼麻煩？」巨鱷的語氣沉沉，眉眼剛硬又透著異域風情，表情肅然。

能讓何晨開口找他的，巨鱷猜不是小麻煩。

他正準備派出幾車人馬，他的大兄弟是個駭客，肯定貧弱不堪⋯⋯

『也不算是麻煩。』何晨扛著攝影機跟其他人打招呼，往車上走，『她看上你的私庫了。』

正在盤算自己勢力的巨鱷：「⋯⋯」

半晌，濃眉擰起，「妳確定？」

『確定，她需要一件古玩。』何晨坐好，向開車的人比了手勢，讓他開車。

手機那頭，巨鱷靠在椅背上半晌才吐出一句話，「妳覺得這叫報答？」

他的命豈是區區一件古玩能比的。

『除了這樣，你覺得你還有什麼能幫到孤狼的？』何晨毫不留情地嗤笑。

巨鱷：「⋯⋯」

何晨把攝影機放到身邊的座椅上，『我把她電話給你，你自己連繫。』

亭瀾，秦苒正在樓下吃飯。

「苒苒，星期天我來接妳吧？」程溫如手上拿了杯酒，輕笑著看秦苒。

秦苒還在吃飯，聞言，抬了抬頭，「都行。」

程溫如抿了一口酒，挑釁地看了程雋一眼，程雋沒理會她。

飯吃到一半，秦苒放在碗邊的手機就響了，是一個境外手機號碼，沒有署名。

她看了一眼，吃飯的手頓了下。

「秦小姐，」隔了兩個座位的程木提醒她，「電話。」

「我去接個電話。」秦苒不動聲色地拿著手機去樓上。

在電話要掛斷的時候，她剛好關上房門，接起。

一接起，對面就是一道男聲，發音不太標準：『孤狼？』

跟常寧他們都熟到不行了，秦苒也沒有開變聲器，只靠在門上，「巨鱷？」

她的聲音又清又漫，聽得出孤冷，就像她在網路上說話的語氣……

但，巨鱷無法接受這是一道女聲。

嘟嘟……

手機那頭，巨鱷「啪」的一聲掛斷電話，站在原地頓了兩分鐘，打了電話給何晨確認。

何晨還在車上，靠著椅背笑，『你完了，你竟然敢掛你大兄弟的電話……』

巨鱷拿著手機的臉有些龜裂，半晌後，他打開特殊軟體，打了通視訊電話給孤狼。

對面彷彿在等他一般，沒兩秒就接起來。

影片那頭的人把手機放到桌子上，然後拉開椅子坐下。畫面中的女生眸色清冽，一頭烏黑的頭髮順著白色綿軟的家居服蜿蜒而下，玉色姝華。

這張臉可是比他小十歲！幾年前更小吧！

巨鱷作為一二九的元老，自然也跟著其他人查過幾個頂級駭客的真身，但沒有一個跟孤狼對得上。就這張臉，若不是有何晨提醒，就算孤狼本人站在他面前，他也不敢認！

「妳等等。」半晌，巨鱷終於反應過來，沉穩地拿著手機出去，「我去私庫。」

他走出木屋。木屋外，是一片恍如白日的森林，森林中錯落地建了不少奇形怪狀的房子，頭頂還能聽到直升機的盤旋聲。

邊境，一個不受國內勢力掌管的範圍。

沒過幾分鐘，巨鱷走到一處黑色的大鐵門外。

看守大門的年輕人站直：「老大，今天要入庫？」

巨鱷淡淡地點頭，他開啟了瞳孔認證，年輕人在他前面帶路，順著樓梯往地下走了好幾樓才到他的私庫。

打開燈光，把手機攝影機對準私庫。

透過影片，秦苒能看到巨鱷的私庫。最外面是擺放在玻璃櫃中的古老青銅器，兵劍、鎧甲，國外具有歷史性的武器之類的；中間那間擺放著各類玉器、珠寶裝飾品，再往裡面才是各色的原稿書畫、瓷器以及硯臺擺設。

這裡面的任何東西，要是被外界識貨的人看到，絕對會陷入瘋狂，可惜看到的是不懂這些價值的秦苒。

巨鱷停在最裡面那間，把所有東西展示給秦苒看，他本人一向比網路上冷淡，「大……古玩字畫都在這邊，看中什麼就說。」

他這句話才讓一直在帶路的年輕人發現巨鱷手上還有一支手機，似乎在跟人視訊通話……還讓人隨意挑這裡的收藏品。

年輕人心底驚駭，這位究竟是哪個大老，竟然能讓他開放自己的私庫？

這些字畫都被櫥窗保存得很好，秦苒對這些沒研究，她隨意看了看，然後指了中間一幅：『中間那個。』

清冷的女聲。

年輕人壓低了頭，不太像之前總是在這裡混的神祕女戰地記者的聲音，更年輕一些。

他正想著，巨鱷已經跟那女生掛斷了視訊。

又半晌，年輕人終於聽到了自家老大的聲音：「讓人把這幅畫拿出來裱裝。」

「是！」

年輕人拿出手機開始連絡人，目光看向自家老大指的那幅畫，又是一陣呆滯……

亭瀾，秦苒掛斷電話，下樓繼續吃飯。

程雋等人已經差不多吃飽了，但都在等她下來。

看到她，程溫如手拿著酒杯，隨口問了一句，「跟誰講電話到現在？」

「我朋友。」秦苒想了想，回答，「我讓他寄點東西給我。」

程溫如本來就是隨口問問，也沒追根究底地詢問到底是什麼朋友，反倒跟秦苒聊起了程家老宅那邊的事。

*

第二天，秦苒依舊去實驗室。

她晚上研究論文到兩點，仍準時過去。而廖教授那三人都是實驗狂人，不管什麼時候她到實驗室，他們都在。

秦苒如以往一樣，坐在角落裡的電腦前開始寫論文。

最裡面的廖高昂從昨天中午就沒有看到她，他做完一項實驗，一抬頭，就看到了最外面的秦苒正在翻兩旁架子上的書。

「妳去讓她進來。」廖高昂手按著眼鏡，微微偏頭，淡淡地朝左丘容開口。

左丘容愣了一下，她看了眼廖高昂，又看了眼外面的秦苒，不知道是什麼表情。

她抿唇走到了外面，伸手敲了敲秦苒的桌子，開口：「廖院士讓妳進去。」

說完直接轉身，走進實驗室裡。

正在打論文的秦苒也是一頓，廖院士一向不准她踏入最裡面的實驗室，今天倒是奇怪。

她關掉了電腦，站起來，伸手慢慢把防護衣的釦子一粒粒扣好，這才朝裡面走。

葉學長正在幫廖院士做實驗，看到她，用口型說了一句：「恭喜。」

廖教授只開口讓秦苒幫了幾個小忙，其餘時間，秦苒都在看廖院士做實驗。廖院士作為一級研究員，實驗資料繁瑣，一般新人會跟不上他的節奏，不過秦苒一直在旁邊觀摩，也學到了不少。

她動手的機會遠沒有葉學長跟左丘容多，饒是這樣，葉學長跟左丘容都覺得不可思議。

午休，葉學長跟秦苒一起去更衣室。

「廖教授至少要一個月才會試著接受一個陌生人。」葉學長不由得壓低聲音，對秦苒道：「妳才來一個星期。」

秦苒換上自己的外套，眉眼散漫，只是笑了笑，沒有說什麼。

午休，秦苒一向會在圖書館看書。

內層實驗室裡，左丘容跟葉學長都在，左丘容拿著實驗器材，轉身看向廖院士，問得似乎挺不經意：「廖院士，以後都要讓小學妹進來嗎？」

廖院士坐到自己的電腦面前，眉眼依舊冷淡。他點了點頭，又開口：「妳跟妳葉學長是不是在準備一個國內專案比賽？」

聽廖院士這麼說，左丘容的臉色變了變。

好在廖院士只說到這一句，就沒再往下提了，左丘容這才吁出一口氣往外走。

而裡面，廖院士打開了文件，忽然想起什麼。拉開抽屜，拿出上次放進去的秦苒資料。

上次左丘容把信封交給他之後，他就隨手放到了這裡。

實驗室的器材肯定不會有什麼問題，昨天他也一一詢問過左丘容跟葉學長，外面那個實驗確實是秦苒做的，那麼高的資料波動……就連廖院士也為之震撼，只是昨天一下午都沒有看到她的人。

等到今天上午，他讓秦苒進實驗室，幫他做各項研究的時候，她的動作完全不顯慌亂，雖然有幾個點不太清楚，但只要他稍微一提，她就能立刻反應過來。

廖院士一邊想著，一邊拆開原木色的文件袋。

每年物理實驗室的新成員檔案都會被保留起來，包括報名考核的依據、入實驗室的成績，方便各個實驗室的教授跟研究院評估這些新學員的潛力。

這些新成員確實如同左丘容之前所想，在京大、A大是天之驕子，但比起實驗室，乃至研究院的這些研究狂人就差多了。

每年實驗室的新人也只有一兩個極為出色，能被各大實驗室的老師看中，但這一兩個都會在進實驗室之前，就被培訓的教授或者研究員提前挑走，比如上半年的宋律庭，一月參加培訓的時候就被研究院的研究員提前看中了。

秦苒動手的能力有點出乎廖院士的意料，所以才會想看看這個新學員入實驗室的成績。

廖院士翻開第一頁，是普通的入學資料。

『秦苒

大一新生

科系：主修自動化，輔修核子工程』

大一新生？還是輔修，就能考進實驗室？

翻到第一頁，廖院士除了實驗，對其他事都毫無波動的臉上，終於浮現了一絲驚愕之色。

這份資料太震撼了，大一就能考進實驗室的新生……她的考核分數呢？

廖院士繼續往後翻。

報名資格：點數評估為十

物理實驗室考核筆試：三百

物理實驗室考核子試驗：一百

實驗室綜合評估：十

實驗室一向會做綜合性的評估，滿分為十分，但因為這是綜合性的人工評估，是主觀題，除非真的有學員出色到負責評估的實驗室人員都不得不佩服，不然很少會出現滿分……

實驗考核滿分一百，那她應該是做了S級的實驗，尤其是就算是修輔系，她的報名資格點數評估也是滿分……

廖院士的大腦也隱隱發熱，面前的電腦已經打開了，他卻還是半點反應都沒有，怔怔地低頭看著手中的資料。他怎麼樣也沒有想到，來他實驗室的這個新成員竟然評估滿分……

「廖院士？」葉學長拿了一本列印好的地下反應堆觀看報告過來，遞給廖院士。

他叫了一聲，廖院士卻沒什麼反應，半晌才反應過來。

「小葉，你覺得你小學妹怎麼樣？」廖院士手壓著眼鏡。

葉學長一愣，不過還是開口：「小學妹做實驗的能力不錯。」

他昨天看她做了反應堆的實驗。

廖院士坐在位子上，略微頷首。

*

第七章 萬爺依舊是萬爺

中午，雲錦社區——

秦語站在社區門外，手上還拿著手機，在跟寧晴通話。

手機那頭，寧晴的聲音複雜又夾雜著莫名的情緒，『妳爸爸是鯉魚躍龍門了……』

秦語的心彷彿被狠狠刺了一刀，尤其是聽到寧晴說秦家家大業大之後。

她抬頭看著面前的社區，雲錦社區雖然不如亭瀾，卻也是名副其實的富人區，一套房產也要幾千萬，自嘲：「難怪姊姊身上穿的戴的無一不是名牌，爸爸他是不是忘了他還有一個女兒？」

秦語捏著手機，骨節都泛著青白色。

雲錦社區沒有業主記錄過的人員不得隨意進入，秦語就在原地等著。她身上裹著大衣，等了好久才等到拎著兩大袋菜的秦漢秋回來。他穿著剪裁得體的羽絨衣，言行舉止間除了有些憨厚，其他跟以往幾乎天差地別。

若不是那張熟悉的臉，秦語都不敢相信那是秦漢秋。

「爸……」秦語扯下自己的圍巾，往前走了一步。

這道聲音有些熟悉。秦漢秋往前看去，一眼就看到了站在大門口的秦語。

他腳步頓了頓，然後不知想起了什麼，臉色一變，拔腿往社區內跑，嚇得保全以為他遇到了搶劫犯，拿著電擊棒出來巡邏。

門外，已經準備好一番說辭的秦語看著秦漢秋的背影，愣了半晌才反應過來……秦漢秋連見都不想見她……

秦語跟寧晴通過電話，一開始來找秦漢秋的時候還不甘願，可現在眼看秦漢秋住高級公寓，秦苒在網路、學校都混得風生水起……

秦語內心只剩下滿腔懊悔。

早知道她那個搬磚的爸爸有這樣的身世，她在雲城的時候，怎麼樣都不會跟他鬧得那麼僵。

秦語站在路邊，臉色蒼白。

嘰——一輛車在她身邊停下。

副駕駛座的窗戶降下，露出一張中年男人的臉，「我們秦四爺要見妳。」

*

下午兩點，秦苒在圖書館查完了一些要引用的資料，才拿著背包回到實驗室。

實驗室內的廖院士還在做實驗。

秦苒就拿出電腦，將寫完的論文從頭到尾瀏覽了一遍，把所有圖表整理好打包，又登入自己的信箱，輸入投稿信箱後點了發送。

「小學妹。」身後，葉學長拿著杯子過來，「在投稿？」

「嗯，一篇論文。」秦苒關了投稿頁面。

她手速快，不然葉學長一定會看到她填寫的信箱是他非常熟悉的ＳＣＩ物理刊物收件箱。

「才來實驗室就寫了一篇研究論文，」葉學長收回了目光，笑著詢問，「研究什麼方面的？」

「反應堆。」論文發過去，就等期刊那邊審稿了，秦苒關掉論文介面，眉宇挺淡。

葉學長點點頭，然後看向廖院士：「廖院士讓妳過來。」

秦苒收好書，跟著葉學長進去。

裡面，廖院長對這幾個人分配了下午的任務。他指著電流磁場調試器，「按照我的模擬要求，算好最佳磁場。」

以前這種工作都是左丘容跟葉學長負責的。

左丘容把前期資料算好，葉學長按照資料幫廖院長調試磁場。今天多了一個秦苒，左丘容抿唇看了秦苒一眼，沒有說話，看起來要比往日沉默很多。她拿過自己的電腦，開始計算資料。

秦苒倒沒有那麼急，而是站在葉學長的實驗臺前看葉學長的實驗過程，兩小時後才去拿自己的電腦算磁場跟電流。

兩個小時後，下午六點多一點，秦苒一邊構畫著模擬圖，一邊檢測最佳資料。

手邊的手機亮了亮，正是程雋問她今天幾點出來。

秦苒想了想，告訴他十分鐘後。

十分鐘後，她算好了資料，直接列印出來，遞給葉學長，指尖蒼冷。

旁邊，左丘容還在電腦面前算著繁瑣的實驗資料，沒有注意到其他人的情況。

葉學長埋在一堆磁場裡，一臉崩潰。看到秦苒遞過來的資料，他愣了一下，旁邊的廖教授還在忙，左丘容還在算數據，他壓低聲音，驚愕地開口：「算好了？」

秦苒點頭。

葉學長接過來，看了一眼：「這麼快？」

秦苒跟葉學長打了個招呼，就出去把自己的背包收好，又去更衣間換了件外套，這才出去。

物理實驗室門外，程雋也剛停好車沒多久。他站在車邊，穿著黑色的羊絨大衣，直接敞開，露出裡面的黑色襯衫，銀色的雙排釦在燈光下反射著冷芒。

手上還拿著手機，顯然是跟人在講電話。

看到她走來，他一邊往她這邊走，一邊跟手機那頭的人說了句就掛斷電話。

「妳這什麼破實驗室，每天六點以後離開。」打開車門讓人進去後，程雋才拿了車鑰匙。

秦苒手撐著下巴，語氣不緊不慢，「論文已經寫完了，等審核。」

至於之後，徐校長的那個ICNE國際賽才是第一要事。

她週末研究了兩天，對這個研究也有了一些構想，不過……關於她的隊員，不知道徐校長會不會同意全由大一的新生組成。

實驗室內——

秦苒走後一個小時，左丘容算出了她的理想答案。

「算出來了？」實驗室很大，廖院士從另一處走過來，聲音一如既往。

「剛剛算好。」左丘容拿著自己列印出來的紙，走到廖院士構建的反應堆前。

葉學長反應過來，也拿出秦苒之前給他的紙：「小學妹也給了我一份數據。」

廖院士看了眼葉學長手上的數據。

左丘容則是看也沒看那份資料，也沒有說話，她只是站在機器面前，將電流跟磁場密度一一調整成自己算出來的數據。

實驗反應堆是廖博士下午精細調整好的。各項反應堆不能超過〇點〇〇一的誤差，這是專業工匠才能達到的誤差，至於磁場力道跟大小也需要精密的核算。

左丘容調整好自己算出來的磁場，就目不轉睛地看著反應堆跟計算能量的儀器，五分鐘後，反應完成，計算能量的儀器也記錄了反應中的最大資料——

反應能量：２．５４ｋｗ

看到這個資料，左丘容鬆了一口氣。

比上次的２．２７多了０．２７ｋｗ的能量，雖然說大部分是因為廖教授這次的反應原料比例調得相當成功，但她算出來的數據顯然也沒有問題。

她抑制住內心的喜悅。

廖院士臉上的情緒變化卻不大，他只是略微點頭，然後側身看向葉學長，淡淡開口：「小葉，你用秦苒計算出來的磁場試試。」

左丘容的目光落在葉學長手上的那一份資料，眸色微斂，卻沒有說什麼。

她退到了一邊，把位置讓給葉學長，對葉學長手裡的那份數據並不在意。

她跟葉學長跟在廖院士身後兩年，這兩年廖院士雖然醉心於研究，但她跟在他身後也學到了很多，對於今天這份數據自然也有十足的自信。

左丘容一邊想一邊看向葉學長。

葉學長調整好秦苒算出來的磁場資料，就退到一旁等待。

五分鐘後，資料儀器記錄表更新——

反應能量：2．93kw

幾乎達到了3kw的飽和。

左丘容淡淡地抬頭，靠著實驗臺，隨意地看向儀器上的數據。原本漫不經心的臉變得驚愕，身體也慢慢站直。

別說左丘容，就連葉學長也愣了一下，他怔怔地偏頭看向廖高昂，「廖院士，小學妹把你的反應堆資料算到了極致……」

廖高昂看著2.93的數字，一向清冷、毫無波瀾的眼睛也亮了幾許。

「你小學妹的天賦不錯。」半晌，廖高昂說了一句話。

左丘容跟葉學長在廖高昂實驗室幫忙了兩年，也沒有得到過一句正式的讚賞，這是他第一次在實驗室誇人。

左丘容跟葉學長面面相覷。

晚上，兩人忙完要回宿舍，在更衣間換衣服的時候，葉學長忍不住感嘆：「小學妹很厲害，我看她今天真正用來算數據的時間也不過兩個小……」

他還沒說完，左丘容就套上了自己的外套：「擔心一下你自己吧。」

廖院士說過他只會收一個弟子，左丘容原本以為她的競爭對手只有葉學長，誰知道……竟然還有秦苒。

＊

亭瀾——

今晚程溫如跟程老爺都沒來，程金倒是回來了，一行人吃完飯都坐在樓下沙發上。

「你這完全是不要命的玩法，」程雋坐在秦苒身邊，一手放在她背後的沙發上，半低頭看著她玩遊戲，修長的指尖點著她的關卡頁面，「難怪妳會比我快二十秒。」

並總結出他的過關記錄比不上秦苒的原因。

對面的程金：「……」

跟一個頂級駭客比玩遊戲……雋爺，你怕不是瘋了。

「總部已經完全搬到京城了，」程金咳了一聲，然後把電腦頁面打開遞給程雋，「您看看。」

程雋隨手接過電腦查看，秦苒也關掉了遊戲介面，然後打開微信，最新一條是巨鱷傳過來的訊息。

巨鱷：『貨已經發出了，預計星期五到。』

巨鱷手中的畫是古董，過關什麼的都很麻煩，又在邊境，所以他是派專人送過來的。

秦苒回了個了解，就返回點開徐校長的大頭貼：『**你讓我研究的那個專案，我的隊員可以自己選嗎？**』

兩三分鐘後，徐校長慢悠悠地回：『可以。』

秦苒想了想，說了老實話：『**我大一的同學。**』

徐校長：『……』

他想收回那句「可以」。

徐校長沒有再回，而是打了一個電話給秦苒。

程雋兩人還在討論公司的事情，秦苒就走到陽臺上接起電話，聲音又清又冷，「徐校長。」

徐老那邊頓了一下，嚴肅地開口，『妳確定要帶幾個大一新生？』

秦苒雖然也是新生，但徐校長知道她跟其他新生不一樣，聽到她要找真正的新生當隊友……饒是徐校長也忍不住抽了下嘴角。

「還行，你說的那個研究專案，我先前就接觸過。」秦苒趴在陽臺上俯瞰大學城，眼睫垂著，遮住了微黯的眸子，「徐校長，我外公以前就研究這個項目。」

徐校長半晌沒有說話。

秦苒等了三分鐘，徐校長才輕嘆一聲，『到時候妳把名單給我。』

「好。」秦苒點頭，手指慵懶地敲著陽臺，「大一新生去參加那個國際賽應該沒問題吧？不知道他們心理承受能力大不大……」

徐校長手按著額頭，之前的悲傷全都化為烏有，有些崩潰，『所以妳的那些同學都不知道還同不同意？？』

*

三天後，星期五，物理實驗室。

「秦苒，妳來把原料配好。」廖院士退到一旁，讓秦苒動手。

左丘容站在一旁，雙唇緊抿。

在實驗室內，學員就跟外面的實習生沒什麼兩樣，實驗室的所有教授跟跟研究員都不會輕易讓實驗室的學員碰重要的實驗，至於反應的原料……

廖院士這裡，只有葉學長調過一次，左丘容來兩年也只是幫幫忙，但秦苒這才來多久？

不說左丘容，秦苒自己都注意到了廖院士對她的態度變化。

今天廖院士主要在研究理論方面，手頭的事情不多，左丘容心煩意亂的，也不在內場礙事，拿自己的電腦去最外面，繼續寫自己的ＳＣＩ論文。

她的論文已經到了尾聲，之後再給廖院士看一遍就能投稿了。

想到這裡，左丘容勉強壓住內心的躁意。

而實驗室裡面，看著秦苒輕車熟路的樣子，葉學長由衷地讚嘆：「小學妹，妳的手太穩了，如果妳不是新學員，我都懷疑妳在實驗室待了好幾年。」

秦苒放下手中的儀器，輕描淡寫地笑了笑，「可能吧。」

實驗室裡一向冷清，連物品碰撞的聲音都極其清晰，廖院士站在秦苒剛剛調配的實驗原料旁看了一會，忽然想起什麼。

他看向葉學長，「小葉，你跟你學妹的那個比賽團隊有幾個人？」

「四個。」葉學長回。

「那還差一個，能再加人嗎？這對你們也有好處。」

廖教授都開口了，葉學長自然不會說不能，他笑了笑，「應該沒有問題，我跟學妹他們也還在準備。」

廖教授這才轉過身，一雙冷寂的目光看向秦苒，「秦苒，妳跟妳學長他們一起去參加那個比賽，那是國內頂尖的航太推動器項目，拿到好名次很重要。」

無論是進研究院，還是正式成為研究員的評估，參與過的重要科研跟國際合作專案內容都極其重要。

廖院士記得秦苒的那份資料上寫著她主修自動化，航太推動器很符合她的科系。

秦苒本來想說她有個國際比賽……她沒聽徐校長說過這個國內航太比賽，不過她想了想，也沒拒絕廖院士跟葉學長的好意。航太推動器對她來說比徐校長那個專案簡單多了……畢竟她早就跟陸知行學完了自動化。

徐校長為她拿到的是頂級資源，不代表其他差一些的資源不重要。

葉學長收起手上的文件，「晚上我跟其他三個人商量一下，我們已經開始準備一個月了，要重新報名。」

他是這個項目的隊長，雖然已經開始準備一個月，但廖院士說秦苒能幫到他們……一定不會有錯。

中午吃飯，葉學長重新打了一份報名表放在一旁，團隊中除了左丘容，其他兩個都是男生。

左丘容伸手拿起了葉學長列印出來的報名表：「我們要重新報名？」

她目光往下移，一眼就看到了最下面一行的兩個字：秦苒。

「我想讓小學妹加入我們……」葉學長還沒說完。

左丘容眸色冷漠地看了葉學長一眼，什麼也沒說，直接把這份報名表撕成兩半。

在場的其他三人都沒有想到左丘容會有這個動作，一時間氣氛凝住。

葉學長的話也卡了半截，他看著左丘容抿了下唇，一向溫和考究的面容浮現了慍怒：「左學妹！」

左丘容的表情卻更憤怒，她看向葉學長，言辭犀利：「我們研究了一個月，都已經有策劃了，卻要在這個時候讓她加入，坐享其成？」

從幾天前，廖院士讓秦苒參與研究開始，左丘容就心如蟻噬了，廖院士對秦苒的看重她都看在眼裡。

作為研究員的學員，左丘容原本也不是小肚雞腸的人，她當時忍耐了一個多月，才讓廖院士願意讓她進去幫忙、才得到了廖院士的信任，如今廖院士對秦苒的寬容態度讓她忍不住嫉恨。

「我們這一個月根本就沒有研究多少內容，這一點妳也清楚。」葉學長耐下性子跟左丘容講道理，「廖院士說了，小學妹在這方面能提供幫助……」

就算沒有廖院士的話，就憑秦苒昨天天賦異稟的計算，葉學長也願意讓她加入。

左丘容慢慢將紙張揉成一團，看著葉學長冷笑：「提供幫助？她一個剛進實驗室的新學員想要進我們的團隊？葉學長，你回去告訴她，讓她進實驗室老老實實學個三年五年再來參加這樣的比賽，之後再跟我說她能提供我們幫助！」

她把紙隨手扔到桌子上，飯也沒吃，直接拿著自己的鑰匙跟手機離開。

研究院的人都極其講究資歷，秦苒這種新學員，就跟剛進大公司的實習生沒什麼兩樣。

左丘容跟葉學長進研究院好幾年了，才熬到如今這個地位，而秦苒這種連研究院都還沒進，就在物理實驗室遇到剛好來做實驗的特級研究員的學員，幾乎鳳毛麟角。

左丘容跟葉學長不歡而散。

剩下兩個隊友面面相覷，這兩個人都在讀博士，知道葉學長跟左丘容在特級研究員的實驗室工作，他們這個專案的大方向還是由廖院士指點的，所以對新成員的半途加入並不反感，尤其對方也跟葉學長在同一個實驗室，只是……兩人也不敢隨意加入左丘容跟葉學長的戰爭。

「葉學長……」兩人看向葉學長，做起和事佬，「別因為一個新加入的小學妹，跟左學姊鬧得不愉快。」

這兩人想要熄滅戰火，左丘容看起來氣得不輕，想必沒有和解的可能，只能從葉學長這邊著手了。

一個在項目上跟葉學長一樣占有領導地位，又不知道名字的小學妹，和一個領軍人物左學姊，這兩個新成員嘴上講和，但實際上心裡的天秤已經偏到了左丘容那邊。

多一個或少一個小學妹都無所謂，但葉學長跟左學姊這兩個核心人物一個都不能少。

＊

下午，廖教授的實驗已經進展到了中期，他最近偏愛讓秦苒算各種磁場電流資料。

葉學長吃完飯回來就一直心事重重。

等秦苒算完了最新資料之後，他才有些愧疚地找上秦苒，壓低聲音，「小學妹，抱歉，報名表不能更新了。」

不好意思跟秦苒說左丘容撕了報名表。

秦苒放下電腦，聽到葉學長的話，她也沒失望，只是笑了笑，眉眼依舊清淡：「沒事，還是謝謝學長的好意。」

這讓葉學長更加愧疚。

他心事重重地回到自己的工作臺，在各種競賽的群組裡尋找其他還沒湊滿人數的隊伍，只是找了一圈都沒有找到合適的隊伍。

完全沒有想到秦苒半點也沒有受到影響。

她坐在椅子上，甚至找出南慧瑤、邢開跟褚珩的大頭貼，創了一個群組。

南慧瑤：『我靠，苒苒妳被盜了？？？』

邢開特別激動：『老大，妳是不是要帶我們打遊戲了！』

褚珩倒是挺正常，沒說什麼，只詢問秦苒是不是有事。

秦苒手指撐著下巴：『沒有，就是有一個物理研究專案還缺幾個隊友，你們有興趣嗎？』

褚珩：『最近京大、A大都盛行的市內機器人研究？』

因為雲光財團發表的智慧型機器人跟智慧管家，國內外的學校都掀起了一股智慧研究風格，物理系今年成了熱門科系，預計明年的高考分數又會高出幾分。

南慧瑤：『這個我喜歡！』

心裡還想著九州遊的邢開記得自己是全班倒數第一：『……我可以嗎？』

秦苒慢條斯理地點著手機：**『沒意見我就報名了。』**

這三個人除了邢開還有些糾結，其他兩個人都答應得非常爽快。

提交名單需要幾天等待回饋，明天又是周末，秦苒就跟他們約好了下個星期一詳聊研究專案，三個人都傳了個「ＯＫ」的貼圖。

確定三個人都要參加，秦苒這才向徐校長通知人選，把三人的名單傳過去。

徐校長先是回了一串「……」，接著又回了一句：**『剩一個名額，還有什麼人要參加嗎？』**

秦苒手撐著下巴：**『沒。』**

跟徐校長確定好名單後，她就關掉手機。

當然，秦苒並不知道她離開之後，那三個人都不約而同地在京大資料庫找了一堆機器人跟人工智慧的資料。

秦苒重新打開徐校長之前讓她研究的專案。

γ射線、α射線在電子之間的碰撞吸收，會產生新的放射性物質……

γ射線更會利用反應堆核能躍遷，產生對人體影響最大的射線，侵蝕核酸跟蛋白質跟酶，導致體內各種細胞無法正常運轉，載體蛋白失去運轉功能等等，造成細胞衰老死亡。

這一點，至今只有顧西遲跟程雋發表的醫學研究報告攻克了載體蛋白活性的難題，他們研究出來的一種酶啟動了載體蛋白的活性，只是陳淑蘭沒有堅持到那時候。

她一輩子都跟在這個研究做抗爭，卻都沒逃過輻射的命運。

秦苒抿唇，翻到下一頁。

*

晚上六點，程雋拿了車鑰匙，出門接秦苒。

他出去後，只剩程木一個人。沒多久，程溫如進來等秦苒放學，她要跟秦苒商量星期天的事。

秦苒還沒回來，她就將電腦放在腿上，處理公司的一堆郵件。

程木跟程溫如打了個招呼就坐在飯桌上，拿起手機，正在跟施厲銘聊天。

施厲銘：『我什麼時候能見到秦小姐？』

程木：『後天。』

非常言簡意賅，似乎對秦苒的行程瞭若指掌。

施厲銘非常膜拜：**『謝謝程木先生。』**

程木本來想說不用謝，還沒傳出去，外面的大門就被人敲響了。

打開門，是一個穿著黑衣服的人，眉眼一看就是個練家子，手上拿了個快遞盒，但本人看起來並不像是快遞員。

「您好，請問秦苒小姐住在這裡嗎？」黑衣人禮貌地詢問。

程木面無表情地點頭。

黑衣人就把手中的快遞遞給了程木，「這是秦苒小姐的快遞。」

說完，連代簽都沒有讓程木簽，直接轉身進了電梯，行事作風跟其他快遞員完全不一樣。

程木已經不是第一次替秦苒收東西了，他面無表情地把秦苒的快遞拿進門，然後隨手放在沙發旁的桌子上，等秦苒回來。

「苒苒的快遞？」程溫如抬眼。

程木「嗯」了一聲，繼續轉身坐回飯桌旁的椅子上，打開手機。

程溫如多看了一眼，快遞上只手寫了收件人的名字跟連繫方式。

寫單子的人看起來非常暴躁，只寫了一通狂草？什麼亂七八糟的收件名？

程溫如端詳了半天。

「以」？

「的」？

「lv」？

「vw」？

「lw」？

第八章　自帶光環

實驗室——

秦苒打完最後一份資料，側身，長睫微垂：「葉學長。」

葉學長接過數據，看著秦苒，不由得張嘴：「小學妹，我再幫妳找一個比賽……」

秦苒還未說話，在一旁忙著的廖院士抬眸，聲音一向冷淡：「你們的參賽人選定了？」

葉學長抿唇點點頭，剛想用他準備好的說辭，進來拿實驗器材的左丘容有禮地開口，「抱歉，我的另外兩個隊友不同意再報一個新人。」

另外兩個隊友為了不讓左丘容生氣、挽回隊友，下午還特地打電話、傳訊息給左丘容，好生安慰了她好幾句。兩人會選擇葉學長跟左丘容誰也不得罪，也沒有讓人特別意外。

葉學長聽完，就沒有再說話了，他轉身沉默地比對著秦苒給他的資料，調節磁場。

「妳那兩個隊友不同意？」廖院士看了左丘容一眼，然後又收回目光，轉向秦苒，頓了一下才開口：「既然那兩個隊友不願意跟妳一起組隊，不用勉強，這段時間注意一下實驗室跟學校發起的比賽，我再問問其他教授……」

廖院士雖然一直沒有收徒，但受到他指點的博士生、教授不少。至於葉學長的隊伍，廖高昂也沒辦法逼迫他們。

左丘容聞言只淡淡一笑，沒有說話，兩邊的手卻握緊。

秦苒正把自己中午從圖書館借來的書放回背包，聽到廖高昂的話，她搖頭，「謝謝廖院士，不過我手中已經有一個研究項目了，也跟同學組好了隊。」

聞言，葉學長跟廖院士都很驚訝。

廖院士一向話少，而葉學長挺高興的，「那太好了。」

左丘容微微靠著桌子，看向秦苒，有些好奇地抿著唇笑，「沒想到學妹手頭上也有專案比賽，據我所知，今年京大沒有開設幾項比賽，小學妹是參加了哪一個？」

秦苒屈指將背包拉鍊拉上，抬眸看向左丘容，不緊不慢地開口：「ＩＣＮＥ決賽。」

說完，也不看左丘容的反應，有禮貌地跟廖高昂、葉學長打聲招呼，直接拿著書包離開。

ＩＣＮＥ，物理界的殿堂，還在深造的學生最高的殊榮。寫十篇影響因數大於二十五的ＳＣＩ論文，也比不上參加一次ＩＣＮＥ決賽得來的獎章。

還在大學物理系的新生可能還不知道這是什麼比賽，但這是每個讀研、讀博的人最想要參與的研究專案。

連葉學長都愣了半晌才忍不住感嘆，然後笑起，心底也輕鬆起來：「難怪我下午跟小學妹說名額沒有了，小學妹很淡定，原來她自己也有比賽，ＩＣＮＥ決賽，這起點夠優秀……就算不拿獎也沒什麼，還好我沒真的拉小學妹加入我們，不然就妨礙到她了。」

這個決賽就是全球各大頂尖物理研究生夢寐以求的比賽，葉學長都想問問秦苒缺不缺助手或是打工的了。

廖院士重新轉回身體，微微頷首，難得發出一句讚賞：「她這比賽確實不錯。」

一旁的左丘容除了笑，半句話也說不出來。

她原以為秦苒是急著參加比賽，才會想加入他們的專案，她才極力阻攔，誰知道秦苒自己本身就有參加比賽……還是ＩＣＮＥ……

秦苒會自己說出來，左丘容自然不覺得她在說假話。

比起知名度，她跟葉學長報名的比賽雖然在所有項目中算不錯，但跟秦苒的ＩＣＮＥ比起來，根本就是小巫見大巫。

左丘容抿唇，尖酸的嫉妒啃噬著她的心……一句話也說不出來。

這根本就不是同一個等級。

秦苒不知道左丘容現在的想法，此時她已經走出了實驗室的大門。

十二月接近下旬，京城終於迎來了第一場雪。

雪花並不是特別細密，速度也不快，慢悠悠地從空中降落，大朵雪花落在地上就化開了。

程雋站在路燈下，低頭看手錶的時間。

身影修長，身上跟頭頂有幾朵雪花，被路燈一照，清冷中帶了一點暖色調。

他伸手漫不經心地把肩上的雪花拂下，一抬頭就看到了秦苒，動作稍停。

等秦苒走到身邊，他就伸手把人抱住，把冰涼的手放到她的脖頸間一秒就放開，笑著問她，「妳冷不冷？」

「不冷。」秦苒抬頭讓他上車，車沒熄火，空調還開著。等他上車了，秦苒才問他在外面等了多久。

「十分鐘？」程雋將車開入大道，偏頭看了她一眼。

今天晚上突然下雪，路上的人都變少了，他開車過來的時間比以往少幾分鐘。

秦苒點點頭，手放在車窗上，撐著下巴想著實驗室的事情。

實驗室現在都是廖院士的研究，之後她也會有自己的研究，幾種放射性的研究不可能帶回去研究，以後時間可能會更晚……

這樣想著，秦苒不由得靠著車門，看著程雋，略微思索。

兩人一路回到亭瀾。

大廳裡，程溫如腿上還擺著電腦，看到秦苒回來，她隨手把電腦放到一旁，「苒苒，回來了？」

程木也從木桌邊站起來，跟秦苒、程雋打了一聲招呼。

秦苒在玄關旁換鞋，又把背包放到一旁，跟程溫如打了個招呼。

程雋懶洋洋地將腳踩到毛茸茸的拖鞋裡。

「對了，苒苒，這是妳的快遞。」程溫如把桌子上挺長的盒子遞給秦苒，還指著那落款詢問秦苒：「這是什麼字？」

秦苒低頭看了一眼，抿唇，然後把鬆鬆地貼在上面的單子撕下來，扔到垃圾桶，乾脆俐落。

「我朋友是半個外國人，不會寫字。」她偏頭跟程溫如解釋。

程溫如點頭：「難怪。」

她看了半天都沒看出來。

第八章 自帶光環

秦苒又要拆快遞，程木就立刻下樓，把自己修剪花草的剪刀拿來給秦苒，讓她剪開膠布：「秦小姐，妳朋友寄了什麼？」

「大概是一幅畫？」秦苒漫不經心地打開。

程雋隨意坐在她對面，看著她的快遞盒，略微挑眉。

盒子上蓋了兩個章。

「妳朋友是境外的？」他往沙發上靠了靠。

其中一個章分明就是境外的。

秦苒點點頭，「嘶」的一聲撕掉膠布。

「境外進來的東西竟然沒被檢查？」程溫如翹著二郎腿看秦苒的快遞。

程木的記性還可以，他恍然大悟，「秦小姐有個戰地記者朋友。」

「戰地記者？」程溫如很驚訝：「很厲害。」

敢去戰地當記者的，都不是什麼普通人。

兩人正說著，秦苒已經拆開了大紙箱，裡面放著一個長方形的木質禮盒，包裝得古色古香，還有兩個小型木盒。

程雋掃了一眼，就知道長方形木盒裡面裝著畫，漫不經心地開口：「妳還準備了禮物？」

不用猜這幅畫是為誰準備的。

秦苒漫不經心地「嗯」了一聲，她打開盒子外面精巧的小機關，掀開蓋子。

裡面是一副捲好的畫，邊緣微微泛黃。

程溫如以前也為程老爺搜羅過幾幅畫，一看這成色就知道大概是古董，看到秦苒要動作隨意地拿起來，她連忙開口：「別隨便打開，小心損壞。」

秦苒就放下手，把蓋子闔上。

程溫如又指了另外兩個木盒，「那兩個是什麼？」

秦苒也不知道，她只讓巨鱷寄一幅畫過來。

想了想，伸手拿起其中一個木盒。裡面是一個藍色的簪子，簪子上還鑲嵌了細碎的翡翠，有金色流蘇，看得出年代，但顯然被保存得很好，色彩明豔，工藝精細華美。

秦苒看不出這是什麼簪子，只是隨手拿出來，對著光把玩了一下，「沒有看起來那麼重。」

向來不太懂這些的外行苒淡淡評價。

身側，程溫如收回目光，看著秦苒有些驚嘆：「這是妳哪個朋友送的？」

「我兄弟？」秦苒瞇著眼回答。

兄弟？程雋朝秦苒看了一眼。

程溫如也一愣，「妳兄弟送妳一個點翠簪？還是保存得這麼完美的？妳確定這是妳兄弟？」

「這叫點翠？」秦苒沒想到程溫如會一連問出這麼多問句，隨手把點翠簪遞給程溫如，「妳喜歡就拿走，我兄弟那還有很多。」

秦苒漫不經心。

她記性很好，雖然不知道這叫什麼，卻記得巨鱷的第二個收藏間裡有好幾個這樣的簪子。

秦苒對這些沒有興趣，沒研究過考古，也沒研究過古董，見程溫如似乎挺有研究，就直接扔到她手上。

「這點翠保存得確實很好。」研究過考古，還復原過古文物的程雋淡淡開口，漫不經心地抬眸，指尖掠過手中青瓷色的茶杯，「色澤這麼鮮豔，在現存的點翠中算是數一數二的。姊，送給妳就收下吧。」

點翠現在已經失傳了，剩下來都是保存的古物，但因為歷史悠久，很多點翠都失去了光澤，保存得像秦苒手中這麼精美的是鳳毛麟角，收藏家不會拿出來讓人看一眼。

程溫如連忙把手中的簪子小心翼翼地還給秦苒，「不行，這個我不能收。」

這東西有市無價，收藏價值高到離譜，就算秦苒沒研究也不在乎，程溫如也絕對不會收。

程雋冷冷看她一眼，「妳看不上？」

秦苒偏頭看著程溫如，冷白的手指稍頓：「這東西放在我這裡，哪天丟了都不知道。」

程木在一旁舉手，老實地開口：「秦小姐有一顆很大的粉鑽，某天從行李箱中滾出來了，還是我撿回來的。」

程溫如：「……」

她被迫接受了這個點翠簪。

至於第二個木盒正常多了，只是一顆看起來很大的珍珠。

程溫如稍微鬆了一口氣。

＊

與此同時，程家——

程老爺又多吃了半碗飯，容光煥發的。

飯桌上，程饒瀚放下碗，看向程老爺：「爸，最近有什麼喜事？」

「沒什麼喜事，」程老爺拿起身邊的消食茶，低眸抿了一口，威嚴的表情略微緩和，精明的眸底掩飾不住的笑意：「後天苒苒要來家裡。」

秦苒來京城這麼久，程饒瀚一直沒查清她的底細，大概是被程雋保護得很好。只知道她姓秦，老爺跟程溫如叫她「苒苒」，其他一概不知。

查不出來，程饒瀚就沒有繼續往下查，一個外地女子，程饒瀚沒在她身上花太多精力，不過此時看程老爺的樣子似乎很喜歡她，最近幾天心情都很好。

程饒瀚淡淡收回目光，「嗯」了一聲，沒說什麼。

一頓飯吃完，程老爺去逗鸚鵡，程饒瀚回到自己的廂房。

「大少爺，後天程家大大小小的管事都會回來慶生，」身側的手下恭敬地說，「我打聽到施厲銘也會回來。」

程老爺年紀大了，身體也一直很不好，都靠著醫學研究院的藥物跟忘憂續命，生日是過一年少一年，因此不管是不是壽辰，程家大大小小的管事都會回來。

程饒瀚一頓，他站在畫廊窗邊，略微思索，「後天我要親自去見施厲銘。」

「是！」

手下說完，卻沒離開，遲疑了一下，再度開口：「老爺說的那位秦小姐……」

「不用管，」程饒瀚聲音淡淡，「程雋帶她回來剛好，各大小管事堂主負責人都會回來，也讓大家看看他這個為美色惑人的性格，適不適合當家主。」

語氣中蘊含著幾分譏誚。

因為二堂主的關係，程雋在程家也漸漸有了些呼聲，程饒瀚正在煩惱這件事，程雋就送了大禮給他。一個大家族的家主自然要娶實力相當的主母，程雋這次帶人回來，至少會失去大半人心。

＊

星期六，眾多網友期待的《偶像二十四小時》在晚上八點繼續播出。

這次雖然沒有秦苒，但程溫如也看了，因為聽說有秦苒的弟弟，程溫如還沒見過秦苒的弟弟。

陸家——

陸照影側躺在沙發上，耳朵上的耳釘反射著冷芒。八點，他手上拿著遙控器，隨意轉到直播間。

今天沒有秦苒，彈幕終於恢復正常。

『歡迎大家回歸偶像二十四小時』

『節目組：我太難了，我今天終於可以是偶像二十四小時了（流淚）（流淚）』

然而，進行到中期，所有人都看到秦陵眼睛眨也不眨地解開了一個魯班鎖——

『哈哈哈哈！看到秦影帝跟言天王他們的傻眼眼神沒有？截圖！都給我截圖！哏圖！』

『小侄子：沒想到吧？』

『好了，歡迎大家收看偶像十小時』
『節目組……？？？』
『節目組：今天又是難上加難的一天（微笑）』
『節目組：我靠？？』
『線上卑微求節目組，少出一點智商題，你們難道不希望節目長一點嗎？』
陸照影在校醫室曾被秦陵看的書打敗，此時看到這一幕一點也不意外。
沙發後面，穿著睡衣、敷著面膜的婦人走過來，一把揪住他頭上的幾根紫色頭髮，「陸照影，你還沒把你這幾根紫毛剪掉？」
「我靠——媽，下手輕一點！」陸照影往後退了退，然後向婦人介紹，「給您看，我為您介紹一下我認的弟弟跟妹妹——」
他伸手一指電視，電視上正好是秦陵冷酷的小臉，一雙眼睛黑漆漆的。
陸媽媽看了一眼，一把扯掉臉上的面膜，站在原地看了半晌。
見陸照影要溜走，她也沒動，只伸手抓住陸照影的衣領，十分溫和地開口：「那小孩你認識？我不打你，你說。」
陸照影確定不會挨揍，這才坐在沙發上，「我跟您說了，那是我認的弟弟妹妹，說過多少次了。」
「你說過的那個苒苒？」陸媽媽居高臨下地站著。
陸照影抬起下巴，大手一揮，十分自豪：「當然，他們是不是跟您很有緣？」

「我想見他們。」陸媽媽瞥陸照影一眼。

陸照影嘀咕一聲，「見什麼見，她都不接我電話……我靠，我靠，媽，我答應您！我幫您約她！約！一定約！」

*

星期天，程溫如按照約定的八點半來亭瀾接秦苒。

今天雖然是老爺生日，但因為不是壽辰，程老爺也沒有收其他家族的禮物，只舉辦大型的家宴。程溫如裡面穿了白色荷葉領上衣，底下是紅色長及腳踝的半身裙，外面隨意的披了件羊絨大衣。

她敲開門，一看秦苒依舊是黑色的大衣，一愣，轉向程雋：「弟弟，你已經窮到買不起衣服了？」

程雋淡淡地瞥她一眼，「妳也只能靠花俏的衣服。」

程溫如：「……」

今天的程雋怎麼還沒爆炸？？

程溫如今天自己開車，她把程雋趕去駕駛座，拉著秦苒坐在後面。

程木則自己開另外一輛車先行回去了。

程溫如跟秦苒稍微介紹了下程家，又看了眼程雋，壓低聲音，偷偷開口：「老宅就是一個四合院，但後門不遠處有個古建築，今天人有點多，妳要想逛的話，一天逛完太累了，住一天的話應該能逛完……」

亭瀾離老宅很遠，但今天是周末，路上也沒塞車，一個小時出頭就駛進了青石板的大路，最後停在一處擺著兩座石獅的厚重古樸大門前，程雋拔了車鑰匙下車。

與此同時，程家——

迴廊盡頭的大堂裡，幾個管事已經先行抵達了，程饒瀚今天很早起來，正在陪這幾個管事喝茶。

程管家匆匆從大堂後面轉出來，表情看得出來激動喜悅。

走到一半他才意識到大堂內有人，他停下來，十分有禮貌地跟程饒瀚還有幾個管事打招呼。

程管家是在程老爺手底下幾十年的心腹，如今能坐到這個地位，就算是程饒瀚，也要給程管家幾分薄面。

幾個管事連忙站起來，回禮。

「管家，您這是要趕去幹嘛？」程饒瀚放下手中的茶，看著程管家，十分疑惑。

程管家微微彎腰，手上還拿著個小本本，蒼老的眉眼掩不住笑意：「秦小姐到了，我正要去接她呢！」

說完，程管家跟幾個管事打了個招呼，直接朝門外走去。

繞過兩邊長廊，程管家就看到正從大門口進來的人。他把小本本放到胸前的口袋裡，然後微笑著上前，眉眼飛揚：「秦小姐。」

而後又跟程溫如、程雋問好。

「你們來得正好，我先帶你們去正院見老爺，他念你們一個早上了。」程管家側身，在前面帶路。

今天是個大日子，程家各個管事階層及以上的人都會回來為老爺慶生。

程老爺每次早上八點就會穿戴好，在正屋裡等待各位管事、堂主以及程家的各個晚輩。

每年程家最熱鬧的日子，除了大年初一就是程老爺的生日，整個程家都喜氣洋洋。

程管家在前面帶路，秦苒走在程雋身邊打量畫壁長廊，古樸厚重的氣息撲面而來。

程家只開闢了大四合院的前半部分，後面只是裝潢，偶爾會招待客人，並不住人。

不過五分鐘，程管家帶著一行人繞過一個又一個的迴廊，才到達程老爺所在的正院。

老爺今天穿著一身繡著「福」字的深藍色長衫，盤鈕精神奕奕地扣到了領口，頭髮梳得一絲不苟，一根根銀絲摻雜在黑髮中，滿是溝壑的臉上看得出蒼老，但深褐色的眼睛卻炯炯有神，精神抖擻，正坐在黑色的檀木椅上，面容威嚴地跟大堂主說話。

人老了，但威嚴還在，氣勢淩厲，大堂主每一個字都小心翼翼地斟酌。

老爺似乎沒在聽，他一手拿著白瓷茶杯，一手不緊不慢地拂開茶末，眸光不時看向門外。

不遠處，隱隱有說話的聲音傳過來。

「老……」

大堂主放下茶杯，剛想離開，就看到老爺一下站起來，看向大門外。

臉上的威嚴雖然還在，但那雙淩厲的眸子似乎緩和起來。

大堂主一愣，也連忙站起來，看向門外，究竟是誰能讓老爺的態度變這麼多？

剛想著，門外的程管家就進來，微微彎腰：「老爺，大小姐、三少爺跟秦小姐回來了。」

說完就側身讓三人進來。

「好，」老爺笑了一聲，臉上顯而易見的興奮，「快坐下。」

大堂主也連忙和程溫如、程雋打招呼，不敢再看其他人。

另一邊，程管家走後，幾個管事面面相覷。

「大少爺，那位秦小姐……」有人頓了一下，看向程饒瀚，目帶疑惑。

程管家這麼緊張？親自出去迎接？

程饒瀚拿著茶杯，漫不經心地開口，「我三弟在外面隨便認識的一個女人，你們也知道我爸相當溺愛三弟，都不管他怎麼胡來。今天我爸生辰，他竟然還把人帶回來。」

聽著程饒瀚的話，其他幾個管事面面相覷，平常他們也聽到了一些傳言，不過這群人都沒有將這些風花雪月放在心上。

年輕人胡鬧都很正常，等年紀到了，自然就知道什麼才是最適合自己的，才會老老實實地聽家族的安排。眼下……程雋竟然還將人帶回來了？

程家內部本來就流傳了一些傳言，那女人聽說連書都讀不好……哪配得上……

要當程家的少夫人，最少要跟程饒瀚一樣，娶一個門當戶對，能鎮得住場面的女人。要是娶一個唯唯諾諾、沒有氣勢又小家子氣的女人……這不是會讓整個京城的人看笑話？

關於程雋身邊那位「秦小姐」，沒人比程饒瀚清楚。因為他跟歐陽薇交好，從歐陽薇那裡打聽了一點，知道更確切的消息，最早傳言是扶貧縣的人。這種人沒有經過世家子弟的培養，不像程溫如曾受過專門的禮儀訓練，連氣勢都撐不起來……

門外有人進來。

程饒瀚對程雋帶回來的女人不感興趣，他只是微微側了身，壓低聲音，拿著茶杯遮住嘴角，詢問剛進來的手下：「施厲銘先生來了沒有？」

他從一早起來就等到現在，知道施厲銘等人一定會過來為老爺慶生，但等了一個多小時都沒有等到人。

「還沒有，」屬下低頭，「快了。」

程饒瀚收回目光，略微點頭。

既然施厲銘還沒有來，程饒瀚也不著急，他放下茶杯站起來，十分閒情逸致地看向幾個管事：「幾位隨我去看看校場的年輕子弟？」

一人站起來，恭敬地道：「我們要去正院拜訪一下大小姐跟三少爺，大少爺要和我們一起去嗎？」

程溫如跟程雋不住家裡，幾位管事一年也只會見到幾次，這兩人回來，管事們肯定要去拜訪。

而且……這幾位也想見見程雋到底帶了什麼樣的人回來。畢竟這位「秦小姐」在大家口中傳了這麼久，都沒有人見過，之前程管家的態度也吊起了他們的好奇心，現在有機會，這群管事自然也有幾分好奇。

看到他們都要一同前去，程饒瀚搖頭，似笑非笑：「諸位先去，我去一趟校場。」

手下跟著程饒瀚往門外走，「大少爺，我們不去正院看大小姐跟三少爺他們？」

「沒什麼好看的。」程饒瀚淡淡開口，「走吧。」

他穿過側屋，往後面的校場走去。

程饒瀚一心急著拉攏施厲銘，哪有興趣去看程雋帶回來的、來歷不明的女人。

而大堂裡的幾位管事等程饒瀚離開就去正院，「三少爺行事一向詭異，我倒是好奇他帶回什麼樣的女人……」

幾個管事一邊說著，一邊往正院走。

不到三分鐘，一行人就到達了老爺所在的正院。

「老爺、大小姐、三少爺。」一群管事彎腰，一一見過這三人。

行過禮，這幾個管事才站起來，坐到大堂主這邊。

剛坐好，就看到對面坐在程雋身邊的女人，幾個管事拿著茶杯的手都一頓。

那女人正在跟老爺說話，聲音不大，不急不緩。

縱使整個大堂中都是程家的高層，她也絲毫不顯怯場，就是坐姿有那麼一點囂張，翹著二郎腿，手指白皙修長，拿著茶杯，猶如寒玉。半低著頭，眉略微挑著，張揚又鋒銳。

剛剛在外面聽程饒瀚說過程雋帶回來的女人，言辭間極其看不起她，但……幾位管事坐在這位秦小姐對面之後，心裡對秦小姐的形象有了一定程度的改觀，不說其他，就她面對程老爺、大堂主還能保持著不卑不亢的鋒銳氣勢……

整個京城的名媛圈也找不到幾個，跟大少爺的形容不太一樣。

「爸，您先會客，我帶苒苒去看看我的廂房。」程溫如喝了一杯茶，她怕秦苒不想聽這些管事堂主的寒暄，把茶杯放在桌子上，開口。

程老爺今天高興，眉飛色舞地擺手：「好，你們先帶苒苒去玩。對了，程管家，你為苒苒準備一個手爐，把我庫房裡的披風也拿出來，溫如，妳帶苒苒去看看校場那些……」

程溫如擔心秦苒不習慣，程老爺自然也擔心。

畢竟他們都知道秦苒是個研究腦，程雋也告訴過他們，她不太喜歡參與太複雜的關係。

程老爺一連叮囑了程管家好幾句才放他們離開。

大廳內，幾個管事眉宇間略有異色，看來老爺是真心喜歡這位秦小姐。

程溫如一邊帶秦苒去她的廂房，一邊跟秦苒講解。

「別聽她的。」程雋接過程管家遞來的狐裘披風，從背後繞過去，披在秦苒肩上，修長的指尖慢條斯理地綁著帶子，「哪有那麼多歷史，房子都不知道翻修了幾遍。」

程溫如想要跟他爭辯，口袋裡的手機響了一聲。她拿出來一看，是一條訊息。

看完，程溫如的眉頭擰了一下，她側身看向程雋，也不當秦苒是外人，她壓低聲音，語氣嚴肅，「三弟，那個施厲銘已經到了，大哥在校場堵著他，你真的不打算去見見？」

「不見。」程雋停下來，朝程溫如看一眼，眸色猶如長廊外飄飛的細碎冰雪，語氣散漫。

程溫如眯眼，「你……」

這也不是她第一次聽到程雋這麼說了。程溫如盯著他看了一會，然後擺手，攏著自己的大衣：

「算了，就算你真的找他，他也不一定會理你，大哥拉攏了幾個月都沒消息。」
「三少爺，老爺請你回去一趟。」有傭人站在對面的迴廊開口。
程雋慢吞吞地「嗯」了一聲。
他扯了扯衣領，回來一趟就是麻煩，今天程家幾個老一輩的人都回來了，他現在要回去一一見人。
程雋收回目光，看向程溫如。
程溫如讓他快離開，「我帶苒苒一路逛到我的廂房，你待會直接來廂房找我們。」
程雋走後，秦苒抬頭，手攏在披風裡，語氣很隨意：「妳剛剛說的那個施厲銘？」
「妳說施厲銘？」程溫如收回目光，也不瞞著秦苒，她雙手環胸，「是八月在程家基地十分出名的一個新秀，短短幾個月內就建立了不少功勳，實力強到恐怖，神乎其神，基地那一群人沒有不服從他的。現在已經爬到了基地負責人的位置，背景也乾淨，程家從上到下都一致看好他，能拉攏到他，就等於拉攏了基地的人心。」
這件事程家的人都知道，也算不上什麼祕密。
施厲銘的實力不弱，在新人的時候就十分突出，之後又帶了一個特別小隊，這幾個月來拿了不少功勳。基地一向崇尚實力，拉攏到他就拉攏了基地的人心，這句話沒錯。
說到他的時候，程溫如也難掩欽佩。
秦苒沉默了一會，側頭看著程溫如，黑色的頭髮鋪在披風上：「聽起來他現在很厲害。」
「勝在他年輕，勢力不俗，」程溫如感嘆，「以後必然是程家一員大將，我大哥眼光不錯。」

這麼早就開始拉攏施厲銘。

「不說這個了，提了也沒用，」程溫如搖頭，畢竟程饒瀚費了那麼多心思，都沒有成功拉攏到施厲銘，「苒苒，我們先去那邊，有一片紅梅園，妳來的時間剛好，昨晚下了雪，雖然不大，但還有些白雪停在枝頭。」

紅梅映雪，每年程宅的奇觀。

梅園很大，大多數還只是紅色的花苞，深色的枝椏上壓著雪。梅園的石桌、石凳已經被人打掃乾淨，還放著一方茶壺及四個青瓷色的茶杯。

程溫如和秦苒在梅園坐了一會，然後登上梅園旁的一座塔樓。

塔樓正對著梅園。正面是梅園，背面是校場。

程家校場坐落在後半院，今天是老爺生日，校場上有不少年輕人在一起比劃。

「那應該就是施厲銘。」程溫如指著校場上最大群的那群人，開口。

秦苒手撐著桌子，她的視力比程溫如好，早就看到了施厲銘那群人。

施厲銘來京城之後就被程雋打發到基地了，秦苒也只在剛開學軍訓的時候見過他一次，這次她看到施厲銘的招數，身手沒有退步。

她看了一會，就收回了目光，一邊跟程溫如聊天，一邊打開手機。

手機上是陸照影的訊息：『苒苒，我就不逼問妳神牌的事情了，有另外一件重要的事，我媽要見妳。』

秦苒手一頓：『？』

陸照影那邊回得非常快：『她看到電視上的小陵後，就說想見妳，早就說了，我們跟妳有緣！』看到秦陵就想見她？

秦苒拿著茶杯，慢慢思索著，回想起程雋曾無意間跟她說過的話。

她想了想，又點開秦修塵的大頭貼，傳了一句：『秦家有親戚姓陸？』

至於陸照影那邊，她回了一句考慮考慮，就關掉手機。

潔白的指尖敲著木桌，心裡想著什麼時候再回一二九一趟，查查秦家的資訊。

校場上，施厲銘正在跟人過招。一對三，硬是幾招之內就將幾個年輕人撂倒。

他現在的實力，在程家除了程木，沒人是他的對手。

二堂主跟其他幾個堂主站在校場邊緣，面帶敬畏，「京城基地，果然不同凡響。」

「二堂主，此話怎麼說？」其他幾個堂主看向二堂主。

二堂主搖頭，目光嚴肅地看著施厲銘的招數，心底忍不住感嘆。程木先生和施厲銘先生居然都這麼厲害。

施厲銘打完了一場，往人群裡看了看，還是沒有看到程木。再有人約他，他也不再出手了，只是看向大路。

他伸手拿出手機詢問程木：『程木先生，您跟秦小姐他們到了嗎？』

程木沒回覆，施厲銘就先把手機塞回口袋裡。

「施先生果真年少有為。」

旁邊，看了半晌的程饒瀚看到施厲銘停住，才走過來，邀請施厲銘去前方的梅園。
施厲銘在美洲的時候就因為聰明被程水看上，程饒瀚這麼明顯的拉攏，他自然感覺到了。
「大少爺，我還有其他事，就先離開了。」施厲銘不動聲色地回絕。
程饒瀚連跟施厲銘多說一句話的機會都沒有，施厲銘就離開校場了。
「這施厲銘果真難纏，」施厲銘走後，程饒瀚身邊的手下壓低聲音，眉頭擰起，「油鹽不進。」
「這樣也好，」程饒瀚看著施厲銘的背影，緊皺的眉頭又鬆開：「暫時不怕他偏向我二妹、三弟那邊。」
施厲銘不在，程饒瀚把目光又放在程青宇身上。
程青宇是程家人，跟施厲銘不一樣，他對程饒瀚恭敬很多。
施厲銘走在大路上。翻看訊息，程木已經回了他一個位址。
施厲銘現在在程家的地位不低，不僅是程饒瀚，各個堂主都想拉攏他，在程家的知名度很高，一路上隨便找一個人問路，那人就一路帶他去程木的住所。
程木坐在偏院的院子裡，手邊放著一個古樸的長木盒，一手拿著湯勺，一手端著碗在喝湯。
「程木先生。」施厲銘對程木先生十分尊敬。
程木放下碗，抬頭看向施厲銘：「要吃飯嗎？」
施厲銘搖頭，頓了一會，又問：「程木先生，我什麼時候可以見秦小姐？」
程木看了他一眼，「我問問。」
他拿出手機，打電話給秦苒：「秦小姐，您在哪裡？」

秦苒正不緊不慢地跟在程溫如身後，往她的廂房走。她一手攏著披風，一手把手機放在耳邊，眸色淺淡，『跟程姊姊去她的院子。』

程木看了施厲銘一眼，「小施想要見妳。」

秦苒似乎思考了兩秒，沒先回答，只是詢問程溫如，『程姊姊，妳這邊方便讓外人進來嗎？』

程溫如抬了抬下巴，先走進院子，『放心，有什麼不能進來的。』

『好，你帶他來程姊姊這裡。』秦苒撥了撥披風的帶子。

程木收起手機，拿著木盒站起來，並看向施厲銘，面無表情地開口：「午飯還有一個小時，秦小姐在大小姐的廂房，我先帶你去見秦小姐。」

施厲銘眼前一亮，連忙從椅子上站起來：「謝謝程木先生。」

程木把碗送回廚房，又拿起木盒，這才帶著施厲銘去找秦苒。

另一邊，秦苒跟程溫如已經走進了院子。

這個時間，天空飄下的碎雪也停了，秦苒就抱著手爐坐在程溫如風景如畫的院子裡。

門口，有個中年男人進來，隨時彙報程饒瀚的行蹤：「大小姐，大少爺跟施先生只說了兩句話，沒有進行密聊，還是沒有拉攏成功。」

程溫如讓人端熱茶上來，聞言，挑著眉眼笑：「我大哥為了拉攏他肯定花費了不少代價，這施厲銘確實難搞。」沉默了一會，又搖頭，「還沒被我大哥拉攏就好，不過他這樣的性格最後投票時，或許會站在我大哥那邊也不一定……」

按照程饒瀚那狹隘的心胸……她一邊說著，一邊坐到秦苒對面。

秦苒手上拿著茶，垂著眸子，沒有說話。

程溫如以為秦苒不喜歡聽這種事，她轉移話題，笑著問：「是程木到了？」

秦苒要送給程老爺的那幅畫在程木那裡，程溫如以為程木是要來送畫的。

「是他。」秦苒隨意開口，「不過還有另外一個人。」

「誰？」聽秦苒這麼說，程溫如略顯好奇，她微微交疊雙腿，坐姿比秦苒懶散的模樣規矩許多，「是程家人？」

今天是老爺生日，門口看管得很嚴，基本上來的都是程家人。

秦苒抬起眸子，語氣不太在意：「算是吧？」

「還真是程家人？」程溫如看向門口。

程雋一向不喜歡跟程家人多過來往，除了金木水火土。當初秦苒軍訓的時候，還是老爺出面去跟程青宇打招呼。程溫如實在想不通，程木還能帶什麼人來見秦苒。

程溫如跟程木的偏院距離有點遠，大概十分鐘後，院子門外有人敲門。

「應該是程木。」程溫如拿著茶杯，看向院子大門，揚聲道：「進來。」

她話音剛落，外面的人就推門進來，為首的正是程木。

他手上還抱著個古色古香的長方形木盒，身後有一個年輕男人恭恭敬敬地跟著。

程溫如對程木沒有興趣，目光直接落到程木身後，語氣一如既往：「程木，你帶了誰……」

她本來是想要詢問程木帶了誰過來，話剛說到一半，程木停下，他身後的那個年輕男人也露出整張臉。

很清瘦，看起來十分機靈的一個年輕人。

施厲銘在程家名聲鶴起，程家基地有他完整「乾淨」的資料，基本上程家管事以上的人都打聽過這個年輕人，程溫如顯然也不意外。自然能認出程木身後那個年輕男人，就是程家最近幾個月炙手可熱的新星施厲銘。

程溫如將茶杯放到桌子上，就算內心十分驚訝，表面上還是擺出程家大小姐的氣勢，她坐直並抬眸，縱然裝得淡定，語氣還是洩漏出幾分震驚：「施先生？」

程木淡定地看了程溫如一眼，然後向施厲銘介紹：「小施，這是大小姐。」

施厲銘連忙恭恭敬敬地回答：「大小姐好。」

大小姐，那就是他們老大的姊姊，施厲銘自然心中也有一把尺。

打完了招呼，施厲銘才看向秦苒，「秦小姐，您給我的計畫表我都做完了。」說到這裡，他眼睛微亮，「您想要什麼時候驗收？」

秦苒喝了一口茶，看向施厲銘，略微點頭，「不用，我剛剛在閣樓上看過了，你進步得很快。」得到秦苒的認可，施厲銘連背都挺直了。

他一低頭，看到秦苒手裡的茶沒了，連忙走到秦苒的另一邊，十分嫻熟地幫秦苒重新倒了一杯茶。看了一眼茶色，就知道這不是秦苒喜歡的茶。

施厲銘在四周看了看，這裡也不是泡茶的好地點，他就把成色不是特別好的茶倒滿。

秦苒對面，還坐在石凳軟墊上的程溫如保持著拿茶杯的完美動作，一句話也說不出來。

施厲銘在程家異軍突起，算是年輕人中最出色的一脈，是基地那邊以後最不可或缺的一代，重要程度可從程饒瀚一直不放棄拉攏施厲銘看出來。

可現在……誰能告訴她，她現在遇到的是什麼情況？

面前這是施厲銘？施厲銘在幹什麼？幫苒苒倒茶？

還有程木，叫什麼不好，叫他小施？

程溫如還在當機中，院門口又走進一道修長的身影，是程雋。

「去大堂吃飯了。」程雋站在院門口，先看了眼秦苒，才慢悠悠地看向程溫如。

程溫如臉上沒有什麼表情，她「嗯」了一聲，但也沒站起來，讓秦苒、程雋先走。

程雋跟秦苒走在前面。

施厲銘落後兩人一步，叫了一聲「老大」之後，就跟程雋彙報最近幾個月的事。

三人走後，程溫如還是一臉恍惚地坐在原地。

程木沒有立刻走，他在原地停了一會，十分同情地看向程溫如：「大小姐，妳還好吧？」

程溫如抬頭，一雙漆黑的眸子微光簌簌：「你覺得我很好？」

「不好。」程木老實地開口。

程溫如：「……」

冬天外面很冷，程溫如手裡的茶已經涼了，她一口喝下，然後抬頭：「那施先生跟我三弟和苒苒是什麼關係？」

語氣有些淩亂。

「妳說小施？」程木抬眸，「小施之前也是照顧秦小姐的，不過他之前有點弱，秦小姐教了他半個月之後，勉勉強強能見人吧，雋爺就把他打發到程家基地了……」

程木說完，發現程溫如半晌沒有出聲。

「小施最近有點退步，」說到這裡，他一頓，「大小姐？您還不走嗎？」一口一句小施。

程溫如：「……」

求求你，閉嘴！

程家家宴是在寬敞的正堂舉辦，能同時容納兩百個人，眼下到來的都是程家管理階層的人，想必都各有小團體，分派系坐著聊天。

「大少爺，我們在校場發現了大小姐的人。」程饒瀚的手下從旁邊繞過來，壓低聲音。

程饒瀚微微瞇眼，嗤笑一聲，「她是派人盯著我還是盯著施厲銘？」

「施厲銘先生，我聽說大小姐不止一次勸過三少爺去拜訪施厲銘先生了。」手下將手摀在嘴邊。

「吃裡扒外的東西，也不看看施先生是什麼人。」程饒瀚低眸，掩下眸底的神色。

今天一來大堂，就聽到幾個管事在討論那位「秦小姐」，言辭間竟然還有幾分讚賞。

程饒瀚瞇眼想了想。

老爺坐在主桌，接受各個堂主以及管事的問候。他穿著深色的唐裝，精神抖擻，目光不時看向門外。

看到門外的兩道人影時，老爺眸光一亮，「苒苒，過來。」

坐在老爺身邊的程饒瀚意識到這是程雋帶回來的那個女人，他不由得抬起頭，看向門外。門外，秦苒跟程雋正往裡面走。兩人的氣勢、容貌完全沒得挑剔，程雋從小生活優渥，一身貴氣凜然，不然京城裡也不會有「程家太子爺」的傳言。

然而，那女人站在他身邊竟然絲毫不遜色。

程饒瀚看著秦苒，眸色翻湧，放在桌子上的手也一頓。這位「秦小姐」……除了那張臉，其他都跟他得到的資料差距太大。

程老爺笑咪咪地讓秦苒、程雋坐在他右邊，對兩人的看重由此可以看出來。

兩人到這裡沒多久，程溫如也到了。只是她面色有異，今天話也少，其他人沒有注意到。

大廳裡的人也不是看不懂眼色的，知道老爺看重秦苒，去拜見老爺的時候，都會誇讚一句這位秦小姐氣度不凡。

說來說去都只有這一句「氣度不凡」，其他的，還真的沒什麼能說的，畢竟……程家有一部分的人都聽過程老爺為秦小姐安排學校的事情。

程饒瀚坐在兩人對面，聽著一行人的寒暄，不由得冷笑。

叮咚——他的手機響了一聲，是歐陽薇的訊息。

程饒瀚一看訊息，不由得大笑一聲。

「大少爺。」主桌上，大部分的人都朝程饒瀚看來。

大堂主看他一眼，兩人上次鬧得不太愉快：「是有什麼喜事嗎？」

連程老爺也看他一眼。

「是有一件。」程饒瀚把手機放下，眉宇間皆是喜色，「歐陽小姐說她剛剛過了一二九的中級會員測試，正式成為了中級會員。」

此話一出，大廳內所有人面面相覷，連大堂主都忍不住點頭：「我記得她去年才考進去吧，今年就成為中級成員了？這許可權……也只僅次於幾個元老了吧？」

「以歐陽小姐的年紀，在一二九也是絕無僅有。」程饒瀚淡然地開口。他看了眼秦苒的方向，忽然笑起，「說起來，三弟身邊這位小姐跟歐陽小姐差不了幾歲，現在也在京大吧？跟歐陽小姐之前是同一個學校，不知現在過得如何？」

主桌跟次桌的人都不敢接話，一行人都低著頭。程饒瀚這不是哪壺不開提哪壺？

「別說了。」

程饒瀚一句話剛說完，坐在他身旁的女人就伸手拉了拉他，壓低聲音。

這是他老婆，雖是名門千金，但不怎麼插手程饒瀚的事情。

這一打岔，程饒瀚不由得皺眉，看了她一眼。

女人還沒說完，不遠處的桌旁就走來一個女生，獻上禮物，「祝程爺爺生日快樂，年年有日，歲歲有今朝！」

一邊說著，眼睛還不停往程雋這邊瞄。

這是大堂主的女兒。因為天資聰穎，小小年紀就完成了基地特訓，程家很看重她。

把禮物遞交給程管家之後，這女生也沒走，而是看向秦苒：「妳是秦苒？」

主桌上，大堂主臉色一黑，「程芮！」

聽起來有些劍拔弩張的意味，程饒瀚頓時也沒再糾結他老婆的話，畢竟惹怒了老爺也不好，他只是抬頭看向那女生，笑容和藹：「大堂主，別這樣凶孩子。芮芮，妳認識這位秦小姐？」

程家這麼多人，自然會有人看不慣，今天程雋把秦苒帶回來，想必會失去大半的人心。

程饒瀚表面上和藹，內心卻極其滿意這女生的挑釁。

秦苒側頭看向女生：「……是。」

「喔。」女生伸手摸了摸口袋，從裡面拿出一張紙，又拿出一支筆，遞給秦苒，「那妳可以幫我簽個名嗎？我是妳跟秦影帝的粉絲，當然，我也喜歡妳弟弟，但是妳弟弟沒妳那麼厲害。」

一旁剛要開口說話的程溫如看著那女生：「……」

程老爺坐在主位上，笑：「難怪這麼早就來送禮給太爺爺，原來醉翁之意不在酒。苒苒，妳就幫她簽個名吧。」

秦苒伸手接過紙筆，簽名。

看到程芮拿到簽名就要離開，程溫如反應過來，這應該是節目粉絲。她笑道：「只要簽名，不合照留念嗎？」

「我可以嗎？」程芮一愣，然後看向秦苒，表情雖然沒什麼起伏，但眼睛非常亮。

大堂主本來懸起來的心這才落下來。

程溫如靠著椅背，挑眉，「我記得妳是高三吧？記得跟妳秦苒姊姊學習。」

「不行，我考不到全國狀元。」程芮搖頭，略帶苦惱地看著秦苒，「我這次期中聯考只考進全市前十名，差秦苒姊姊很多，不過我會努力考到京大物理系。」

網路上的大多數貼文雖然都被刪了，但前面兩集節目的彈幕中，關於秦苒的介紹卻一個都不少。

說完後，程芮跟飯桌上的人有禮地打了個招呼，就朝靠近門邊、年輕人的桌次走去。

大廳裡很多人的聽力都不錯，能聽到那一桌年輕人十分激動的聲音——

「要到了？」

「給我看看！」

「程芮妳也太小氣了……」

主桌上，程饒瀚的嘴角動了動，佯裝讚嘆地看向程雋那邊，「剛剛芮芮說，苒苒是高考狀元？每年全國就一個吧，去年那個狀元如今在研究院也是個人才！苒苒真的考到了狀元，還是全國狀元？」

程老爺淡淡地看向程饒瀚一眼，「自然是全國狀元，周山為了她，還親自來程家找我。」

周山那一次，程饒瀚也有所耳聞。他一直覺得周山來程家，是老爺請來幫秦苒說情的……此時聽老爺這麼說，看來周山確實是為了秦苒而來，只是目的跟他們想像的完全不一樣。

「好。」程饒瀚點頭，拿著酒杯幫自己倒了一杯酒，除了這一句，他無話可說。

什麼名頭都不重要……全國狀元，這其中的分量程饒瀚也很清楚。每年就這麼一個人才，給她足夠的時間就能成長……

程雋眼下在程家已經名聲鵲起，現在又多了個秦苒，還籠絡了程家一群年輕人的心。

程饒瀚最後也吃不下這一頓飯，沉默不語。

今天是程老爺生日，飯到後旬，不少人都遞上了禮物。有用盒子包裝的，有堂而皇之就遞上來的。

程管家跟程老爺也沒有在客人還在時就拆禮，這是禮節，他只讓管家把禮盒都拿回他的住所，而秦苒的木盒早就在飯前就讓程木遞給程管家了。

一群人吃完飯，年輕人吵吵嚷嚷地去了校場，還有人忸忸怩怩地想邀請秦苒一起去。

程溫如沒有跟程雋、秦苒一起走，而是跟著程老爺後面。

「爸，您什麼時候要拆禮物？」程老爺喜歡古玩，程溫如自然也是，每年都會網羅各種古玩給程老爺，她好奇秦苒的木盒兩天了。

程老爺將手揹在身後，看向程溫如：「今年怎麼那麼關心我的禮物？」

他今天心情好，說話時眉眼裡也難得帶了笑。

「我想看看苒苒送您的禮物。」現在沒有堂主、管事在跟程老爺單獨說話，程溫如壓低聲音。

聽她這麼一說，程老爺也一愣，看向程管家，「苒苒還送禮物了？」

「我已經單獨放到您書房了。」程管家拿出小本子看了看。

程木把木盒遞給他之後，他就把木盒送去書房了，知道老爺肯定會想要單獨看。

程老爺點點頭，沉吟：「走，我們先去書房，管事要找我就讓他來書房。」

*

「你去查查。」程饒瀚走出大廳，看著身側的屬下，臉色極沉，「那個綜藝節目是怎麼回事。」

程芮那群年輕人的反應太奇怪了，程饒瀚看著大堂主，眸色更深……

大堂主本來是中立派，但現在因為他的女兒跟秦苒的關係，讓程饒瀚感到害怕。與程饒瀚有同樣反應的，還有其他管事級以上，不知道情況的人。之前程饒瀚一直不知道程老爺口中的「秦小姐」是誰就罷了，眼下知道是誰，查起來再容易不過。

《偶像二十四小時》作為一款綜藝節目本來就很紅，雖然前兩集的熱度早就過了，但反響依舊熱烈。

程饒瀚這類人，手下自然也有自己搜集資訊的人脈網。不到半小時，這行人不但把《偶像二十四小時》的來龍去脈查清楚了，還把之前的一堆消息一起奉上。

手下拿著一疊文件，站在程饒瀚的書房裡，似乎有些恍惚。

「真的是全國的高考狀元？」程饒瀚一邊看一邊開口。

「不僅如此。」手下抿唇，看向程饒瀚，「大少爺，您還記得之前我們查徐家進入美洲之後，查到的魏大師嗎？」

程饒瀚點頭，自然記得。

京城的家族都知道魏大師跟美協的關係，京城幾大家族都有傳出拉攏魏大師的消息，只是收攏的消息太多，一般都有專門的情報員負責，在主人需要各項消息的時候能迅速統整起來。

「我們查的時候發現這檔節目有提到京協，情報人就調動了魏大師的資料，那秦小姐就是魏大師在暑假時收的唯一關門弟子……」

京城的關係錯綜複雜，除了必要的事，程饒瀚自然不會一件件都記在心上。否則這麼多家族，光是哪個家主的風流韻事他就要記不少，大部分資料都是有需要的時候才會用到。

徐家從美洲回來後，程饒瀚就很關注魏大師，查過一些消息，只是那時候他本身關注的是魏大師，至於他的弟子……真的沒魏大師重要，他自然也不會去記。

此時一翻出來，程饒瀚翻著資料的手一頓。

手下卻還沒說完，不知道這個秦苒就是老爺口中的「秦小姐」還好，知道後才發現有好多資料能對上。

「還有，您……您還記得上次，我們向您彙報的幾個實驗室的情況嗎？」

十一月底，宋律庭進研究院時在實驗室引起了波瀾，程溫如跟程饒瀚也都大略聽手下提過一點。

至於宋律庭這樣的人才……每年京城都會冒出幾個，但真正能掀起風浪的不多，大部分的家族都會選擇在這鳳毛麟角的人身上投資、撒網。畢竟這些人中有些能真的幹出一番大業，有些會在途中得罪了人，半途夭折。

宋律庭在研究院掀起波瀾，已經有人注意到他了，但那只是在研究院的研究狂人中引起的波瀾，但在京城真正的掌權人眼裡，分量還不大，畢竟……他是成長中的天才，手中幾乎沒有實權，幾個家族都還在觀望。

除了宋律庭跟研究院的事情，他們也會關注每年幾大實驗室的考核。

今年物理實驗室的考核鬧出很大的波瀾，秦苒這個新人自然引起不少人注意，連程饒瀚的手下都多提了一句。

那時候，程饒瀚的手下是帶著觀望……以及以後能投資的心態提起秦苒的。撇開其他事不說，秦苒確實是京大最近幾年除了宋律庭之外，十分出風頭的一個新人，當時提及這個新人，連程饒瀚都有關注一下，不過畢竟還只是一個剛冒出頭的年輕人，程饒瀚也只吩咐手下盯著。

此時聽手下提起，他捏著資料的手捏緊，「聽你這麼說，莫非那新人就是秦苒？」

他想起當初手下跟他提起這件事的時候，隱約說過她姓秦，只是當時他正忙徐家的事情，沒怎麼用心去記。

書房裡的溫度顯然低了下來，手下低頭，半晌才緩緩開口：「……是她。」

「好，果然前途坦蕩。」

若秦苒只是一個普通人就算了，這種資質雖然能引起程饒瀚關注，但也無法引起太大的波瀾，畢竟沒有背景，要在京城這個圈子裡混不容易，可現在……

秦苒的這種資質，依照程老爺對她的態度……不出幾年，必然能在研究院混到管理階層的位置。一旦混到管理階層，就跟普通研究員不同了。

程饒瀚捂著胸口，胸口悶著一口氣喘不上來。

手下看他半晌沒有說話，不由得抬頭。看他捂著胸口，大驚失色：「大少爺，大少爺您沒事吧？」

「沒……事。」程饒瀚搖頭，雙手撐著桌子，抿唇。

看來他要加緊腳步了。

*

校場上，程雋手裡拿著長戟，抬眸看向一臉躍躍欲試的幾個年輕人，頓了頓，認真地問，「你們確定要跟我打？」

他掂了掂手裡的戩，挑眉。

「當然，我們今天去特訓的時候，上一任教官說你破了歷史記錄。」一群年輕人瘋狂點頭。

不遠處的圍觀群眾中。

「施先生，您沒事吧？」一人看到施厲銘的嘴角似乎抽了抽。

施厲銘：「……沒事。」

圓圈內，程雋悠哉地舉起手中的長戟，看著圍過來的一眾年輕人：「六個人啊……」

他若有所思地抬頭。

一分鐘後，程雋手中的長戟轉了轉又一把握住，走了幾步，隨手放進放兵器的武器架中。

他路過之處，一群人都立刻讓出一條路。

「果然三少爺跟基地傳言的一樣，很厲害。」程芮站在秦苒身側。

秦苒正懶散地靠在武器架上，身上還披著白色的披風，正若有所思地看向程雋。

她沒見過程雋出手，剛剛……莫名讓她有一點熟悉的感覺，但具體是哪裡熟悉又說不出來……

秦苒微微思索。

「對了，秦苒姊姊。」身側的程芮又詢問秦苒，「我能問妳一個問題嗎……」

「問。」秦苒收回看程雋的目光，看向程芮，笑得散漫。

程芮睜大眼，「就是偶像二十四小時有好幾個關卡，妳怎麼不去？我看過京大的貼文，妳當時軍訓時是十中十，妳要是去了那個射擊關卡，早就拿到射擊第一名了。還有那個小提琴關卡，妳比田瀟瀟還要厲害吧！」

程芮越說越激動，「那個秒計繪畫關卡，不好意思，我還看過妳高中的論壇，妳畫的壁報上也非常好看，怎麼不去？還有書法……」

她列舉了一堆關卡，最後遺憾地總結，「妳要是全參加就好了。」

其他就算了，程芮非常想看秦苒在基地傳呼其神的射擊。

要是她也參加了這個關卡，在網路上掀起的波浪一定比現在大，秦苒會紅到一塌糊塗，雖然她現在也紅……

程芮因為這個，已經遺憾了一星期。

秦苒手拉攏一下披風，淡定地回答：「因為人設中沒有。」

程芮偏頭看她，疑惑：「什麼人設？」

「沒什麼。」程雋已經朝這邊走來了。秦苒站直，咳了一聲，然後看向程芮，複製程溫如的一句話，「好好讀書。」

程雋一邊穿外套一邊朝這邊走過來，瞥了程芮一眼，禮貌地詢問：「妳還有什麼事嗎？」

「……沒。」程芮往後退了一步。

程雋點頭，這才看向秦苒，手指漫不經心地把襯衫最上面的釦子扣起，頓了頓，看向秦苒詢問：「先去找老爺？」

秦苒摸著下巴，若有所思地看了程雋一眼才慢吞吞地點頭，隨意「嗯」了一聲。

她還要回去研究專案。

兩人原路返回，還要路過梅園。

現在程家的人不是一部分在校場，就是在大堂裡聊天、連絡感情，一路上其實很安靜，沒遇到幾個人。

程老爺的書房裡，程木跟著程溫如來看熱鬧。

程管家把木盒小心翼翼地拿出來，裝著這幅畫的木盒應該有精心打造，因為有程溫如口述的「點翠」在前，程老爺跟程管家端詳了半晌，沒有秦苒的膽子敢開鎖，最後還是請了看管庫房，對此十分有研究的管事來。

「這是機關鎖。」管事看到這木盒，眼前一亮，「這種工藝，我也只在歷史書上看過。」

管事小心翼翼地接來木盒，拿在手中看了好一會才開始開鎖。

程老爺跟程溫如等人都坐在書房裡，目不轉睛地看著管事的手。

程雋跟秦苒從外面走進來。

「苒苒，這是妳的哪個朋友？管事說光是這個機關鎖工藝，至今研究的人已經不多了，妳那個朋友還會研究這種機關鎖？」程溫如看到秦苒，立刻指著機關鎖詢問。

聽到這句話，秦苒還沒有什麼反應，懶懶地靠在書房門旁的程雋就看了她一眼，精緻的眉微微挑著。

程老爺跟程木都從機關鎖上移開目光，看向秦苒。

「……我也不知道。」秦苒往前走了一步，看著管事手中的木盒，也沒想通為什麼巨鱷要給她一個……看起來沒什麼，卻有一段歷史的盒子。

她剛說完，機關鎖響起一聲輕響。

管事沒秦苒那麼粗暴，小心翼翼地打開了機關鎖。看到機關鎖之前有被人強行打開的印記，缺口還很新，他十分心痛：「這機關鎖竟然缺了一塊，誰那麼不識貨……」

程木沒說話，程溫如也沒說話。

程雋懶洋洋地靠著門，瞥了那管事一眼，平淡地開口：「您先看看那幅畫。」

木盒精緻，裡面更為精緻，鋪著錦緞，裡面是包裝好的完整畫卷。

管事這才放下木盒，戴上專門防止古畫氧化的手套。雖然他心痛機關盒，但會用這麼精巧的盒子裝的畫肯定不平凡。

他慢慢在長桌上展開畫，似乎是一幅山水畫圖。

「山河萬里圖？」程木看著中間筆墨揮毫的題字，念出了名字。

再看看旁邊紅色的印章，字跡他看不清，也不知道是誰的墨寶。

念出來後，程木才看到房間內最懂這些的三個人——程老爺、程溫如跟管家都沒有說話，他側頭看向管事：「這畫有問題嗎？」

「沒問題。」管事有些恍惚。

「那你們怎麼……」程木抬頭。

「不是。」程溫如看向程老爺，「爸，我們……是不是還研究過這幅畫？」

程老爺的目光還沒收回來，只「啊」了一聲。

程雋走近看了看這幅畫，淡淡開口：「是真跡。爸，您看好就收入私庫吧。」說完，他淡定地抬手看了眼手錶上的時間，「我們趕時間，就先回去了。」

程老爺似乎還沒反應過來，「喔」了一聲。

程雋看了他一眼，就先帶著秦苒離開，程木也有禮地跟程老爺和程溫如打了招呼，不過兩人都沒理會他。

程雋等人離開後大概過了兩分鐘，程老爺第一個反應過來。

然後遲疑地看向程溫如，「妳弟弟說是真跡，但這幅畫我記得……當時是不是拍賣會上有記載，好像被收進美洲的歷史館了？」

管事也反應過來，從包包裡拿出專用工具來看這幅山河萬里圖，「不是好像，根據寶物記載，山河萬里圖確實放在美洲的歷史館好多年了。」

他檢查了半晌，又拿出手機拍照，跟好幾個人確定之後，才深吸一口氣，「這確實是真跡。」

說完，不止是管事，程老爺跟程溫如也頓住。

「溫如。」半晌，程老爺端起一杯茶，仔細看的話，他的手似乎正微微地顫抖，「妳知不知道苒苒的那個朋友是誰？」美洲的畫都弄來了？？

程溫如面無表情地坐到一旁，半晌才吐出一句話，「我也想知道。」

她想起那顆很大的珍珠。

「我怎麼覺得三少爺……」管事忽然想起一件事，看向程老爺，「他好像對這些很有研究，一眼就看出來了？」

「他學過古物復原一段時間。」程溫如在一旁回答，「他十三歲那年，我爸的一個古陶馬摔碎了，就是他拿著書跟一堆工具學了一段時間，把古陶馬復原了……」

程溫如說到這裡，不由得頓了一下。

十三歲，程雋為了父親的一個古陶馬，學了古董復原。但十四歲以後，他好像就……

程老爺之後也有兩個不太完整的古物，他也像沒看到一般，行事也越來越浪蕩，從來不在京城多待。別說京城了，就連程家都不怎麼回來，事情都是三分鐘熱度……不然程溫如也不會對他這麼不放心。

若不是秦苒來京城，程溫如也不確定他會不會在京城待這麼久。

「那古陶馬能讓我看看嗎？」管事看向程老爺。

程老爺笑著擺手，「當然。」

另一邊，秦苒攏著披風坐在迴廊的長椅上，等程雋去拿鑰匙。

今天程雋沒自己開車過來，程木則還要留在程家一會。不過程雋有很多車，他要繞回他的院子拿新的鑰匙。

秦苒側身坐好，腿漫不經心地交疊著，低頭不緊不慢地傳了一句話給巨鱷，詢問他為什麼要把那麼少見的機關盒寄來，還不提前告訴她。她力氣大，也不會拿捏力道，幾乎失傳的機關鎖被她弄壞了……

巨鱷：『……』

巨鱷：『儀式感。』

巨鱷：『兄弟，沒事，我就是怕妳不耐煩才特地不告訴妳。妳要不喜歡，我下次換個盒子。』

秦苒盯著「儀式感」三個字看了半晌，然後關掉聊天室。

打開遊戲，暴躁地玩著一款秦陵沒過的遊戲，手法比上次粗暴。

「苒姊，今天脾氣見漲。」程雋拿著車鑰匙晃過來，站在她身後低頭看了一會。

秦苒表面上隨意，玩遊戲的手卻毫不手軟，沒開口。

程雋靠在她身邊坐著，修長的手指攬過她的腰，下巴放在她的肩膀上，另一隻手臂也從旁邊環上她的腰身，輕聲細語：「妳繼續，我看妳玩。」

秦苒點著手機，把錄好的影片不緊不慢地傳給秦陵。

——下部待續——

高寶書版集團
gobooks.com.tw

CP Capt CP011
神祕主義至上！為女王獻上膝蓋　第二部4

作　　者　一路煩花
插　　畫　Tefco
責任編輯　陳凱筠
封面設計　林檎
內頁排版　彭立瑋
企　　劃　黃子晏

發 行 人　朱凱蕾
出　　版　三日月書版股份有限公司
　　　　　Printed in Taiwan
地　　址　臺北市內湖區洲子街88號3樓
網　　址　www.gobooks.com.tw
電　　話　(02) 27992788
電　　郵　readers@gobooks.com.tw（讀者服務部）
傳　　真　出版部　(02) 27990909　行銷部 (02) 27993088
郵政劃撥　50404557
戶　　名　英屬維京群島商高寶國際有限公司台灣分公司
發　　行　英屬維京群島商高寶國際有限公司台灣分公司 / Printed in Taiwan
　　　　　Global Group Holdings, Ltd.
初版日期　2023年12月

本著作物由瀟湘書院（天津）文化發展有限公司授權出版。

國家圖書館出版品預行編目(CIP)資料

神祕主義至上!為女王獻上膝蓋 第二部/一路煩花
著.-- 初版. -- 臺北市：英屬維京群島商高寶國際
有限公司臺灣分公司, 2023.12-
冊；　公分. --

ISBN 978-626-7391-08-2 (第4冊：平裝)

857.7　　112021358

◎凡本著作任何圖片、文字及其他內容，未經本公司同意授權者，均不得擅自重製、仿製或以其他方法加以侵害，如一經查獲，必定追究到底，絕不寬貸。
◎版權所有　翻印必究◎